LOS
LADRONES DE
CUERPOS

LOS LADRONES DE CUERPOS

CLAIRE | MCFALL

Traducción de Lidia González Torres

Argentina – Chile – Colombia – España
Estados Unidos – México – Perú – Uruguay

Título original: *Trespassers*
Editor original: Floris Books
Traducción: Lidia González Torres

1.ª edición: septiembre 2022

ISBN: 978-84-17854-61-4
E-ISBN: 978-84-19251-16-9
Depósito legal: B-13.187-2022

Fotocomposición: Ediciones Urano, S.A.U.
Impreso por: Rodesa, S.A. – Polígono Industrial San Miguel
Parcelas E7-E8 – 31132 Villatuerta (Navarra)

Impreso en España – *Printed in Spain*

Para Cate y John. Al fin.

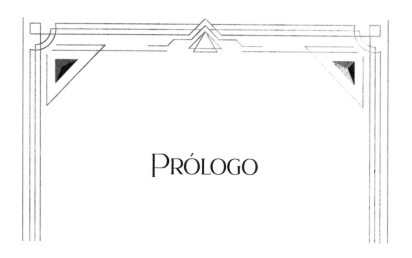

PRÓLOGO

Simplemente… se desvaneció.

Susanna se sentó en el césped húmedo de la ladera de la colina y observó la boca del túnel por la que el barquero que se hacía llamar a sí mismo Tristan había desaparecido. Sabía que no tenía derecho a estar ahí, merodeando y postergando su siguiente alma, pero había visto cómo se había ido en sentido contrario.

Hacia el mundo de los vivos, él y su alma. Y cómo se había desvanecido.

Solo había una explicación posible, pero esa era la cosa… Era imposible. Se quedó ahí sentada durante un buen rato —si bien el tiempo era relativo en el páramo— y no fue capaz de pensar en otra respuesta salvo esa que hacía que tanto el miedo como la emoción le recorrieran las venas.

De alguna forma, Tristan había encontrado una puerta al mundo de los vivos.

De alguna forma, la había atravesado.

Era un barquero, al igual que ella, y había abandonado su puesto. El tirón de la próxima alma de Susanna, de su próximo trabajo, le raspaba cada terminación nerviosa, pero no era capaz de moverse del sitio. No podía dejar de ver cómo los hombros anchos de Tristan, su melena rubia oscura, eran engullidos por la oscuridad cuando salió del páramo.

CAPÍTULO UNO

Dylan flotaba en una neblina cálida. Con los ojos cerrados, estaba tumbada bocarriba, y había algo almohadillado y grueso debajo de ella y algo suave que le tapaba hasta casi la barbilla. Estaba cómoda, se sentía a gusto y quería quedarse así.

Por desgracia, había varias voces cerca interrumpiendo su paz y al menos una de ellas no iba a ser ignorada durante mucho tiempo.

—Exactamente, ¿quién eres, jovencito?

Las palabras de Joan estaban cubiertas de hielo. Dylan conocía ese tono, lo conocía estrechamente. Había sido víctima de él más veces de las que podía contar. No obstante, lo que no había percibido antes era el dejo de ansiedad y miedo que lo hacía más afilado.

—Estoy con Dylan.

Ante la segunda voz, Dylan abrió los ojos con rapidez. No pudo evitarlo. Había cruzado el páramo por ese timbre profundo, se había enfrentado a seres más mortales y terroríficos que cualquier otra cosa del mundo de los vivos que pudiera imaginarse. No había nada que no haría…

Aunque había una cosa que *no podía* hacer. Con el cuello atrapado por un collar de plástico firme, no era capaz de girarse y ver a Tristan, comprobar con sus propios ojos que de verdad estaba allí. Aun así, lo intentó; dejó que el material duro se le clavara en la clavícula y dirigió la mirada hacia arriba, tanto que le dieron punzadas en las sienes. Sin embargo, se mantenía frustrantemente fuera de su vista.

—¿En serio? —Una pausa cargada de sospecha hizo que Dylan esbozara una mueca—. Es curioso, nunca he oído hablar de ti. Doctor, ¿por qué ha permitido que este joven tuviera acceso a mi hija? —El volumen aumentó, la ira aumentó—. Está inconsciente. ¡Podría haber hecho *cualquier cosa*!

Dylan había escuchado suficiente. Avergonzada, intentó gritar, pero lo único que le salió fue un ronco «¡Mamá!».

Incapaz de ver algo que no fuera un tubo fluorescente blanco y feo sobre su cabeza y el riel redondo que normalmente rodeaba la cama de un hospital, tuvo que esperar un par de segundos a que el rostro de Joan apareciera en su campo de visión.

—¡Dylan! ¿Estás bien?

Joan parecía que había envejecido cien años. Sus ojos estaban inyectados en sangre y las bolsas que tenía debajo estaban manchadas de máscara de pestañas. El moño apretado en el que siempre se recogía el pelo estaba medio deshecho y algunos mechones le colgaban sin fuerza sobre la cara. Llevaba su uniforme de enfermera debajo de una chaqueta de punto holgada, y Dylan cayó de repente en que eso era lo que tenía puesto cuando se despidieron —no, cuando se pelearon en vez de despedirse— justo esa mañana.

Y, sin embargo, para Dylan eso había sido hacía días. Días de luchar a través del páramo. Sin previo aviso, se le llenaron los ojos de lágrimas que se le derramaron calientes y rápidas por las mejillas antes de desaparecer en el pelo.

—¡Mamá! —repitió. Frunció el rostro ante el escozor de sus ojos, nariz y garganta.

—Está bien, cielo. Estoy aquí. —Unos dedos le rodearon la mano izquierda y, si bien el agarre de Joan estaba helado, Dylan se sintió reconfortada.

Dylan sorbió por la nariz y alzó la mano derecha para secarse las mejillas, pero un tirón seguido de un dolor agudo la detuvo. Se estremeció, tomó una bocanada de aire, asustada, e intentó levantar la cabeza, pero, junto con el collarín, alguien le había puesto una correa sobre los hombros. No podía elevarse más de cuarenta centímetros, e incluso eso *dolía*.

—No te muevas, cariño —le pidió Joan con una voz suave—. Estás en el hospital. Has tenido un accidente grave y tienes que quedarte muy quieta. —Con mucha delicadeza, le apretó la mano derecha a Dylan—. Tienes una vía en la otra mano. Lo mejor es que… —Exhaló de forma entrecortada—, que te muevas lo menos posible, ¿de acuerdo?

No, no estaba de acuerdo, pensó Dylan. Se sentía impotente ahí tumbada bocarriba. Y *no podía ver a Tristan*.

—Así es, Dylan, por ahora quédate tumbada —interrumpió otra voz con suavidad. Un médico, con el estetoscopio colgándole del cuello, se inclinó y apareció en el campo de visión de Dylan, en el lado contrario de la cama al que se encontraba Joan. Parecía estar tan cansado como ella, pero sonrió—. Tenemos que examinar el grado de tus heridas antes de dejar que te muevas. Puede que tengas lastimada la columna, por lo que tenemos que ser muy cuidadosos.

Dylan sintió un pánico repentino cuando le vino a la mente un recuerdo del tren.

—¿Mis piernas? —susurró.

Se acordaba de la agonía de estar tumbada enterrada bajo los escombros del choque, la sensación de fuego que le atravesaba las piernas cada vez que respiraba, cada vez que cambiaba de posición. Ahora no había… nada. Un mar de entumecimiento. Trató de contonear los dedos de los pies, pero era imposible saber si se estaban moviendo.

—Siguen ahí. —El médico alzó ambas manos en un gesto que le indicaba que se tranquilizara mientras seguía esbozando la misma sonrisa. Dylan se preguntó si tendría la misma apariencia incluso cuando daba noticias muy malas. De repente, dejó de ser reconfortante.

Bajó una mano y la colocó sobre las sábanas. Dylan no sabía si la estaba tocando o no; de ser así, no lo notaba.

—Yo no… No puedo…

—Tranquila, Dylan. —Una orden imposible de seguir—. No tienes por qué alarmarte. Te hemos suministrado una dosis alta de analgésicos y tuvimos que vendarte considerablemente porque tienes algunas laceraciones profundas. Por eso no tienes mucha sensibilidad, ¿de acuerdo?

Dylan se quedó mirando al médico durante un momento, sopesando la verdad de sus palabras, y luego se permitió respirar.

—Volveré en unos minutos cuando te llevemos a hacerte una radiografía —añadió el médico. Sonrió y se retiró de su sección separada por cortinas.

—Mamá. —Dylan tragó saliva y tosió un poco. Tenía la garganta como un papel de lija.

—Ten. —Joan le acercó un vaso de plástico, de manera que la pajita quedó a unos cuarenta centímetros de sus labios. Con avidez, Dylan bebió agua, si bien Joan lo retiró antes de que estuviera mínimamente satisfecha—. Con eso basta de momento.

—Mamá —repitió con un poco más de fuerza. Una vez más, intentó alzar la cabeza, sin éxito—. ¿Dónde está Tristan?

Los labios de Joan se convirtieron en una fina línea. Giró la cabeza levemente, como si le hubiera llegado un olor desagradable a la nariz, y Dylan sintió el pánico frío y pesado en el pecho.

—Creí haber oído… —Dylan luchó contra los confines de la cama, hizo lo posible por quitarse las restricciones que la mantenían sujeta—. ¿Dónde…?

—Estoy aquí. —Mejor que solo una voz, el rostro de Tristan apareció ante ella al otro lado de la cama, lo más lejos posible de Joan, lo cual fue una buena elección, ya que ella lo estaba fulminando con la mirada con una sospecha y una furia evidentes.

Tristan. El alivio y la alegría fluyeron por Dylan como un río. Estaba aquí. Lo había conseguido.

Los dos.

Tristan hizo el amago de sostener la mano de Dylan, la que tenía una vía introducida en la vena de manera incómoda, pero un sonido seco procedente de Joan lo detuvo. Necesitaba que la tocara, por lo que Dylan ignoró el malestar que tiraba repulsivamente cada vez que movía la mano, cubrió la distancia que los separaba y entrelazó sus dedos con los de él.

Tristan apretó con fuerza y le dolió, pero Dylan le sonrió.

—Estás aquí —susurró.

Entonces, se acordó de golpe; el recuerdo de haber dicho esas mismas palabras, tumbada sobre una camilla mientras dos paramédicos se la llevaban de los escombros del tren. El sentimiento de verlo allí, en el mundo, vivo y sólido y real, tras pensar que lo había perdido. Tras pensar que le había soltado la mano y lo había dejado atrás. Lágrimas nuevas le recorrieron las mejillas.

—¡Ves! ¡Ves! —Joan se inclinó e intentó quitar la mano de Tristan de un guantazo, pero el pasamanos, el cual le llegaba hasta la cintura, y el ancho de la cama la frenaron—. ¡La estás alterando! ¡Suéltala!

—¡No! Mamá. —Dylan se aferró a la mano de Tristan con más fuerza y usó la mano que tenía libre para apartar el brazo de Joan con un golpe—. Para.

—¡Está claro que la has embrujado! —espetó Joan—. ¡Y ahora estás aquí, confundiéndola cuando es vulnerable y está desorientada!

—¡Mamá!

Joan ignoró a Dylan por completo y mantuvo toda su atención en Tristan.

—Quiero que te vayas —dijo con firmeza. Acto seguido, miró más allá de las cortinas—. ¿Doctor? Lo quiero fuera de aquí. No es de la familia, no tiene derecho a estar aquí.

—Señora McKenzie —empezó el médico, que se inclinó y atravesó las cortinas, pero Joan vociferó por encima de él.

—No. Conozco las reglas. Llevo ocho años trabajando aquí. No sé quién ha dejado entrar a este joven, pero…

—No te vayas. —Dylan solo estaba concentrada en Tristan. Él también estaba ignorando a su madre, con su mano todavía rodeando la de ella y sus penetrantes ojos azules fijos en su rostro como si estuviera intentando memorizar sus rasgos—. No me dejes.

Le dio un levísimo apretón, lo que provocó que una descarga de dolor recorriera la parte superior de la mano, y negó con la cabeza de manera imperceptible.

—No voy a irme a ninguna parte —le prometió.

Joan seguía despotricando contra el médico, pero, con Tristan mirándola, Dylan desconectó de su madre por completo.

—Sigo sin creerme que estés aquí —dijo.

—¿Dónde iba a estar, si no? —Esbozó una sonrisa torcida, mientras se le formaba una línea de desconcierto entre los ojos.

—Ya sabes a lo que me refiero. —Cada vez que Dylan parpadeaba, espera que Dylan desapareciera, que lo llevaran de vuelta al páramo, que lo llamaran para que volviera a su tarea sin fin. No parecía real que pudiera romper su vínculo de servidumbre con tanta facilidad.

—Estamos destinados a estar juntos —dijo Tristan mientras se acercaba aún más—. Estés donde estés, ahí estaré yo.

—Bien. —Dylan le sonrió, con la enorme esperanza de que, de alguna manera, fuera tan fácil como él decía. Miró hacia donde estaba Joan, quien tenía las manos sobre las caderas y el rostro fruncido por la ira.

—Mamá.

Ninguna respuesta por parte de Joan.

—¡Mamá!

Seguía sin haber ningún tipo de reacción.

—¡Joan!

Eso funcionó.

Joan se giró hacia ella, preparada para una batalla, como de costumbre.

—Dylan…

—Quiero que Tristan se quede. —Dylan no era tan estúpida como el médico; no tenía intención de dejar que Joan se pusiera a discutir con ella—. Si él no puede quedarse, entonces no quiero que te quedes tú tampoco.

Joan retrocedió como si la hubiera abofeteado.

—Soy tu madre, Dylan.

—Me da igual. —Mentira. La expresión de dolor de Joan le provocó un fuerte nudo en la garganta, pero, aun así, siguió—. Quiero a Tristan.

—Bien. —Por una vez, Joan pareció haberse quedado sin palabras. Parpadeó con furia, y a Dylan la aterrorizó darse cuenta de que estaba a punto de llorar. Nunca había visto a su madre llorar, ni una sola vez. El verlo ahora hizo que unas serpientes se le retorcieran en el estómago. Hizo uso de toda su fuerza para no echarse atrás.

En ese momento entraron dos auxiliares, ajenas a la tensa escena.

—¿Alguien para la sala de rayos X?

Hubo una pequeña pausa antes de que el médico pareciera recuperar la compostura.

—Así es —contestó, y parecía que estaba agradecido por aquel oportuno descanso—. Aquí, Dylan. —Sacudió la mano de forma innecesaria en dirección a la chica.

Las auxiliares se movieron con rapidez, desbloquearon los frenos de la cama de hospital y la sacaron, con su gotero y todo.

Era tanto una preocupación como un alivio dejar a Tristan y a Joan. ¿Qué podía decir Joan ahora que no estaba Dylan delante haciendo de mediadora? ¿Haría que echaran a Tristan del hospital? ¿Que lo arrestaran? Una de las auxiliares se percató de su mirada preocupada e intentó tranquilizarla.

—No vamos lejos, cielo, la sala de rayos X está aquí justo al girar la esquina.

No bastó para calmarla. Cuanto más se alejaba de él, más dolorida y enferma se sentía. ¿Y si no estaba allí cuando volviera?

No. Él no la dejaría. Se lo había prometido.

El técnico de rayos X era brusco y competente, y el radiólogo ni siquiera le habló. A Dylan no le importó; estaba concentrando toda su energía en no vomitar. El dolor de piernas había vuelto y era insoportable. Estaba deseando que le dieran más analgésicos cuando volviera a la sala.

Curiosamente, el viaje de vuelta a través de los pasillos ayudó, y se sentía mejor de ambas piernas y del estómago cuando las auxiliares dejaron la cama en su sitio.

Joan estaba allí, caminando de un lado a otro como un tigre, y, para alivio de Dylan, Tristan también. Estaba sentado en una silla de metal y tenía un aspecto extrañamente pálido. Joan debió de habérselo hecho pasar fatal durante su ausencia. Los ojos de Dylan se encontraron con los suyos y le sostuvo la mirada con una intensidad que revelaba su preocupación.

Al menos Joan no había conseguido que se largara.

—¿Estás bien? ¿Ha dicho algo el médico? —Joan estaba directamente sobre el lateral de la cama, echada sobre Dylan antes de que Tristan pudiera levantarse de la silla.

—No he hablado con ningún médico —respondió Dylan—. Había un radiólogo, pero no me ha dicho nada.

—Claro. —Joan negó con la cabeza ante su propia estupidez. Dylan pensó en que este era su hospital. Debía saber cómo funcionaban las cosas—. Puede que… —Estiró el cuello, con la mirada fija en un punto más allá de la puerta de la habitación, y Dylan sabía que estaba replanteándose ir a hablar con el médico, hostigarlo hasta que pusiera a Dylan la primera en la lista—. Vamos a esperar, ¿vale? No tardará mucho.

Dylan intentó ocultar la decepción del rostro. Quería saber qué le pasaba en las piernas, pero, sobre todo, quería que Joan se fuera de la habitación unos minutos para poder hablar con Tristan. En privado.

Seguía sin parecerle real verlo aquí, en una sala de hospital, en lugar de dando zancadas con confianza a través de los prados y de las montañas del páramo.

Nadie dijo mucho mientras esperaban. Joan se preocupó en exceso por el agua de Dylan, le ahuecó los cojines e intentó desenredarle el pelo hasta que Dylan le espetó que la dejara tranquila. Tras lo que pareció toda una vida, el médico al fin apareció. Era el mismo de antes, y parecía demacrado y estresado.

—¿Tiene los resultados, doctor Hammond? —Joan fue directa al grano.

Hizo una mueca antes de suavizar el rostro hasta volver a convertirlo en una máscara profesional y tranquilizadora.

—Bueno, he hablado con el radiólogo y es lo que pensábamos —respondió—. La pierna derecha está rota.

—¿Es una rotura limpia? —inquirió Joan.

Hubo una pausa desagradable. Dylan sintió una espiral de temor en el estómago. Eso obviamente significaba que no.

—Hay múltiples roturas, enfermera McKenzie. Vamos a tener que inmovilizarla y ponerle unos refuerzos mientras se cura.

—Una operación —susurró Joan mientras la sangre se le iba de las mejillas.

—¿Mamá? —gimoteó Dylan, que había empezado a entrar en pánico ante la reacción de Joan.

—No pasa nada. —En un suspiro, Joan volvió a estar en el lateral de la cama junto a Dylan, con una sonrisa en la cara, aunque era forzada—. Es pequeña.

—Un procedimiento muy habitual, Dylan —continuó el médico—. Estarás bien. Aunque hay más complicaciones…

—¿Doctor? —presionó Joan.

—También hay una fractura muy pequeña en la pierna izquierda, Dylan. No es lo suficientemente significativa como para necesitar escayola, pero también vas a tener que evitar apoyarte en ella mientras se cura.

—¡Las dos piernas! Voy a ser una inválida. —A Dylan le dieron escalofríos.

—No pasa nada. —Joan le dio un apretón en el hombro para tranquilizarla—. Yo estaré ahí para ayudarte.

—Tristan —dijo Dylan. Por el rabillo del ojo vio cómo se levantaba, pero siguió mirando a Joan—. Tristan también me va a ayudar. Puede quedarse con nosotras.

—¡No! —La respuesta de Joan fue un rugido.

El médico se aclaró la garganta, claramente ansioso por salir de esta discusión.

—Vuelvo en un santiamén, cuando sepa cuándo podemos hacerte un hueco para la operación. —Se fue cuando Joan devolvió su atención a Dylan.

—No voy a permitir que *él* se quede en nuestra casa. Es… —Dylan entrecerró los ojos mientras Joan se recomponía visiblemente—. No lo necesitamos —concluyó con una calma deliberada.

Tristan se acercó a la cama, pero se colocó en el lado opuesto al que se encontraba Joan.

—Me gustaría ayudar —dijo con serenidad. Tenía los nudillos blancos de sujetar el pasamanos, lo cual contradecía su tono calmado y su postura relajada. Dylan alargó el brazo y le soltó una de las manos antes de rodearle los dedos con los suyos.

—No —repitió Joan—. Nosotras dos estaremos bien. Me tomaré tiempo libre del trabajo y…

—Dylan tardará semanas en recuperarse, señora McKenzie —interrumpió Tristan con suavidad—. Probablemente meses.

Hubo un momento tenso mientras Joan apretaba los dientes y Dylan luchaba por no mostrar una expresión de victoria. Era imposible que Joan fuera capaz de tomarse tanto tiempo libre. Incluso si el hospital accediera a dicha ausencia, sabía que no podían permitirse perder el sueldo de Joan.

—Además, mamá, vivimos en la segunda planta de un edificio. ¡No es que seas lo suficientemente fuerte como para subirme y bajarme a cuestas por los dos tramos de escaleras! —Dylan le apretó la mano a Tristan, presintiendo lo inevitable.

Tras varios segundos largos y molestos de silencio, Joan se giró hacia Tristan y escupió las palabras:

—Duermes en el sofá. ¿Entendido?

Capítulo dos

El hombre estaba llorando. Susanna observó cómo se le retorcía y arrugaba el rostro, mientras sus manos apretaban y aflojaban el pañuelo que llevaba con él como si fuera una manta de seguridad. ¿Cómo se llamaba? Michael. Se llamaba Michael.

Michael estaba llorando.

Susanna se quedó mirándolo y esperó que su expresión escondiera la total indiferencia que sentía. Michael podía seguir llorando y suplicando. Podía lamentarse y sollozar. Podía arrojarse al suelo y golpear la alfombra fina y fea con las manos y los pies. No cambiaría nada. Estaba muerto, y no había nada que hacer.

Susanna no era capaz de entender por qué estaba tan sorprendido. Llevaba mucho tiempo enfermo y, cuando se le acercó en el hospital, lo supo. No hubo necesidad de recurrir a trucos ni de tejer una historia. No sintió la necesidad de cambiar su apariencia para influenciarle, por lo que siguió siendo «ella». Es decir, usó el primer rostro que le dieron cuando comenzó su existencia como barquera, la primera vez que vio, pensó y sintió. El rostro de la chica joven que le gustaría ser si en algún momento pudiera ser una chica joven de verdad. Alta, grácil, de pelo oscuro, con los ojos oscuros. Parecía que era toda una década menor que Michael, pero este no hizo ningún comentario al respecto.

Estaba guardando sus palabras para cuando comenzaran a andar. Entonces, todo fue: *No estaba listo. Necesitaba más tiempo. No había hecho todas las cosas que quería hacer.*

Pues muy bien. Había recibido más avisos que la mayoría de la gente. Susanna sabía lo suficiente de su vida como para entender que no la había apreciado antes de caer enfermo. Si no le había dado un buen uso a su tiempo, ese era su problema.

Aun así, había logrado que el primer día fuera más que tedioso. Michael vivía en un pequeño vecindario situado en los bosques de Canadá y sucumbió a su enfermedad en pleno invierno. Cuando dieron los primeros pasos en el exterior, el viento aullaba y la nieve se extendía gruesa y rápida en el suelo. No tardaron mucho en dejar atrás los últimos ecos del mundo real y en empezar a caminar a través de colinas poco empinadas, a las cuales las pesadas derivas que ocultaban la tierra habían convertido en montañas. A pesar de que el primer refugio no estaba lejos, apenas lograron llegar antes de que oscureciera. Anduvieron y anduvieron. Cada paso era una lucha contra los elementos que el páramo había recreado para facilitar la muerte de Michael.

Susanna no sentía el frío, pero las quejas constantes de Michael eran una continua molestia. La distraían de lo que realmente quería pensar: Tristan.

Lo reconoció en cuanto vio al barquero y al alma caminando en dirección contraria con determinación. Lo habría reconocido de todos modos —habría sentido el latido de su energía, el distintivo que indicaba que solo podía ser Tristan—, pero llevaba un rostro que había visto antes. Con frecuencia. Ojos de un azul intenso, pómulos afilados. Una mandíbula un poco tensa. Era un rostro fuerte. Determinado.

Entró en el túnel, justo en los márgenes del páramo de su alma, y no volvió a verlo desde entonces.

Se había ido de verdad. Al mundo de los vivos.

Durante todo el día, Susanna lidió con esa verdad. Y *era* la verdad, cada centímetro de su cuerpo lo sabía, pero *¿cómo?* Debería haber sido imposible para un barquero. Lo era, era totalmente imposible. Incluso cuando los barqueros recogían a sus almas de donde habían muerto, nunca entraban en el mundo de los vivos. Nunca se les permitía tocar nada o ser vistos por los que seguían vivos. Las almas ya habían cruzado en el momento de su muerte. Era imperceptible, instantáneo. Tardaban menos de lo que tardaba un latido, si sus corazones aún latiesen.

Así, pues, ¿cómo lo había hecho? Susanna se hizo esa pregunta una y otra vez mientras encendía el escaso fuego en la cabaña de madera que era el primer refugio.

Claro está, de todos los barqueros tenía que ser Tristan el que lo hiciera, el que lo resolviera. Eso no la sorprendió. Había algo distinto en él, algo especial. Estaba destinado a algo más que esto, esta media existencia.

Ahora que se había ido, lo sentía. Sentía su ausencia. La notaba todo el tiempo. Como si le faltara una pequeña parte de su alma. Lo cual era ridículo, ya que no tenía alma. Aunque lo echaba de menos. Echaba de menos tener su presencia cerca. Siempre había estado junto a ella mientras realizaban sus rutas a través del páramo; reconfortante, fuerte.

Entonces, ¿por qué lo hizo?

Y… ¿podría seguirlo?

—Mañana tenemos que ir más rápido —le dijo a Michael, hablando por encima de los continuos balbuceos y lloriqueos que estaba emitiendo en voz baja—. Fuera hay cosas que acechan en la oscuridad, y no querrás que te atrapen. Créeme.

Más allá de las paredes de la cabaña de madera en la que se refugiarían durante la noche, unos gemidos y lamentos bajos se sobreponían al viento que no dejaba de soplar. Espectros. Percibían lo vulnerable, percibían la debilidad de Michael, su cobardía, y se estaban reuniendo.

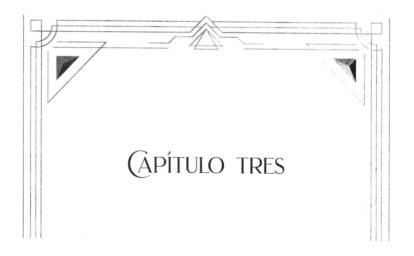

Capítulo tres

Fuera del edificio, Tristan agarró las empuñaduras de la silla de ruedas de Dylan mientras su madre tanteaba la cerradura y las llaves tintineaban con fuerza en el silencio. Tristan notaba que seguía muy enfadada, la espalda tan recta como una baqueta. Tendría que ser cuidadoso.

Joan lo necesitaba… por ahora.

Pero quería que se marchara.

La sala de espera del hospital no había sido el sitio ideal para dar una buena primera impresión. Ni el momento ideal. No se había preparado una explicación para su repentina aparición y, puesto en una situación incómoda, sabía que lo había manejado con torpeza. Más tarde vendrían algunas preguntas difíciles.

Ahora…

Joan abrió la puerta y Tristan empujó la silla de ruedas de Dylan hacia la entrada oscura del edificio. Las escaleras se alzaron sobre ellos. Tenían que subir a Dylan dos pisos.

—Tú la alzas *con cuidado* y yo llevo la silla.

Mientras sentía la mirada de Joan puesta en cada movimiento que hacía, Tristan se agachó para levantar a Dylan.

—Rodéame el cuello con los brazos —dijo en voz baja. Tras deslizar una mano bajo los hombros y otra, con mucho cuidado, bajo las piernas, la alzó y sintió que el peso le tiraba de los hombros, de la espalda, al tiempo que se enderezaba.

—¡No me sueltes! —chilló Dylan.

—No lo haré —le prometió. Y no iba a hacerlo, pero o bien la gravedad era diferente en el mundo real o bien había cambiado él. En el páramo era fuerte. Lo suficientemente fuerte como para luchar contra espectros y transportar almas de todas las formas y tamaños a través del implacable terreno.

Ahora… se sentía como un chico de dieciséis años con la fuerza de un chico de dieciséis años. Tan solo el orgullo y el miedo a hacerle daño a Dylan impidieron que se detuviera mientras subía hacia el segundo piso.

Joan lo seguía de cerca con la pesada silla y ayudó a Tristan a volver a sentar a Dylan antes de abrir la puerta de su apartamento.

Como era lógico, Tristan había visto la casa de Dylan en sus recuerdos. Pero, aun así, le pareció inesperado respirar el débil rastro de Dylan y el fuerte olor a humedad que se colaba en el salón. Estiró la mano y acarició brevemente el dibujo en relieve del papel pintado que cubría el pasillo. Un hormigueo le recorrió la punta de los dedos. No tenía ninguna diferencia con respecto a cualquier otra pared que hubiera tocado, pero, aun así, era distinta. Era real. Alguien —hacía bastante tiempo, pensó— había pegado esto con cariño en su pared. Eligió esta opción entre todas las demás para formar su hogar.

Retiró la mano y tosió cuando una ola de emoción le apretó el pecho.

—¿Estás bien? —murmuró Dylan cuando Joan desapareció para entrar en el salón, lo que los dejó a solas durante un breve periodo de tiempo.

—Estoy bien —respondió—. No te preocupes por mí.

Estaba más que bien. Estaba vivo. Le corría la sangre por las venas, el corazón le latía en el pecho. Quería reír, cantar y gritar. Quería levantar a Dylan de la silla y rodearla con los brazos, dar vueltas en círculos.

En vez de eso, despacio y con cuidado, la condujo hasta la habitación principal, en la que Joan los estaba esperando.

—Tengo que comprar algunas cosas en la tienda —anunció—. No tardaré mucho. —Con los ojos entrecerrados, pasó la mirada de Tristan a Dylan y viceversa—. El cuarto de Dylan es zona prohibida mientras yo no esté en el piso. Nada de excepciones.

Tristan estudió su expresión decisiva, su mandíbula apretada.

—De acuerdo —dijo. No tenía intención de cumplir la regla, pero, si eso apaciguaba a Joan y le daba algo de tiempo a solas con Dylan, aceptaría cualquier cosa.

Joan parecía sospechar de su fácil rendición, pero no hizo ningún comentario al respecto, sino que se limitó a hacer una pausa para ponerle una mano a Dylan sobre el hombro con suavidad cuando pasó por al lado. Dylan no estaba prestando atención, no vio el alivio y la preocupación que escondía aquel pequeño contacto, pero Tristan sí. Dylan le había contado que la relación con su madre a menudo era difícil y tensa, pero el amor que había entre las dos era palpable.

El momento terminó y Joan se fue.

Al fin, solo estaban Tristan y Dylan.

Incapaz de hacer otra cosa, Tristan se inclinó sobre la parte trasera de la silla de ruedas y abrazó a Dylan. Con el rostro en el hueco del cuello, respiró su aroma. Sintió su piel, cálida y viva y entre sus brazos.

—Tristan —susurró Dylan.

Alzó las manos para acercarlo más aún. Era incómodo, ya que la silla se le estaba clavando en el estómago y estaba presionando la rueda trasera con la rodilla, pero Tristan no fue capaz de moverse. Era perfecto. El paraíso. Estaba medio convencido de que, si movía un simple músculo, se lo arrebatarían todo. Parpadearía y volvería al páramo. Solo.

Se había perdido tanto en el momento que, al principio, no se dio cuenta del sutil temblor de los hombros de Dylan. No fue hasta que captó el silencioso jadeo de su respiración que se dio cuenta de que estaba llorando.

—¿Dylan? ¿Te estoy haciendo daño? —Se separó, horrorizado. Se colocó delante de la silla de ruedas y se puso de rodillas para mirarle a Dylan a la cara. En efecto, las lágrimas le estaban recorriendo las mejillas.

—Lo siento, mi ángel. No era mi intención…

El movimiento casi violento de su cabeza hizo que las palabras se le detuvieran en la garganta.

—No es eso. —Su voz era tensa y temblorosa—. Es solo que… no me lo creo. Estás aquí. Estás aquí de verdad. —Soltó una carcajada—. Estás en esta cutrez que tengo por salón.

—Bueno, técnicamente estoy de rodillas. —Tristan esbozó una diminuta sonrisa mientras le colocaba un mechón de pelo detrás de la oreja a Dylan.

—Cállate. —Le dio un empujón a modo de juego, luego se inclinó hacia delante y apoyó la frente sobre su pecho. Era lo más cerca que podían estar desde ese ángulo, con la escayola de su pierna como un palo delante de ella. Tristan le acarició la espalda con suavidad, asegurándose de no llegar a tocar las vendas.

Estaba tan magullada y herida. Ver cómo la sacaban en una camilla del túnel fue más de lo que podía soportar. Y aquí estaba, entero y bien, mientras que Dylan estaba lidiando con heridas que deberían haberla matado. Que la *habían* matado.

Y lo había sufrido por él.

—Te quiero —susurró contra su pelo.

Dylan emitió un sonido inarticulado y alzó la cabeza para mirarle a los ojos.

—Yo también te quiero. —Sonrió, y sus ojos brillaban—. Te lo dije.

—¿El qué? —Tristan parpadeó, confundido.

—Te prometo que solo voy a decírtelo una vez. Bueno, dos. —Dylan se rio—. ¡Te dije que funcionaría!

—Oh. Cierto. Sí, lo dijiste. —Los labios de Tristan se torcieron en una sonrisa de arrepentimiento—. En este caso, me parece bien no tener la razón. —Se le ensanchó la sonrisa—. Y, por lo menos, eres la única que lo sabrá.

Miró la habitación y se fijó en el sofá ligeramente hundido al que unos cojines nuevos daban vida.

—Vamos a levantarte de esa silla.

—De acuerdo. —Dylan colocó ambas manos en los apoyabrazos, lista para impulsarse, pero Tristan la detuvo poniéndole la mano sobre el hombro.

—Te tengo —le dijo.

—Lo sé —contestó mientras sonreía.

Una vez más, lamentándose de su nuevo cuerpo humano, forzó cada músculo para bajarla despacio, con suavidad, sobre los cojines. Se movió para enderezarse, pero Dylan le tomó la mano y tiró de él para que se sentara a su lado.

No opuso resistencia; no había ningún otro sitio en el que quisiera estar. Cuanto más cerca, mejor.

—¿Cómo te sientes? —preguntó Dylan en voz baja.

—¿Cómo *me* siento? —Se giró para lanzarle una mirada burlona—. ¡No soy yo el que acaba de tener un accidente mortal de tren!

—Lo sé. —Dylan sacudió una mano en el aire como si no tuviera importancia—. Me refiero a cómo te sientes *aquí*. ¿Es diferente? ¿Te sientes… te sientes sólido?

Le apretó la mano un poco más fuerte, como si ella también creyera que podía evaporarse y dejar de existir. El chico le devolvió el apretón de forma tranquilizadora.

—Me siento sólido —contestó—. Y… —Frunció el ceño, analizándolo de verdad. Tenía las sienes tensas y los ojos pesados. Y sentía algo insistente en el estómago—. Estoy cansado, creo. Pero el estómago… Supongo que tengo hambre. —Otro dolor agudo—. Mucha hambre. Dios, es una sensación horrible.

—Tendrás que esperar a que llegue mi madre para comer algo decente, pero lo más seguro es que haya galletas o algo en la cocina.

Siguiendo las instrucciones de Dylan, consiguió localizar la lata vieja de galletas encima del microondas. Llevó tantas como le cabían en una mano y le dio la mitad a Dylan.

—Integrales de chocolate. —Dylan arrugó la nariz—. No son las mejores, pero harán el apaño.

Se metió una entera en la boca y la masticó con rapidez antes de tragársela. Tristan la observó y luego miró las tres galletas que tenía en la mano. La cobertura de chocolate se le estaba derritiendo en los dedos.

Dylan lo miró con interés antes de hablar.

—¿No intentaste comer en el hospital?

Tristan negó con la cabeza despacio, con la mirada aún en la comida.

—Tu madre me ofreció, pero estaba… estaba demasiado preocupado por ti como para pensar en ello. Bebí algo de agua, pero…

—¿Sabes cómo se hace? —Le bastó con alzar la mirada para saber que Dylan no se estaba riendo de él, sino que era una pregunta de verdad.

—Sé cómo se hace —contestó—. Es solo que…

—Es un momento importante —concluyó Dylan. Esbozó una sonrisa de lado—. Lo siento, no son las mejores galletas del mercado.

—Está genial —dijo—. Y, de todas formas, he oído muchas cosas buenas sobre el chocolate.

No quería postergarlo más, ya que, entonces, se vería obligado a admitirse a sí mismo que estaba un poco preocupado, por lo que se llevó una galleta a la boca y le dio un bocado.

Se le desmoronó en los labios. Cuando empezó a masticar, el dulzor le estalló en la lengua. Se le acumuló la saliva y se mezcló con la comida triturada hasta que sintió la necesidad de tragarla. Hizo una pausa, esperando sentir el bulto en la garganta, raro e incómodo, pero lo único que sintió fue que quería más. Antes de que se diera cuenta, se estaba chupando los restos de chocolate de los dedos.

—¿Y bien…? —Dylan le dio un codazo mientras lo miraba con atención.

—Creo que me gusta el chocolate.

Eso hizo que echara la cabeza hacia atrás y soltara una carcajada.

—Tendrías que haberte iniciado con algo más aburrido. Ahora todo lo demás va a ser una decepción. —Ladeó la cabeza y le salió una pequeña arruga entre las cejas mientras lo consideraba—. Creo que también te gustará la pizza. Y las patatas fritas. Las patatas fritas son increíbles.

Hubo un momento de silencio antes de que Dylan estirara la mano para sostener la de Tristan otra vez.

—¿Te alegras de estar aquí? —Hizo una pausa—. ¿Crees que hicimos lo correcto?

—¿Me estás preguntando eso en serio? —Tristan esperó hasta que Dylan lo mirara a los ojos. Ella asintió, dubitativa, con la cabeza—. No hay otro lugar en el que prefiera estar, Dylan. Lo juro.

Le recompensó por sus palabras con otra sonrisa dulce, esa que siempre le mostraba cuando se olvidaba de todo. Pasó un rato hasta que volvió a hablar.

—¿Qué le dijiste a Joan? En plan, sobre nosotros. Cuando me estaban haciendo la radiografía.

—Le dije que era tu novio —respondió—. Me preguntó por qué nunca había oído hablar de mí y más o menos mascullé algo sobre que todavía no estabas lista para contárselo. No estaba contenta.

—No va a dejarlo pasar, que lo sepas —dijo Dylan—. Presionará y presionará hasta que consiga que le demos unas respuestas de verdad. No sé qué decirle. Es decir, ¿qué narices le decimos? ¿La verdad? ¿Te imaginas?

—Shhh —la calmó Tristan. Se dio cuenta de que Dylan se estaba alterando y poniendo nerviosa—. Mi ángel, sabes que no podemos decirle la verdad. Se nos ocurrirá algo. Saldrá bien.

—¿Me lo prometes?

—Te lo prometo. —Tristan la atrajo hacia él y posó la frente sobre la parte superior de su cabeza—. Lo averiguaremos después. Ahora mismo solo quiero abrazarte.

—¿Eso es todo? —susurró Dylan. Se giró y alzó el rostro, y Tristan ya estaba descendiendo para encontrarse con ella cuando el dolor se apoderó de la expresión de la chica.

—¿Qué pasa? —Tristan se echó hacia atrás y pasó la mirada por el cuerpo de Dylan, buscando.

—No es nada —protestó Dylan, si bien tenía el rostro blanco como la leche—. Estoy bien.

—No estás bien. Estás herida y necesitas curarte. Ten. —Se levantó, recolocó los cojines del sofá y, con suavidad, volvió a apoyar a Dylan sobre ellos—. Descansa.

—No quiero descansar. —Hizo pucheros—. Quiero que me beses.

—Lo haré —dijo—. Cuando estés mejor.

—¡Eso son siglos!

Tristan se rio.

—No me voy a ir a ninguna parte. Ahora tenemos todo el tiempo del mundo.

El resoplido de disgusto de Dylan y la mirada de desilusión que tenía en la cara casi le hicieron ceder, pero, en ese momento, Joan entró en el apartamento con un portazo. Apareció bajo la puerta del salón un milisegundo más tarde, con la cara colorada como si hubiera hecho todo el camino corriendo.

Entrecerró los ojos al verlos a los dos en el sofá.

—Tú —le ladró a Tristan—. Ayúdame con la compra.

—Es que no creo que sea el momento adecuado… No, creo que estás siendo egoísta… ¿Tienes idea de por lo que ha pasado? ¡Ni se te ocurra aparecer por aquí! No puedes entrar por la fuerza y ya… No, me da igual que ella haya contactado contigo primero; las cosas son distintas ahora… No es lo suficientemente mayor como para tomar ese tipo de decisiones, ¡solo tiene quince años!

Dylan estaba merodeando en la silla de ruedas fuera de la habitación de Joan, escuchando cómo su madre le siseaba en voz baja al móvil. No fue difícil adivinar con quién estaba hablando.

James Miller. El padre de Dylan. El hombre al que Dylan iba a ver en Aberdeen cuando tuvo el accidente de tren que le quitó la vida… y luego se la devolvió. Recordaba cómo se sentía cuando se subió al tren; los nervios y la emoción le bullían en la sangre. ¿Cómo sería? ¿Qué harían juntos? ¿Sería capaz Dylan de ver reflejado su rostro en el de él?

No consiguió ninguna respuesta aquel día. En vez de eso, el destino la envió a una aventura completamente distinta, una que la llevó a Tristan, por lo que no pudo arrepentirse, ni siquiera lo más mínimo. Ahora, varios días después de que hubiera vuelto a casa del hospital, empezó a sentir… una sensación de pérdida al no haberse encontrado con su padre aquel día. Peleó tanto para llegar tan lejos en su viaje para conocer a su padre, se esforzó por derribar los muros que Joan le ponía en mitad del camino, y necesitaba terminar lo que empezó.

Impulsada por una repentina ráfaga de determinación, hizo girar la silla de ruedas y entró en la habitación de Joan, utilizando su pie de yeso para abrir la puerta con fuerza.

—¡Dylan! —Con un sobresalto, Joan salió del ensimismamiento en el que se encontraba, sentada en la cama.

—¿Quién era?

—¿Cómo? —Joan parpadeó, pillada por sorpresa.

—¿Con quién estabas hablando por teléfono?

Su madre se sostuvo el móvil contra el pecho.

—Una amiga del trabajo.

—¡Mentira! —Dylan usó las manos para empujar la silla y adentrarse más en la habitación, maldiciendo mientras se raspaba los nudillos de la mano izquierda contra el marco de la puerta.

—¿Cómo dices? —De pie, Joan se preparó—. ¿Con quién te crees que estás hablando, jovencita? —Con los ojos entrecerrados, miró por encima del hombro de Dylan—. ¿Dónde está Tristan? —Joan evitaba decir el nombre de Tristan lo máximo posible (al igual que hacía todo lo posible por evitar mirarlo o hablarle), pero ahora lo escupió.

—Está en el salón viendo la tele.

—Se supone que tendría que estar ayudándote, por eso está aquí, bajo mi techo.

Esa era otra pulla que Joan no dejaba de sacar a relucir durante esos primeros días. *Vive bajo mi techo. Se come mi comida.* Y, la que, por alguna razón, enfadaba más a Dylan, *tiene ropa gracias a mí.* Sus pequeños comentarios maliciosos no dejaban de irritar a Dylan, pero esta vez se negó a que la distrajeran.

—Estabas hablando con mi padre, ¿verdad?

—Dylan…

—Dímelo. ¡Sé que era él!

Tras retroceder a una esquina, Joan se puso a la defensiva.

—¿Y qué si lo era?

—¿Qué ha dicho? ¿Por qué ha llamado? —Dylan se inclinó hacia delante con esperanza—. ¿Sigue queriendo que vaya a visitarlo?

—¡Como si estuvieras en condiciones de hacer eso! —Joan hizo el amago de pasar junto a ella, pero la silla de ruedas era demasiado ancha. Se puso las manos en las caderas y miró a su hija, esperando a que se moviera, pero llevaban peleándose desde que Dylan tenía uso de razón; no iba a dejarse intimidar por la cara de enfado de Joan.

—Podría si Tristan viniera conmigo.

—¡De ninguna manera! —espetó Joan—. ¡Tú y ese chico no vais a desaparecer ni a ir a ninguna parte!

Ese chico. La forma que tenía de referirse a Tristan normalmente.

—Bien, entonces mi padre podría venir aquí.

Hubo un destello de algo en los ojos de Joan.

Dylan se aferró a eso de inmediato.

—Es eso, ¿verdad? Quiere venir aquí.

—Espera…

Pero Dylan tenía razón, lo sabía.

—¿Cuándo viene?

—Ahora mismo no hay nada planeado al respecto, cariño. —La voz de Joan pasó de estar llena de una furia afilada a ser persuasiva, casi suplicante—. No es algo que se pueda organizar de la noche a la mañana.

—¡Sí que lo es! Está en Aberdeen, no en el otro lado del planeta. —Dylan miró fijamente a Joan de forma acusatoria—. ¡Le has dicho que no viniera!

—Sí. —Al menos no lo negó—. Has pasado por un trauma enorme. Solo… necesitas un poco de tiempo para curarte, Dylan. Hablaremos sobre tu padre, te lo prometo. Después.

Durante varios latidos rápidos y furiosos, Dylan sopesó las palabras de su madre.

—No.

—Dylan…

—No. No quiero esperar más. Si no lo invitas tú, lo haré yo.

Cómo iba a hacer eso era algo que Dylan no sabía con seguridad, ya que el único número que tenía para contactar con él estaba en el móvil que había perdido en el tren. Le sostuvo la mirada a su madre, en el caso de que pensara que era un farol.

Los segundos pasaron más lento. Uno, dos, tres, cuatro…

—Vale —gruñó entre unos labios apretados por la furia, y a Dylan se le aceleró el corazón—. Vale, lo llamaré. Pero no vas a quedar con él a solas. Iré contigo, y eso no es negociable, Dylan.

—Bien. —Y así era. Porque, si bien estaba deseando conocer a su padre, deseando con desesperación que llegara el momento, no había ni una pizca de nervios mezclada con esa emoción. Con un poco de esfuerzo, movió la silla para que su madre pudiera salir. Joan pasó junto a ella con toda la dignidad que pudo reunir.

—Mamá —dijo Dylan. Joan inclinó la cabeza, pero no se giró—. Gracias.

Soltó un suspiro y se giró para mirar a Dylan con una sonrisa un poco llorosa.

—De nada, cielo.

Capítulo cuatro

—¿Estás preparada? —Tristan se detuvo al otro lado de la carretera, frente a las puertas del instituto, lo que causó una obstrucción en la acera, de manera que los estudiantes que tenían detrás tuvieron que meterse en la carretera para pasar. Cuando Dylan no respondió, se inclinó hacia delante para darle un apretón en el hombro.

—Odio esto —farfulló, y golpeó las grandes ruedas de la silla con las manos—. Todo el mundo me está mirando.

Y así era. Estiraban la cabeza para echarle un vistazo a la inválida de la silla de ruedas. Dylan le frunció el ceño a cada par de ojos curiosos, intentando ignorar su pulso agitado y el feo sentimiento que le apretaba el pecho.

Joan se mostró sorprendida cuando Dylan quiso volver al instituto tan rápido, pero la mujer la estaba volviendo loca. Preocupándose en exceso por ella, observando cada movimiento que hacía Tristan, apareciendo de repente cada vez que ambos se acercaban lo más mínimo a la habitación de Dylan. ¿De verdad pensaba que estaban tramando algo con la pierna derecha de Dylan escayolada hasta el muslo y la otra pierna y la zona lumbar llena de vendas?

Dylan tenía que salir, y cualquier sitio era mejor que su casa.

Al menos, eso era lo que pensaba hasta que apareció ante ella el horroroso edificio de cemento que era la Academia Kaithshall. Fue entonces cuando empezó a acordarse de todas las razones por las que odiaba ese lugar… Empezando por los idiotas que se estaban arriesgando a que los atropellaran con tal de curiosear su pierna rota. Bueno, admitió a regañadientes, no la estaban mirando solo a ella.

—¿*Tú* estás preparado? —preguntó.

Era el primer día de clase de Tristan. En su vida. Matricularlo fue un proceso arriesgado, ya que no contaba con un expediente ni tenía carné de identificación, ni nombre, ni historia. Para el sistema, era un fantasma. Claro está, fue más complicado intentar convencer a Joan de que era una persona real de lo que fue convencer al instituto, pero Joan era la reina de la interrogación. Una vez que la convencieron de que Tristan —Tristan Fraser— había dejado una casa violenta en algún lugar de las afueras de Glasgow y no quería hablar de ello, comenzó a suavizarse, e incluso sintió pena por él. Bueno, un poquito. Estaba de acuerdo en que tenía que ir al instituto de cualquier forma y le contó algunas mentiras al director sobre su identidad. Dylan no podía creerse que hubiera hecho eso, pero, por otro lado, lo más seguro era que Joan concluyera que así Tristan no se metería en líos. Que no se meterían en líos ninguno de los dos, ya que, adonde fuera Tristan, iría Dylan, y viceversa. No habían pasado más de una hora separados desde que Dylan se despertó en el hospital.

Por supuesto, Joan no lo sabía; todavía pensaba que Tristan dormía en el sofá.

—Estoy bien —contestó.

En la silla, Dylan giró la cabeza para mirarlo, pero su cara no delataba más emoción que su voz. Parecía tranquilo y sereno mientras devolvía las miradas indiscretas con desinterés. Se mostraba tan calmado aquí como en el páramo, a pesar de que Dylan lo había sacado totalmente de su elemento. Pensó en cómo se había sentido él cuando se enfrentó con su mundo —un desastre que lloraba y estaba asustado— y notó cómo la vergüenza le ascendía por el cuello.

No obstante, para ser justos, aquí no había espectros. El peligro más grande era que la idiotez del resto de la población estudiantil fuera contagiosa. Un ejemplo excelente se estaba acercando.

—¡Dios mío, Dylan! ¡Me enteré de lo que te pasó y no pude creérmelo! —Cheryl McNally, más naranja que nunca y vestida con una falda ridículamente corta y unos botines con tacón, estaba caminando hacia ellos—. ¡Mírate! —Chilló la última parte para atraer la atención de cualquiera que todavía no estuviera curioseando en su dirección.

—Hola, Cheryl —se obligó a decir entre los dientes apretados. Sabía exactamente cuáles eran las intenciones de Cheryl. La rubia cabeza hueca no se molestaba en ocultar que no le gustaba Dylan y que había tenido un papel principal en numerosos episodios humillantes del Kaithshall, como la vez que le había dado un empujón a Dylan en la cafetería para que se salpicara toda la camiseta de espaguetis a la boloñesa y acabara pareciendo la víctima de un asesinato. Sin embargo, el accidente de tren y la estúpida silla de ruedas significaban que Dylan iba a ser el centro de atención durante unos días, y Cheryl tenía que estar donde estuviera la atención. Además…

—¿Este es tu primo? —Con habilidad, Cheryl esquivó la silla y se colocó delante de Tristan con una sonrisa amplia y seductora. Lo único que pudo hacer Dylan fue no girar la silla y empujarla hacia el tráfico. ¡En ese caso, seguro que Cheryl sería el centro de atención!

Por desgracia, no manejaba la silla tan bien como para girarla sobre el sitio de esa forma. Y por desgracia, tuvo que responderle.

—Sí. —La palabra le dejó un sabor desagradable en la boca—. Este es Tristan.

Era parte de la historia que habían urdido con Joan. La conexión familiar era una excusa para que ella ejerciera la tutela sobre Tristan, para que pudiera meterlo en el instituto. Dylan suponía que Joan se divertía un poco con todo esto, puesto que significaba que no podrían actuar como una pareja, y se tuvo que quedar en su estúpida silla de ruedas mientras que Cheryl le recorría el brazo a Tristan con la mano y ronroneaba:

—Bienvenido a Kaithshall.

Zorra.

—Gracias. —Tristan asintió y, con cuidado, se apartó del tacto de Cheryl; su tono era frío.

Eso hizo que Dylan se sintiera mejor al momento, pero Cheryl mostró su usual falta de perspicacia, dejando pasar por completo las señales sutiles del chico. Con sus ridículos tacones, se tambaleó para acercarse más y darle un golpecito en el hombro con el suyo.

—Puedo enseñarte el sitio si quieres, Tristan. —Atravesó a Dylan con una mirada compasiva—. Tú no podrás, cielo, no con esa silla.

—Me las apañaré —dijo.

—No deberías forzarte con esas heridas. —La preocupación que reflejaba el rostro de Cheryl era tan falsa como su bronceado.

—No tengo por qué forzarme —contestó con brusquedad—. Tengo a Tristan para que me lleve.

Cheryl parpadeó, intentando comprender las palabras de Dylan, mientras, tras ella, Tristan se reía.

—Hay semáforos en el cruce —le dijo Dylan al tiempo que señalaba a un conjunto que había a menos de cien metros más abajo—. Será más fácil cruzar por allí. Adiós, Cheryl.

Mucho más rápido que Cheryl, Tristan captó la indirecta y empujó la silla de Dylan sin decir ni una palabra más. Varios segundos después, Cheryl trinó a sus espaldas:

—¡Adiós, Tristan!

—Tienes que pulsar el botón —le recordó Dylan a Tristan cuando se detuvo en el cruce y se quedó mirando cómo los coches pasaban volando.

Era gracioso, sabía tanto del mundo, pero algunas cosas —como saber cómo evocar al hombre verde en un paso de peatones— eran totalmente ajenas a su conocimiento. Las pequeñas brechas que lo delataban eran lo que lo hacía diferente. Raro. Dylan estaba haciendo lo posible por cubrirlo cuando surgían esas situaciones.

—¿Es amiga tuya? —inquirió Tristan mientras esperaban.

—Ya te lo dije —respondió Dylan, que se retorció incómodamente en la silla—. Aquí no tengo amigos.

—Sí que tienes —la corrigió Tristan al tiempo que le posaba la mano en el hombro—. Me tienes a mí.

Dylan no respondió. Tenía un nudo demasiado grande en la garganta y no quería que escuchara cómo le temblaba la voz.

Si bien hubo muchas más miradas, Dylan y Tristan consiguieron entrar en el instituto sin que los interrumpiera ninguna otra persona entremetida que «deseaba lo mejor para la otra persona». Se detuvieron en la oficina para que Tristan pudiera recoger su horario —idéntico al de Dylan— y que el director le diera la obligatoria bienvenida. Mientras, Dylan tuvo que quedarse sentada fuera, aparcada en una esquina discreta del pasillo de la administración, y estuvo inquieta y se movió nerviosamente todo el tiempo que Tristan estuvo fuera de su vista. Después de lo que parecieron más de diez minutos, la puerta se abrió y Tristan salió. Su rostro era tan inescrutable como siempre; por su parte, el director se mostraba claramente pensativo. Se quedó mirando a Tristan mientras se alejaba, con el ceño fruncido, meditabundo, y luego se encogió de hombros y cerró la puerta.

—¿Todo bien? —preguntó Dylan.

—Bien —respondió Tristan—. ¿A dónde?

—Al registro de asistencia. —Dylan suspiró con tristeza—. Tendremos que subir en el ascensor, está en el último piso.

El ascensor se tambaleaba y era estrecho. Los seis segundos que tardaba en subir los tres pisos se alargaron de forma dolorosa para Dylan, y sintió alivio cuando las puertas se volvieron a abrir para que salieran.

—Al final del pasillo. —Señaló innecesariamente el largo pasillo—. El aula de la señorita Parsons.

Era temprano, todavía faltaban diez minutos para que empezara el registro, pero no quería verse atrapada entre la multitud loca cuando sonara el timbre. Aunque estuviera protegida por la escayola, el más mínimo toque en la pierna le causaba descargas de dolor.

La señorita Parsons estaba escribiendo en la pizarra cuando entraron en el aula y, tras una breve mirada molesta, movió los escritorios que había delante para que Tristan pudiera maniobrar con la silla de ruedas. Por desgracia, eso significaba que todos los estudiantes de la clase desfilarían por su lado.

Sus ojos recorrieron las líneas de la silla de ruedas de Dylan, el blanco brillante de su escayola, la cual sobresalía de forma embarazosa en el aula. Unas pocas personas sonrieron con simpatía, pero la mayoría se limitó a quedarse mirando. Es decir, hasta que desviaron la mirada hacia el chico nuevo que estaba sentado a su lado.

Dylan intentó ver a Tristan como lo veían ellos. Alto, ancho, parecía demasiado mayor como para estar en ese curso. Técnicamente, lo era por unos cuantos siglos, pero, dado que no había recibido ningún tipo de educación formal, no importaba mucho dónde empezara. Se había negado a cortarse el pelo rubio oscuro, ignorando todas las insinuaciones cada vez más abundantes de Joan, y le caía sobre los ojos. Llevaba el uniforme del instituto —camisa blanca, pantalones negros y una corbata verde y roja— y Dylan no sabía decir si le quedaba ridículo o… increíble. Dadas las miradas que le lanzaban, era lo último. Eclipsaba a los chicos de la clase, enfatizaba lo escuálidos, inmaduros e idiotas que parecían todos.

A juzgar por los murmullos que resonaban en la parte trasera del aula, los chicos también eran conscientes de ello.

—¿Se puede saber quién es?

—Es el primo de Dylan.

—¡Con la corbata así parece mi padre! ¡Niño de mamá!

Tristan, que había oído los murmullos para nada discretos, giró la cabeza ante el último.

—Ignóralo —dijo Dylan en voz baja—. Ese es Dove MacMillan. Es un imbécil.

Tristan no dijo nada, pero siguió mirando fijamente en dirección a Dove. Dylan hizo una mueca, esperando. No tardó mucho. Una silla chirrió hacia atrás cuando Dove se puso de pie.

—¿Qué miras? ¿Eh?

—Tristan. —Dylan alargó la mano para mantener a Tristan en su sitio, pero este no mostró señal alguna de levantarse. Se limitó a mantener esa mirada dura e impasible. Dylan encorvó los hombros a la espera de que Dove se acercara y empezara una pelea. No obstante, no lo hizo, y, cuando la señorita Parsons le espetó que se sentara un momento después, lo hizo.

Con las cejas alzadas, Dylan echó un vistazo a sus espaldas. Ninguno de los chicos estaba mirando en su dirección. Dylan tuvo cuidado de no esbozar una sonrisa burlona hasta que no estuviera mirando al frente otra vez.

Les daba miedo Tristan.

Si tan solo afectara igual a las chicas.

La corbata lo estaba matando. Tristan estaba sentado apretado en una esquina del aula de Historia junto a Dylan e intentó no arrancarse la cosa esa del cuello.

Era ridículo. Todo era ridículo. Fingir ser un chico, un clon de los idiotas inmaduros e irresponsables que le rodeaban. En Francés ocurrió lo mismo, pero esta clase de Historia fue incluso peor: el profesor se equivocó por completo al describir la batalla de Culloden. Puede que Tristan no hubiera estado allí, pero tenía un relato de primera mano de un niño de trece años que había pagado con su vida.

Tristan intentó susurrárselo a Dylan mientras estaban allí sentados, redactando respuestas a las preguntas inútiles que había listadas en la ficha de ejercicios, pero ella le hizo callar.

—Escribe lo que el profesor ha dicho y ya está —siseó mientras observaba a sus vecinos para asegurarse de que nadie estaba escuchando su conversación.

—Pero está mal —protestó Tristan.

—Da igual —dijo con dureza—. Él es quien va a calificar esto, y estas son las respuestas que quiere. Así es como funciona el instituto, ¿está bien?

No, no estaba bien. Era estúpido, repetir como máquinas errores como si fueran un hecho. Absurdo. Tuvo que recordarse que estaba haciendo todo esto para complacer a Dylan. Este era su mundo. Tenía que encajar en él, incluso si no tenía sentido.

Para ser sincero, se sentía un poco aliviado de que pudiera hacer el trabajo siquiera. No sabía que podía leer y escribir, pero, cuando Dylan sacó un libro de la estantería de su habitación y le enseñó una página al azar, las líneas de letras simplemente tuvieron sentido. De la misma manera en que era capaz de hablar en cualquier idioma con cualquier alma.

Pasado el mediodía, la clase de Inglés fue más soportable. El poema que leyó la profesora conmovió a Tristan, las palabras preciosas y evocadoras. Luego lo fastidió todo insistiendo en que lo anotaran, línea por línea, diseccionándolo como una criatura salvaje en la tabla de un carnicero. Lo que empezó como algo fluido y grácil se volvió corazón, pulmones, huesos… nada más que piezas muertas y frías.

Tristan se guardó sus pensamientos porque, a diferencia de cualquier otra asignatura, a Dylan parecía gustarle la asesina de la poesía recitada con delicadeza.

No obstante, tocaba Matemáticas. ¿Se podía saber cuál era la finalidad de las matemáticas? Incapaz de resistirse más tiempo, apretujado otra vez junto a la silla de ruedas de Dylan, alzó la mano y agarró la corbata del instituto que Dylan le había atado meticulosamente esa mañana. Se resistió y, de alguna forma, se apretó y lo estranguló más.

—¡Tristan! —El siseo de Dylan lo sacó de sus pensamientos.

La miró y la chica movió la cabeza en dirección a la parte delantera del aula. Había una mujer ahí, con el pelo castaño claro, una chaqueta de lana rosa y unas gafas de carey, junto al profesor medio calvo de Matemáticas.

—¿Tristan Fraser? —volvió a decir, y su tono dejó claro que no era la primera vez que lo llamaba.

—¡Ese eres tú! —susurró Dylan con enfado.

—Lo sé —le contestó con otro susurro. Si bien era cierto que Tristan era el nombre que siempre escogía cuando adoptaba una forma masculina genérica, seguía sin acostumbrarse a tener un apellido—. No puedo dejarte. —No tendría ningún tipo de ayuda; no tenía la suficiente fuerza en los brazos para maniobrar la pesada silla. Y ahora que había conocido a algunos de sus compañeros, no estaba dispuesto a abandonarla a su maldad.

—Estarás de vuelta antes del almuerzo —le dijo mientras le empujaba con la mano.

—¿Y si no?

—¡Tristan Fraser! —No le gustaba oír su nombre en esa voz estridente y brusca, y la escrutó con la mirada. No la disuadió—. Te necesitan en la oficina. —Hizo un gesto con la mano en su dirección y, a regañadientes, se levantó.

—Te esperaré aquí —le prometió Dylan—. ¡Vete!

Tristan se obligó a sonreírle antes de irse y seguir dócilmente a la mujer de administración. Seguía sin querer dejar a Dylan, pero se recordó a sí mismo que tenía que portarse bien. Era un adolescente, un estudiante. Tenía que hacer lo que le decían.

Más que nada porque su sitio en el apartamento de Dylan era precario en el mejor de los casos. Joan no confiaba en él, no le gustaba y quería que se fuera. Dudaba de que Joan se hubiera creído la historia que le contó sobre su pasado. Lo único que había convencido a esa mujer de que le diera una oportunidad era que necesitaba a alguien que cuidara de Dylan en su ausencia. Cualquier desliz, cualquier mancha diminuta en su expediente —en el piso y en el instituto— y estaba fuera. Tristan estaba resuelto a no darle ningún motivo para que llevara a cabo su amenaza.

No obstante, era un fastidio.

Se le formó un nudo en el pecho mientras la mujer lo conducía por el pasillo. Cuando llegaron a las escaleras, la sensación se le desplazó al estómago, revolviéndoselo y retorciéndoselo. *Estará bien*, se dijo. Había sobrevivido a este lugar pudrealmas durante tres años sin él. Aquí no había espectros que le hicieran daño ni monstruos a los que matar. El único peligro era una muerte lenta y dolorosa por aburrimiento. Aun así, cuando bajó un tramo de escaleras y luego el siguiente, la sensación no hizo más que aumentar.

Para cuando llegó a la planta baja, Tristan sabía que era más que una simple preocupación por Dylan. No podía respirar. Sus pulmones estaban trabajando frenéticamente, pero se estaba mareando y sintiendo débil. Se tambaleó detrás de la mujer y usó la pared como apoyo. Con cada paso que daba, el debilitamiento no hacía más que intensificarse. Para cuando alcanzó la oficina principal, Tristan sentía que iba a morirse. Dejó caer su peso contra el marco de la puerta, consciente de que, si se movía, se caería. Esquirlas de dolor le abrasaban las piernas.

—Solo tengo que preguntarte tu médico y tu contacto de emergencia —dijo la asistente de administración de manera despreocupada, quien no parecía inmutarse ante su tardanza y su estado actual.

—Todavía no tengo médico. —Tristan tuvo que esforzarse para pronunciar esas palabras mientras luchaba por obviar el dolor profundo que le sacudía todo el cuerpo—. Pero será el mismo que el de Dylan. Mi prima —añadió—. El contacto de emergencia será también el mismo. Su madre, Joan McKenzie.

—¿Su número de teléfono? —preguntó, con un formulario en la nariz y mirándolo a través de las gafas con los ojos entrecerrados.

—Todavía no lo he memorizado. ¿No puede sacarlo del expediente de Dylan? —inquirió, el temperamento tiñendo sus palabras. No era capaz de aguantar mucho más. Sentía que unas manos de acero le estaban apretando los órganos, triturándolo como carne picada. *Tenía que volver con Dylan. Ya. Moriría si no volvía con ella.*

—Muy bien. —La mujer frunció los labios en una clara señal de descontento.

—¿Puedo irme? —Tristan se las apañó para aferrarse al sentido común suficiente como para acordarse de que tenía que pedir permiso para irse. Se agarró al pomo de la puerta para no mover los pies de su sitio hasta que la mujer dijera que podía irse.

Suspiró y puso los ojos en blanco.

—Todavía tienes que firmar esto.

—Vale.

Casi se cae en mitad de la sala. Le quitó el bolígrafo de la mano —lo cual causó que la mujer chasqueara la lengua con disgusto—, garabateó la firma que Dylan le había ayudado a diseñar y se fue tambaleándose.

Correr. Tenía que correr. Y lo haría, si tan solo pudiera hacer que le funcionaran las piernas. Tristan avanzó pesadamente por el pasillo, balanceándose de una pared a otra. Con un empujón, abrió las puertas que daban a las escaleras y usó las manos para impulsarse hacia arriba. Con cada paso que daba, la agonía se opacaba, el pánico disminuía, hasta que fue capaz de detenerse en la entrada del pasillo de Matemáticas y recomponerse.

Con la cabeza gacha, ocultando el rostro, respiró hondo varias veces. Las náuseas posteriores al dolor que le invadían eran ahora una leve irritación en comparación. Tenía que ver a Dylan con sus propios ojos, comprobar que no había sufrido como él.

Le bastó mirar la tez cenicienta de Dylan para saber que ella también lo había sentido. Peor, no había sido capaz de ocultarlo. El profesor estaba dándole vueltas, nervioso, a su silla de ruedas, con una mano en su hombro, y todos los pares de ojos estaban puestos en su dirección.

—Tristan. —El profesor de Matemáticas lo vio y le pidió que se acercara con un gesto de la mano—. Parece que Dylan no se encuentra bien, pero no quería irse sin ti.

Por la expresión de alivio del hombre, era obvio que «no se encuentra bien» no se acercaba a describir el estado de Dylan. Sin embargo, incluso en los pocos segundos que Tristan tardó en cruzar el aula, pudo ver cómo le volvía el color a las mejillas.

—La llevaré a casa —dijo Tristan, doblando el cuerpo para que pudiera pasar al otro lado del escritorio y aferrar las empuñaduras de la silla de ruedas. Quería tocarla, pasarle los dedos por el pelo, apartar la mano del profesor y frotarle los hombros.

—Por supuesto. —El profesor los ayudó a guardar sus cosas y sonrió mientras los acompañaba hacia la puerta. Eso demostraba lo mucho que quería que salieran del aula por si a Dylan sí que le pasaba algo malo—. Lleva a Dylan a la oficina y llama a casa, a ver si alguien puede venir a recogeros.

—Vale.

Tristan no tenía intención alguna de parar en la oficina ni de pedirle permiso a alguien para llevarse a Dylan, pero ella insistió en que, al menos, firmaran como era debido.

Por fin, Tristan fue capaz de empujar a Dylan al exterior, al aire fresco. No hablaron hasta que sorteó el pavimento desigual en dirección a un parque cercano, donde acercó a Dylan a un banco y colocó la silla de manera que pudiera sentarse lo suficientemente cerca como para sostenerle ambas manos. El aire era frío, pero sospechaba que ese no era el motivo por el que tenía los dedos helados.

—¿Qué ha pasado?

—No lo sé. —Ya no tenía la piel pálida, pero su mirada seguía pareciendo asustada y afligida—. Empecé a sentirme bastante rara en cuanto te fuiste. Creo que pasó algo parecido cuando me hicieron la radiografía en el hospital. Pero esta vez empeoró y empeoró… Entonces, de repente, estaba mejor. Me encontraba casi bien cuando apareciste en la puerta.

—¿Rara? —inquirió Tristan.

—Rara —concordó Dylan—. Al principio era como si no pudiera respirar y empecé a encontrarme mal. Pero después... Dios. Dolía tanto. Sentía que se me estaban rompiendo las piernas otra vez y sentía la espalda caliente y húmeda. Agonía, como si estuviera sangrando.

—Déjame ver —dijo Tristan, y la incentivó a que se echara hacia delante para que, con cuidado, pudiera levantarle la parte de atrás del suéter escolar. No le hizo falta hacer lo mismo con la camiseta, ya que pequeños círculos rojos adornaban la tela allí donde la sangre había traspasado las vendas.

—Justo como en el tren —murmuró Tristan.

—¿Cómo?

—Tus heridas en el tren. Tenías las piernas rotas y cortes en la espalda, ¿recuerdas?

Dylan asintió con los ojos como platos.

—¿Por qué ha pasado?

—No lo sé. —Tristan respiró hondo—. Pero, Dylan, a mí me ha pasado lo mismo.

Lo miró boquiabierta.

—Cuanto más me alejaba de ti, peor me ponía. Cuando estaba en la oficina con una mujer estúpida —añadió, y frunció el ceño ante el recuerdo—, pensé que iba a morir.

La mirada de horror de Dylan hizo que se arrepintiera por haber sido tan franco.

—¿Qué crees que significa? —Le apretó las manos y se inclinó hacia delante; Tristan notó que ella buscaba consuelo.

No podía abrazarla, no con la abultada silla y su pierna escayolada, pero cambió de posición de manera que ella pudiera apoyar la cabeza sobre su hombro, aunque lo más seguro era que no fuera una postura cómoda. A pesar de ello, se acurrucó más cerca, y Tristan se dio cuenta de lo asustada que debía de estar.

—Creo que significa que se supone que no deberíamos estar lejos el uno del otro —le dijo con dulzura. Dylan respiró hondo, pero no discutió—. Se supone que yo no debo estar aquí… —continuó.

—Sí —lo interrumpió—. Tu sitio está conmigo.

—Sí —concordó—. Estamos destinados a estar juntos, tú y yo. —Emitió una mezcla entre risa y resoplido—. Supongo que tendremos que tomárnoslo de manera literal a partir de ahora.

Dylan se quedó apoyada en silencio durante unos instantes, con la cabeza escondida bajo su mandíbula.

—Bueno —dijo un minuto más tarde—. No creo que vaya a suponer un problema.

—No —contestó—. Lo dudo.

Capítulo cinco

Faltaba mucho para el atardecer, pero estaba oscureciendo. El día amaneció nublado, a juego con el humor de Michael, y, mientras atravesaban el paisaje despiadado de su páramo cubierto de nieve, aquellas nubes se reunieron y se hicieron más grandes. Sobre sus cabezas se estaba formando una tormenta y los copos de nieve que llevaban cayendo todo el día ahora lo hacían más rápido y eran más gruesos. Se estaba levantando el viento, el cual les quemaba sus desprotegidas caras y manos. Susanna apretó los dientes y resistió el impulso de moverse más rápido de lo que Michael pudiera soportar.

No era físico —*nada* era físico para Michael ya—, sino que estaba todo en su mente. Era una táctica dilatoria inconsciente. Susanna lo había visto miles de veces. Las almas perdían el tiempo en el páramo porque les daba miedo adentrarse en lo desconocido. Un único paso que requería mucho coraje, coraje que la gente como Michel simplemente no poseía.

Susanna podía verse a sí misma empujando a esta alma al otro lado de la línea. No sería la primera vez.

—Vamos —le espetó, retrocediendo hasta donde se encontraba él tropezándose—. Tenemos que llegar al siguiente refugio lo más pronto posible.

No le gustaba cómo estaba cambiando el tiempo, no le gustaba el pozo de sombras que se estaba formando a medida que la luz era absorbida del cielo. Y, desde luego, no le gustaban los siseos y los susurros bajos que *no* procedían del viento crujiendo sobre la tierra.

—Lo intento —se quejó Michael, cuya cara estaba pálida salvo por una quemadura roja en la nariz y las mejillas causada por el viento—. Lo odio. Odio la nieve. ¡Y tengo *frío*!

Susanna frunció los labios en un gesto que no mostraba nada de simpatía. A ella tampoco le gustaba, y estaba tentada a señalar que todo era por culpa de Michael (que su humor afectaba al tiempo), pero, para ser sincera, no se molestó en darle explicaciones. Su trabajo era protegerlo. Si eso significaba que debía ponerse dura con él, que así fuera.

—Tenemos que movernos más rápido —urgió—. Aquí fuera es peligroso.

—¿Peligroso? —Michael tosió y la fulminó con la mirada—. ¡Aquí no hay nada! —Estiró la mano en un gesto amplio. Nieve, nieve y más nieve, coronada por un cielo feo y gris. Solo unos pocos árboles resistentes y el negro de una roca limpiada por el viento interrumpían el blanco infinito. Parecía completamente vacío, desolado.

Susanna sabía que no era así.

—Aquí fuera no estamos solos.

En ese momento, el viento paró. Y justo entonces, los espectros que habían estado lloriqueándole de forma amenazadora a Susanna durante el día decidieron aullar. Un sonido múltiple que retumbaba, chillaba y gruñía. Susanna no pensaba que fuera posible, pero Michael palideció aún más; su cara perdió todo el color y su nariz agrietada se volvió roja oscura.

—¿Qué es eso?

—No querrás saberlo.

Los espectros volvieron a cantar, y sonaban tan ansiosos, tan sedientos de sangre, que incluso Susanna notó cómo se le erizaban los pelos de la nuca. Sin pronunciar otra palabra, Michael comenzó a avanzar, prácticamente corriendo a pesar de que cada paso hacía que el pie se le hundiera bastante en la nieve.

Satisfecha, Susanna lo siguió. No obstante, su alivio duró poco. El refugio no estaba a la vista. Ni siquiera en la siguiente subida, ni en la siguiente. Les quedaba mucho camino por delante, y los espectros sonaban impacientes. Tenían hambre, y era como si ya pudieran saborear la carne de Michael. Tras echar un rápido vistazo hacia arriba, vio que los cielos muy cargados no hacían más que oscurecerse. Iban a tener que pelear.

No le dio la impresión de que Michael fuera un luchador.

Soltó un suspiro y se quedó mirando el paisaje. Por un momento, dejó que la expansión de blanco se desvaneciera para ver el páramo tal y como era de verdad bajo la proyección de Michael. Colinas quemadas por el calor, empapadas de un color rojo como la sangre, y otras mil almas cruzando con sus guías. Un ejército de barqueros, pero Tristan seguía sin estar. Se sentía sola. Solitaria.

Sin Tristan, su mundo era un sitio diferente. Pero ¿quién en su sano juicio volvería después de haberlo dejado? Con un parpadeo, permitió que el frío de la nieve volviera a instalarse en ella, que el viento le mordiera la cara, antes incluso de abrir los ojos.

Vuelta al trabajo. Tenía que *concentrarse*.

Trotando para colocarse junto a Michael, le agarró el brazo con fuerza y tiró de él para ir aún más rápido. Era inútil, pero era su trabajo. Si no podían huir de las bestias voraces que los acechaban, tendría que lucha contra ellas. Era una batalla perdida contra una criatura; en realidad, contra *criaturas* que no podían morir.

Subieron la siguiente colina pequeña. Michael se detuvo, jadeante, buscando un descanso, pero Susanna no podía permitírselo.

—Vamos. No está lejos.

Estaba lejos, pero no tenía sentido decírselo. Podría incluso hacer que tirara la toalla. Y este no era un buen sitio en el que renunciar. Estaba demasiado al descubierto, los espectros podrían venir de cualquier parte.

Comenzaron a descender la colina, lanzando nieve con los pies cada vez que se resbalaban. Susanna se quedó detrás de Michael, agarrándole con firmeza el cuello de la chaqueta de manera que pudiera sujetarlo y empujarlo al mismo tiempo. No obstante, no fue suficiente cuando, de repente, se cayó como una piedra.

Una de las piernas se le hundió en la nieve hasta el muslo y la otra se le dobló, incapaz de soportar todo el peso. En cuanto Susanna sintió cómo la tela se le escapaba de los dedos, estiró la mano para alcanzarlo, pero era demasiado tarde. Estaba rodando, dando vueltas, agitándose colina abajo, la gravedad alejándolo con más rapidez de la que ella podía alcanzar.

—¡Michael! —gritó mientras bajaba tan rápido como los profundos desvíos le permitían. Estaba tumbado veinte metros más abajo, bocabajo, y no se movía—. ¡Michael!

Tenía que levantarse. Tenía que levantarse *ya*. Si se quedaba ahí quieto, era un regalo para…

Mientras ese pensamiento pasaba por la mente de Susanna, la nieve blanca perfecta que rodeaba a Michael empezó a teñirse de un negro maligno. Espirales de humo surgieron del suelo helado y conformaron sombras vestidas con harapos y con fauces abiertas que gruñían y chillaban.

Espectros.

—¡Michael, levántate!

Esta vez se sacudió, alzó la cabeza, pero no hizo amago alguno de levantarse, de defenderse. Se limitó a mirar boquiabierto a los demonios que siseaban y que daban vueltas a su alrededor, abalanzándose y arremolinándose.

Susanna estaba cerca. Diez metros. Cinco. Tres.

Lo suficientemente cerca como para ver el terror puro del rostro de Michael. Paralizado. Indefenso. Una comida fácil para los espectros que lo rodeaban. Se estaban riendo a carcajadas, contentos por su hallazgo.

—¡No! —Mentalizándose, Susanna arrojó su cuerpo contra el de Michael mientras descendían en masa. El aire se le escapó de los pulmones cuando las garras le atravesaron la ropa y la piel. Gritó al sentir cómo el dolor le recorría los hombros, las caderas y las piernas, pero no se apartó de Michael.

Sujetándolo con una mano, atacó con la otra, y se arrancó un espectro de la pierna. La sangre brotó de una serie de surcos largos y profundos y pintó la nieve impoluta de gotas escarlatas e irregulares.

Los espectros se volvieron locos ante el olor metálico de la sangre de Susanna. No les importaba que los barqueros no fueran comida; también les gustaba hacer *daño*. La criatura que había lanzado se le volvió a enganchar en el pie mientras Susanna luchaba por quitarse un par de los hombros que intentaban alcanzar su vulnerable cuello.

Tenía las manos entumecidas por el frío y los dedos estaban húmedos por la nieve. Bajo ella, Michael estaba lloriqueando y gimiendo, pero, al menos, los espectros no podían alcanzarlo. Sus gritos y gemidos de enfado revelaron su creciente frustración, al igual que lo hacían los cortes implacables que hacían con los dientes y las garras cuando arañaban a Susanna.

Dolía. Susanna apretó la mandíbula y entrecerró los ojos en un intento por acallar el dolor. Pasara lo que pasare, no podía soltarlo. El alma era primordial. Su vida, su dolor, eran intrascendentes. Se lo repitió mientras un espectro se colaba bajo su pesada chaqueta y le desgarraba el costado, cortando la carne como si fuera mantequilla.

No puedes morir, se recordó a sí misma. *Estarás bien. Respira.*

Los espectros cambiaron de estrategia. En vez de intentar cortarla a ella para llegar al alma que querían comerse con tanta ansia, se adentraron en su chaqueta —hombros, cintura, capucha— y tiraron.

Susanna voló hacia atrás y hacia arriba, ascendiendo por el cielo. Los espectros llevaron su cuerpo, el cual no dejaba de retorcerse y de luchar, hasta que Michael no fue más que una mancha oscura abajo. Una mancha oscura que no se movía.

Entonces, cayeron en picado, impulsándola hacia delante.

El suelo blanco se acercó a Susanna a toda velocidad, tan rápido que solo pudo cerrar los ojos y tomar una bocanada de aire rápida y aturdida antes de que la metieran muy, muy profundo en la nieve. La nieve le cayó encima, cubriéndola por completo. Una prisión de un blanco helado.

Se movió como un líquido cuando intentó librarse de ella. Susanna se enfureció por un momento hasta que se dio cuenta de que estaba sola. Los espectros la habían abandonado. ¿Por qué?

Segundos más tarde, obtuvo la respuesta. Michael empezó a gritar.

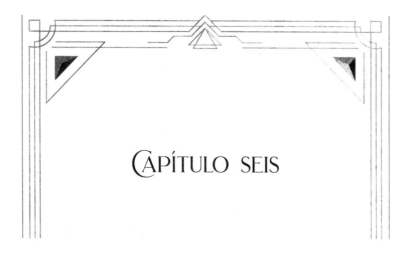

Capítulo seis

—He estado pensando —dijo Tristan de repente tras alzar la vista del libro de naturaleza que estaba leyendo, el cual mostraba las junglas de Sudamérica, su paisaje favorito por el que transportar almas. Estaban en la librería, tomándose una «clase libre» en vez de Educación Física, a la cual, como era obvio, Dylan no podía asistir.

—¿Y?

—Creo que deberíamos experimentar.

—¿Experimentar? —Dylan lo miró fijamente, sin saber a qué se estaba refiriendo.

—Necesitamos saber cuánto podemos alejarnos el uno del otro antes de que empecemos a sentirnos, ya sabes…

—¿Como si nos estuviéramos muriendo?

—Exacto.

Dylan lo consideró. Era una sugerencia bastante razonable, pero una preocupación ahogó el resto de los pensamientos.

—¿Quieres alejarte de mí? —Intentó que fuera un comentario de pasada, una broma, pero falló por completo.

La noche anterior había dormido fatal, dio tantas vueltas en la cama como su pierna escayolada se lo permitió. Le dolió durante toda la noche, y Tristan no le dejó tomarse más analgésicos de los recomendados. La sensación fría e incómoda que sentía ahora fue evidente en su voz. Tristan lo escuchó también, ya que se levantó de su asiento de un salto y se posó en el borde del escritorio de Dylan.

—No —dijo mientras tiraba de los mechones, recogidos en una cola de caballo, un poco más fuerte de lo normal—. No es eso. ¿Por qué dices eso? —Esperó, pero lo único que pudo hacer Dylan fue un encogimiento de hombros avergonzado. Moriría antes de decir lo que estaba pensando. Tristan continuó—. Tenemos que saber en qué punto estamos. O… —Esbozó una sonrisa divertida—. Cuán lejos pueden estar esos puntos. Piénsalo, ¿quieres acompañarme cada vez que tenga que ir al baño si está a más de una habitación? ¿O al vestuario de los chicos en Educación Física?

—Bueno —contestó Dylan con voz ronca, intentando tragarse sus desagradables sentimientos—, esa puede que no esté tan mal.

Recibió un empujón juguetón por su esfuerzo antes de que Tristan alzara la mano para rodearle la nuca.

—Querrás algo de independencia —dijo—. No querrás que esté ahí cada segundo. Necesitamos saber qué distancia es segura. ¿Vale?

Sabía que tenía razón. No quería volver a pasar por lo que había ocurrido el día anterior —esa sensación de estar muriéndose otra vez— mientras estuviera con vida. Lo cual, con suerte, sería bastante.

—De acuerdo —cedió Dylan.

—¿Tienes *walkie-talkies*? —preguntó Tristan.

—¿Cómo?

—*Walkie-talkies*.

—No. —Dylan alzó una ceja, divertida—. No tengo diez años. Ni soy un niño. ¿Para qué quieres los *walkie-talkies*?

—Así podemos hablar entre nosotros, controlar cómo nos sentimos. En cuanto empieces a sentirte mal, pararemos.

Claro. Eso tenía sentido.

—Creo que, en el siglo en el que nos encontramos, los móviles servirán. —Dylan se rio—. Y no pareceremos tontos.

Esta vez, le tiró de la coleta lo suficiente para que soltara un chillido.

Tristan condujo a Dylan hasta la parte trasera de la librería, hasta el laberinto de estanterías altas que guardaban libros de consulta que nadie utilizaba nunca. Era la única forma de evitar que los ojos pequeños y malvados de la bibliotecaria vieran cómo sacaban los móviles. Dylan tenía un *smartphone* nuevo, un regalo de Joan para reemplazar el que había perdido en el tren; Tristan tenía uno de prepago viejo y cutre que Dylan había desenterrado de uno de sus cajones.

—Llámame —dijo Tristan—. Vamos a ver cuánto podemos alejarnos.

—Unos cinco metros —espetó Dylan. Inspiró hondo, todavía intentando controlar su estado de ánimo. A pesar del consuelo que Tristan le había ofrecido antes, seguía sintiéndose delicada y no tenía ganas de enfrentarse a la paliza física que iba a recibir al apartarse de Tristan.

—Vamos, mi ángel —Tristan se colocó frente a ella. Le tomó la mano que tenía libre con las suyas y le hizo cosquillas en la palma con la punta de los dedos.

Por muy patético que fuera, eso fue lo único que necesitó.

—Vale —contestó—. Acabemos con esto.

Tristan la recompensó con un beso rápido antes de darle unos toques al móvil de ella y enderezarse.

—Si necesitas que pare, dímelo.

Empezó a andar hacia atrás sin apartar la mirada del rostro de Dylan.

Al principio no sintió nada, solo que estaba haciendo la tonta sentada ahí sola. Tristan siguió andando hasta llegar al filo de las estanterías.

—¿Y bien?

Alzó la voz lo máximo que se atrevió.

—Nada. ¿Tú?

—Me siento bien.

Se alejó un poco más hasta que tocó las dobles puertas que conducían al exterior de la biblioteca con la espalda. Dylan apenas podía verle, debido a la altura de las estanterías, y sonrió cuando él alzó las cejas de forma inquisitiva.

Se encogió de hombros. Se encontraba… bien. Una pequeña punzada de incomodidad en el pecho, tal vez, pero puede que solo fuera aprensión.

Como era de esperar, un segundo después, cuando Tristan atravesó las puertas en silencio, lo sintió. Pánico. Náuseas. El dolor de la pierna aumentó, los cortes casi curados de la espalda comenzaron a arderle lentamente. Con dedos temblorosos, recorrió los contactos que tenía en el móvil y pulsó el nombre de Tristan con el pulgar.

—Me encuentro mal —le dijo en cuanto descolgó—. Tengo un nudo en el pecho y náuseas.

—¿Y la pierna?

—Es… soportable. —Más o menos. Quería pedirle que parara, pero se aguantó. Tenían que probarlo, era importante—. ¿Dónde estás?

—Estoy literalmente en la puerta de la biblioteca.

—Ah. —Dylan se mordió el labio—. Pensaba que te habías alejado más.

—Nop. —Pudo notar la decepción de Tristan al otro lado de la línea.

—Intenta alejarte un poco más —instó.

Hizo una pausa antes de contestar.

—¿Estás segura?

—Sí. —*No*—. Adelante.

—Iré al final del pasillo —le aseguró.

Escuchó el sonido que emitían sus zapatos negros escolares cada vez que golpeaban el suelo del pasillo. *Está ahí*, se dijo a sí misma. *Puedes oírlo, sabes dónde está.*

No ayudó. El nudo que tenía en el pecho se hizo más grande, lo que hizo que le costara respirar. El corazón empezó a latirle con fuerza y se le revolvió el estómago. Pero podía soportarlo. Lo que no podía soportar era la sensación de que se estaba volviendo a hacer todas las heridas que había sufrido en el accidente de tren. Sentía como si los huesos de las piernas se le estuvieran doblando y partiendo, como si la piel de las caderas y de la zona lumbar se estuviera abriendo para dejar al descubierto la carne. Se sentía mareada, débil. Como si se le estuviera escurriendo la vida con cada paso que daba Tristan.

—Demasiado lejos —jadeó—. Vuelve.

—¿Dylan? —La voz de Tristan llegó a través del auricular como un crujido—. ¿Estás bien? —Una pausa—. Me siento… Creo que así de lejos está bien. —Tragó con fuerza, lo cual emitió un sonido que fue como un chasquido afilado en el oído de Dylan.

—Vuelve —repitió.

—Lo haré —prometió—. Es solo que… espera unos segundos. A ver si se alivia al rato.

Dylan se concentró en inspirar y espirar. *No es real*, se dijo a sí misma. *Está en tu mente*. No es real. Pero era inútil. En lugar de menguar, el dolor parecía que no hacía más que intensificarse. Dylan se alarmó cuando descubrió que la cabeza se le tambaleaba y que se le nublaba la vista.

—No puedo, Tristan. —Se agachó y arañó la escayola, la cual parecía estar apretándole la pierna con demasiada fuerza—. Dios, duele.

—¿Unos segundos? —repitió Tristan.

—Creo que voy a desmayarme —susurró al móvil.

—¿Dylan? ¿Mi ángel? —La voz de Tristan se inundó de pánico. De eso y de dolor—. Ya voy.

El sonido constante y pesado de Tristan corriendo hizo que Dylan volviera a la conciencia. Sentía el brazo entero entumecido y que la cabeza le pesaba demasiado como para alzarla. De forma inesperada, otra voz resonó a través del altavoz.

—¡Tú! ¡Deja de correr!

Thomson. Solo el viejo y malhumorado subdirector tenía un grito como ese. No obstante, Dylan todavía oía cómo corría Tristan. Era una idea horrible.

—¡He dicho que parases!

Thomson castigaría a Tristan y ella sería incapaz de estar con él. Esa separación duraría mucho más que su pequeño experimento.

—Para, Tristan —susurró al móvil.

Oyó el gruñido enfadado de Tristan cuando se detuvo y un «Lo siento, señor» amortiguado. Debió de haberse metido el móvil en el bolsillo.

—¿A qué viene tanta prisa, chico?

—He dejado a mi prima en la biblioteca y está en silla de ruedas. No puede moverse sola.

—Dylan McKenzie ha sobrevivido a un accidente de tren. ¿Qué crees que va a pasarle en la biblioteca?

Hizo una larga pausa antes de responder.

—¿Una avalancha de libros?

A pesar de la horrible combinación de pánico, náuseas y dolor que todavía le recorría el cuerpo, Dylan soltó una carcajada antes de que tuviera el sentido común de taparse la boca con la mano y reprimirla.

—¿Te crees gracioso, chico?

Dylan lo creía. Por desgracia, Thomson no tenía sentido del humor.

—No, señor. —Una respuesta inteligente.

Más silencio. Mil, dos mil, tres mil.

—¡Sal de mi vista!

Unos pasos más silenciosos que caminaban rápido. El chirrido de la puerta de la biblioteca al abrirse.

Tristan se acercaba. Dylan se sentó de nuevo e intentó controlarse. Todavía se sentía mal, pero el dolor estaba remitiendo. Solo unos segundos más y estaría a la vista… Parpadeó con rapidez y trató de concentrarse.

—¡Tristan! —Una voz femenina, una voz femenina horriblemente familiar. Sonó amortiguada, por lo que Dylan sospechó que Tristan todavía tenía el móvil en el bolsillo. Oyó cómo mascullaba una respuesta en voz baja, luego la voz femenina apareció otra vez, esta vez mucho más cerca.

—¿Tienes una hora libre? —Con toda probabilidad, el tono dulce de Cheryl pretendía ser seductor; para Dylan sonaba como si unas uñas estuvieran arañando una pizarra—. Steph, ¿te acuerdas de que te conté *todo* sobre Tristan?

—Hola, Tristan. —Steph Clark. Famosa por las cosas que hacía en el generador y por tener la cabeza más hueca que Cheryl McNally, lo cual era todo un logro.

—¿Sabes? —continuó Cheryl—. Creo que esta es la primera vez que te veo sin tu prima.

Había demasiado énfasis en la palabra *prima* para el gusto de Dylan. No pudieron tener una idea más ridícula.

—Estamos muy unidos —contestó Tristan, su voz baja y defensiva. De alguna manera, eso calmó a Dylan.

—Además que, ya sabes, está inválida —añadió Cheryl—. Debe de ser tan duro tener que cuidar de ella con esa silla.

—No pasa nada —respondió Tristan de modo cortante—. Oye, tengo que irme…

—¡Espera!

Que le den. Dylan iba a ir para allá. Iba a demostrarle a Cheryl lo inválida que estaba cuando la embistiera. Tras finalizar la llamada —al fin y al cabo, estaban al alcance del oído—, agarró las dos grandes ruedas y empezó a empujar. La silla se movió hacia delante despacio. Gruñendo, Dylan cambió la posición de la mano y lo volvió a intentar.

—¿Qué vas a hacer después de clase, Tristan?

—¿Qué? ¿Por qué?

¿Iba a pedirle salir? Dylan empujó con más fuerza y, al fin, consiguió que la silla cruzara la alfombra, pero su puntería no era buena. La silla se estaba deslizando hacia un lado e iba directa a chocarse con una estantería llena de biografías.

Se impulsó más fuerte con la mano izquierda en un intento por alterar la trayectoria, pero el pie salido rebotó contra una edición en tapa dura de *Churchill: The Life*. Un dolor agudo le recorrió la pierna. Lo único que fue capaz de hacer durante varios segundos fue quedarse ahí sentada y jadear, además de escuchar a través de las estanterías cómo las chicas coqueteaban con Tristan.

—Pero tú no tienes que quedarte en casa solo porque ella lo haga…

—No —volvió a decir Tristan. ¿Era enfado lo que había en su voz?—. Me quedo en casa porque quiero.

—Bueno, el sábado doy una fiesta —contestó Cheryl—. ¿Por qué no vienes?

Ninguna respuesta. Lo cual significaba que se lo estaba pensando. Si no fuera por su pierna rota y dolorida, iría para allá y le daría un puñetazo a Cheryl. Puede que a Steph también.

—Veré lo que piensa Dylan al respecto.

El nudo de ira que le apretaba el pecho a Dylan se aflojó, un poco.

—Eh. Bueno. Esto… —Cheryl tartamudeó y farfulló—. Con la silla y eso lo más seguro es que no quiera… —Se detuvo, dubitativa, y Dylan supo a la perfección cómo había hecho Tristan que eso ocurriera. Aquella mirada en el rostro le había callado más de una vez en el páramo.

—Si Dylan no va, yo tampoco —respondió con frialdad.

Segundos más tarde, Tristan apareció al final de la fila de estanterías. Parecía enfadado y preocupado.

—¿Estás bien? —Se arrodilló junto a ella, alzó los brazos y le sostuvo la cabeza con las manos ahuecadas, obligándola a que lo mirara. Dylan no quería. En su interior se estaban generando unos sentimientos desagradables y cargados de ira. Quería encontrar a Cheryl y a Steph y hacerles *daño*. Y a Tristan también. Sabía que no era justo, pero ahora mismo su corazón no estaba interesado en mostrarse racional.

—Estoy bien —masculló Dylan, intentando ocultar el resentimiento de su voz. Se obligó a darle una respuesta en condiciones a Tristan—. El dolor era… era manejable, entonces, de repente…

—Lo sé. Yo también lo he sentido. —Se acercó y presionó sus labios con los suyos.

—Tristan —susurró Dylan a modo de advertencia—. Si alguien nos ve…

—Me da igual —murmuró Tristan—. Lo siento mucho, Dylan. No debería haber sugerido el experimento. Nunca más, ¿de acuerdo? —Le dio otro beso—. Lo prometo.

Si bien era lo último que quería hacer, Dylan se obligó a apartar la cara del agarre de Tristan. Si alguien los veía, no sería bien recibido que la pillaran besando a su primo.

—Teníamos que comprobarlo —le recordó Dylan. Acto seguido, le ofreció una sonrisa ladeada—. Una vez.

Tristan esbozó una rápida sonrisa a modo de respuesta, pero tenía el semblante pensativo.

—Cuando dejamos de vernos.

—¿Cómo?

—En cuanto dejamos de vernos el uno al otro es cuando se amplifica.

—Pero eso no tiene sentido. —Dylan negó con la cabeza—. Sabía dónde estabas. ¿No crees que hemos alcanzado alguna clase de barrera?

—Puede ser. —Tristan tenía una expresión escéptica—. Pero empeoró mucho, mucho más rápido.

Dylan intentó ver a dónde quería ir a parar con todo esto.

—O sea, estás diciendo que es algo psicológico.

—En parte.

—Pero ya hemos estado sin vernos antes. ¡Cada vez que vamos al baño, por el amor de Dios!

—Pero es tu apartamento —le recordó Tristan—. Es tu espacio, es familiar. Sabes que voy a volver contigo sí o sí.

—¿Piensas que me da miedo que te alejes de mí? —Dylan ni siquiera intentó ocultar la furia de su voz.

—No —negó Tristan con rapidez—. También me afecta a mí, ¿recuerdas?

—Bueno, ¿entonces qué?

—Creo que hemos creado una conexión para que ambos estemos en este mundo físico. Si intentamos separar ese vínculo, bueno, la realidad se impone de nuevo.

—La realidad en la que yo moría. —Dylan asintió. La forma en la que su pierna parecía romperse otra vez, la forma en la que sus heridas parecían abrirse…

—Si nos podemos ver el uno al otro o si estamos en un sitio seguro… —Dejó caer las manos sobre sus rodillas y le dio un apretón—. En ese caso, sabemos que estamos bien. Si no nos vemos, la conexión intenta obligarnos a que estemos juntos otra vez.

Se hizo el silencio mientras Dylan sopesaba las palabras de Tristan.

—Pero todo es una suposición, ¿verdad? —dijo, al fin—. No lo *sabes*.

—No, no lo sé —concordó—. No es como si esto se hubiera llevado a cabo antes.

—Conque… —Dylan soltó una carcajada que no sentía—. De verdad estás atrapado conmigo. *Para siempre.*

Era una broma, pero Tristan la miró fijamente. Si él hacía una mueca, si ella veía que parpadeaba con la más mínima aversión, no sabría qué hacer. No podría soportar el pensamiento de que estuviera atado a ella por obligación en lugar de por necesidad o por deseo. Por amor.

No obstante, sonrió, y con ese gesto se le iluminaron los ojos. Se inclinó hacia delante para darle otro beso.

—Esas son las mejores noticias que me han dado nunca, Dylan.

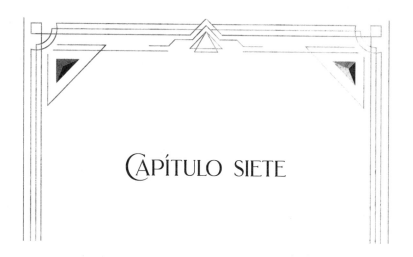

CAPÍTULO SIETE

Michael estaba muerto. Susanna suponía que debería sentirse mal al respecto. Registró sus sentimientos en busca de un indicio de pena, pero lo único que sentía era cansancio. Frío y un cansancio extremo.

Había sido culpa de él, de todas formas. Ella hizo todo lo que estuvo en su mano para protegerlo. Le instó a que fuera más rápido, pero no pudo. Había estado enfermo, su cuerpo no podía soportar la actividad física repentina. Necesitaba descansar. Solo un minuto. Y luego otro minuto más.

En fin, había descansado demasiado. Debería haberla escuchado, haberse creído lo que le decía. No estaba enfermo y su cuerpo ya no necesitaba descansar. Estaba todo en su mente, que se aferraba a la forma que conocía.

Ni siquiera llegaron al valle. Tal vez eso fuera algo por lo que sentirse agradecida. Susanna ni se imaginaba intentar enfrentarse a ello en medio de una tormenta de nieve. Michael nunca habría conseguido atravesar aquella trampa mortal; y, si por algún tipo de milagro lo hubiera hecho, el lago habría acabado con él. Aun así, que no hubieran superado los «niveles fáciles» irritaba al orgullo de Susanna un poco.

Así se lo había descrito un chico hacía tiempo, como los niveles de un videojuego. Los principiantes empezaban con algo fácil, terrenos simples y «malos» manejables. Luego, cuando ya habían aprendido lo básico, pasaban al nivel intermedio. Ahí las cosas se volvían más complicadas para comprobar la valía del jugador. Si sobrevivías, ascendías a «experto». A los últimos niveles, en los que el «malo final» estaba al acecho y tenía que ser derrotado para completar el juego.

Susanna tuvo que admitir que su analogía encajaba a la perfección con las pruebas que conllevaba cruzar el páramo, pero, aun así, le molestó. Porque no era un juego. Ganar era la diferencia entre la vida y la muerte. Bueno, la supervivencia y la extinción. Si morías en el páramo, no podías volver al principio y empezar otra vez. Simplemente… desaparecías.

No obstante, no le dijo eso al chico. Estuvo enfermo toda su corta vida, una condición rara que lo obligó a pasarse el tiempo dentro de casa, lejos del mundo y de todos sus gérmenes y virus. Los juegos de ordenador *fueron* su realidad. Había visto casi tan poco del mundo real como Susanna, y ella se aseguró de que superase cada nivel del páramo, derrotara al «malo final» y llegara sano y salvo a la meta.

Quizá si lo hubiera intentado con tantas ganas con Michael lo habría conseguido también.

Tras suspirar, Susanna le dio la espalda al sitio en el que los espectros habían arrastrado el alma de Michael, allí donde la nieve estaba agitada y manchada de rosa por la sangre —tanto suya como de él— y comenzó a alejarse. A medida que se movía, la nieve que crujía bajo sus pies empezó a evaporarse y el cielo gris y taciturno brilló. Durante un breve momento, todo resplandeció con un tono blanco cegador —Susanna estaba harta de ese color— antes de que el mundo comenzara a reformarse. Estaba andando por un camino de tierra estrecho junto a un río. A la distancia se expandían vastas plantaciones de arroz, cuyos tallos verdes brillaban bajo el sol. No muy lejos, un pequeño pueblo descansaba en la colina. Su destino.

Mientras caminaba, Susanna notó cómo le crecía el pelo, el cual se le deslizó sobre los hombros hasta caerle por la espalda. Sus zancadas se volvieron disparejas a medida que se le acortaban las piernas y se le ensanchaba el fino cuerpo. Para cuando la transformación se había completado, se sentía incómoda y torpe. Frunció los labios, enfadada. Esta nueva forma era bajita y robusta, sería difícil de manejar y engorrosa si tenían que correr o pelear.

La casa era más chica que la mayoría, una vivienda achaparrada y pequeña de una sola planta con un techo de tejas que parecía hundirse ligeramente en el centro. La puerta estaba situada al otro lado de un porche de madera, grabado y pintado con unos diseños tan borrosos que Susanna apenas pudo distinguirlos. Tenía el aspecto de un lugar que habían mantenido bien, pero que habían abandonado recientemente. Las flores luchaban con las malas hierbas en los macizos cuidadosamente construidos y la hierba había crecido hasta caer sobre las piedras planas que había en el camino que llevaba a la puerta. Dentro, el aire olía a incienso, acre y ligeramente abrumador en el pequeño espacio. En una alcoba situada en medio del pasillo había media docena de varillas de incienso, ennegrecidas sobre un quemador de cerámica, delante de una pequeña estatua de Buda con la barriga gorda y los ojos sonrientes.

La habitación del fondo permanecía a oscuras a pesar de que el sol brillaba cálido en el exterior. Tras entrar, Susanna observó la pequeña figura sobre la cama durante unos segundos, luego rodeó el pesado pie de cama de madera y abrió las cortinas. En el exterior, el mundo real y el páramo se mezclaban a la perfección. Si bien estaba en el páramo —las cortinas que sostenía en las manos eran un producto de la imaginación de la mujer—, el mundo que veía más allá era real. Y estaba tan cerca.

La ventana no era larga, pero se colaba la suficiente luz como para revelar unas paredes de un amarillo descolorido, una cobija delicada de flores sobre la cama.

—Mi Lian ya no me visita —dijo una voz débil y cantarina, y Susanna se sobresaltó. Su mirada se posó en el rostro de la mujer que había en la cama. Xing You Yu. No seguía dormida, como Susanna pensaba, sino que la estaba mirando con unos ojos marrones calmados.

—Pero estoy aquí, abuela. —Susanna sonrió, asumiendo el papel que le habían asignado.

—Sí, estás aquí —contestó la anciana, que cambió de posición para sentarse con un gemido—. Pero tú no eres ella.

—¿Abuela? —Susanna frunció el ceño de forma atractiva mientras sonreía con una falsa confusión. Sabía que era una copia exacta de la nieta de You Yu. Incluido el color de ojos, cada detalle era perfecto.

—No me mientas —la reprendió You Yu—. Conozco a la Muerte cuando la veo.

Susanna no dijo nada, ya que la había tomado un poco desprevenida.

—Supongo que deseas que me vaya contigo. —Las piernas que se balanceaban para aterrizar sobre la alfombra eran tan finas como las de un pájaro, y el brazo que estiró para agarrar la bata que había colgada sobre el pie de cama era frágil.

—Sí, abuela —volvió a intentar Susanna—. He venido para que diéramos un paseo. Hace un día soleado precioso.

—¡*No* me llames así! —espetó la anciana con los ojos fijos en Susanna—. Tú no eres mi Lian. —La recorrió con la mirada y la expresión severa se le suavizó—. Ya te lo he dicho, ya no viene a visitarme. Le pone demasiado triste. Y a mí también, supongo. —Suspiró—. Pero es agradable que la Muerte lleve un rostro tan familiar. ¿Me das un momento para que me vista?

Susanna asintió en silencio.

Se fueron poco después. You Yu —tal y como le pidió a Susanna que la llamara—, con unas botas para caminar adecuadas, una túnica simple y unos pantalones robustos teñidos de un rojo como la sangre. Fuera hacía demasiado calor para la chaqueta verde oscuro forrada de lana que llevaba también, pero Susanna no hizo ningún comentario al respecto, consciente de lo rápido que podía variar el tiempo en el páramo. Un descenso en el humor de You Yu y tendrían que enfrentarse a vientos fuertes y a una lluvia torrencial.

Sin embargo, el sol brillaba mientras descendían por el pequeño sendero. You Yu se paró a medio camino y tomó una larga bocanada de aire, alzando su rostro profundamente marcado para disfrutar de la luz.

—Enfisema —dijo en voz baja—. Esta es la primera vez que respiro en condiciones en… —Negó con la cabeza—. No sé cuánto tiempo.

Con las manos en las caderas, echó la vista atrás, y Susanna la imitó. Si bien la plaza del pueblo estaba animada, el lugar seguía desprendiendo una vida tranquila. A la izquierda, había un hombre mayor inclinado sobre una azada en su jardín, y una pareja joven caminaba hacia ellas despacio con un bebé en un cochecito.

—Voy a echar de menos este sitio —confesó You Yu en voz baja—. He vivido toda mi vida aquí.

—Puede que lo vuelvas a ver —expresó Susanna.

—¿No lo sabes? —preguntó You Yu, que alzó una ceja en dirección a Susanna de forma inquisitiva.

—No —respondió con honestidad—. Yo solo soy tu guía durante esta parte del viaje.

—Mmm. —Esa fue la respuesta de You Yu. Luego, tras una última y larga mirada, volvió a hablar—. Bien, guíame.

Entraron en la carretera, y You Yu no pareció percatarse de que el jardinero no le respondió a su saludo ni la pareja joven a su sonrisa. Eran reales, estaban allí; era You Yu la que no estaba. Estaba un pelín a la izquierda, un paso fuera del tiempo. Cuando salieron del pueblo, la carretera se mezcló a la perfección con los primeros tramos del páramo. El hecho de que estuvieran tan cerca del mundo real y que, sin embargo, este estuviera tan lejos de su alcance, era difícil de entender incluso para Susanna, y llevaba haciendo esto… Bueno, no sabía exactamente durante cuánto tiempo, pero le parecía una eternidad. El mundo, la realidad, la *vida*, todo estaba tan cerca aquí. Al alcance de la mano.

Presa de ese pensamiento, Susanna hizo algo que nunca, jamás, había intentado. Cuando pasaron junto a la pareja joven, la cual estaba señalando que era una vergüenza que se permitiera que el querido jardín de You Yu acabara hecho un desastre, Susanna estiró la mano. Dejó que sus dedos recorrieran el aire junto al brazo de la mujer, buscando la suave caricia de la chaqueta de punto color limón que llevaba.

Nada. Si bien buscó con el corazón y con el alma además de con la mano, no sintió nada. El velo que dividía el páramo y el mundo podía ser tan fino como para ser invisible, pero aguantaba.

—¿Acabas de marcar a esa mujer con la muerte? —inquirió You Yu en voz baja mientras los jóvenes padres continuaban con su paseo sin ser conscientes.

—No —respondió Susanna con honestidad—. No podía tocarla.

Hizo acopio de toda su fuerza para ocultar el dejo amargo de decepción en su voz. ¿Cómo lo había hecho Tristan?

¿Cómo?

Porque, si él pudo hacerlo, tal vez ella también. Tal vez pudiera volver junto a él.

CAPÍTULO OCHO

Dylan tenía mal genio. Lo negaba con vehemencia cada vez que Joan la acusaba de ello, pero sabía que era cierto. Se esforzaba por no dejar que la rabia y el resentimiento que bullían en su interior se trasladasen a sus conversaciones con Tristan, pero era difícil. En lugar de permitir que sus sentimientos se reflejaran en sus palabras, a menudo optaba por no decir casi nada.

Enfurruñada.

No fue hasta aquella noche, con comida precocinada sobre las rodillas porque Joan tenía turno de trabajo y Dylan estaba demasiado irritada como para cocinar, que el ardor empezó a desaparecer.

—¿Quieres ir a esa fiesta? —le preguntó a Tristan, manteniendo la voz calmada, pero apuñalando un trozo de pollo con una fuerza innecesaria.

—¿Cómo? —Apartó la mirada del informativo que estaba viendo (no se cansaba de las noticias) y observó fijamente a Dylan, quien se metió varios bocados de tikka masala en la boca antes de decidirse a repetir la pregunta.

—La fiesta de Cheryl. ¿Quieres ir?

Siguió mirándola, como si estuviera intentando averiguar qué quería. Con cuidado, Dylan mantuvo el rostro inexpresivo.

—¿Quieres ir *tú*? —inquirió, al fin.

—A mí me da igual. —Mentira—. Podemos ir si quieres.

Tristan volvió a comer, con los ojos en su cena y luego en la pantalla de la televisión. Sesenta largos segundos más tarde, habló por fin.

—No tengo ningún deseo de juntarme con ellos, pero son tus amigos, así que…

—¡No son mis amigos, ya lo sabes! —dijo Dylan con rapidez. Luego, como ya lo había revelado, añadió—: Yo no quiero ir.

—¿Y por qué no has dicho eso entonces? —Las palabras de Tristan estaban teñidas de frustración.

—Bueno. —Hizo una pausa, y luego todo salió a relucir—. No me caen bien, pero eso no significa que tú no puedas ser su amigo. Y aunque Cheryl es más tonta que el asa de un cubo, a los chicos parece gustarles y piensan que es guapa, y no sé. En plan, ¿tú piensas que es guapa?

La pregunta quedó colgando en el aire. Dylan se mordió la lengua, obligándose a sí misma a no empeorarlo hablando de más. Al rato, Tristan frunció el ceño, de manera que se le formó una profunda muesca entre las cejas.

—¿Hablas en serio?

—No —respondió Dylan, ya que parecía la respuesta correcta. Luego, en voz muy baja, añadió—: No lo sé.

—Bien —dijo Tristan mientras dejaba a un lado los restos de su tikka masala—. Vale. Permíteme ser claro. Voy a ese instituto porque tú tienes que ir. Eres la única persona de allí remotamente tolerable. —Esbozó una pequeña sonrisa, la cual Dylan hizo todo lo posible por devolverle—. No me interesa Cheryl McNally ni Steph como se apellide ni nadie más. Solo tú.

Usó el nudillo del dedo índice para darle un golpecito cuidadoso en la barbilla.

—¿De acuerdo? —Seguía ahí, mirándola a los ojos con seriedad. Estaba demasiado cerca, era demasiado intenso. Dylan se echó hacia atrás levemente, avergonzada ante el hecho de que había visto sus inseguridades con tanta facilidad. Parecía que solo había una salida.

—¿Ni siquiera la señora Lambert?

—¿Esa quién era?

—La bibliotecaria. —A la que le gustaba llevar chaquetas de punto que no combinaban nada con cualquier vestido de los cincuenta (o sea, comprado en los cincuenta) que se hubiera puesto ese día. La bibliotecaria a la que le habían crecido varios pelos grises y largos en la barbilla. La mirada de Tristan brilló con diversión.

—Es apetitosa —coincidió antes de esbozar una sonrisa—. Pero me quedo contigo.

—Bueno, si no quieres ir a lo de Cheryl, siempre está el Baile de Halloween… —Una vez más, Dylan fingió desinterés.

—¿Qué es un Baile de Halloween? —La miró con total desconcierto y Dylan se movió incómoda en el asiento.

—No importa. Da igual. Es que pensé que igual querrías… tener otra experiencia humana real. O algo. —Miró hacia otro lado. Le ardía la cara y no quería que Tristan lo viera. Notó cómo le empujaba la muñeca, una petición tierna para que lo mirara.

—Vamos al baile —dijo—. Juntos.

Dylan alzó la cabeza al oírlo. Le estaba sonriendo, sereno.

—¿Quieres ir a un Baile de Halloween de la Academia Kaithshall?

—Sí. —Se encogió de hombros—. Será una experiencia. ¿Tú no quieres ir? —Esbozó una sonrisa rápida—. ¿Cómo son?

—No lo sé —respondió con sinceridad.

—¿No lo sabes?

—Nunca he ido a uno.

—¿Por qué no?

¿Por qué había sacado este tema? ¿En qué estaba pensando? *Eres estúpida, Dylan.*

—Es solo que… ya sabes. —Le tocó a ella encogerse de hombros.

—No —dijo despacio—. No lo sé. —Sus labios esbozaron una mueca de humor—. Soy nuevo aquí.

—Cállate. —Dylan le dio un leve puñetazo en el brazo. No obstante, seguía esperando una respuesta, y ella sabía que no iba a dejarlo ir—. Nunca he tenido con quién ir. O sea, tenía a Katie, pero estas cosas son, en plan, bailes en pareja —murmuró la última parte.

—Genial —dijo rápido—. Quiero llevarte.

A Dylan le dio un vuelco al corazón ante la sinceridad pura de su voz. Era embarazoso que supiera cuán desesperada estaba —en secreto— por ir a uno de esos ridículos bailes, formar parte de las cosas. Sin embargo, también era increíble que la conociera tan bien. Le sonrió y luego se estremeció.

—Claro, voy a ir al baile con mi primo —le recordó.

Parecía despreocupado.

—Seguro que podemos encontrar una esquina oscura en alguna parte si necesitamos algo de privacidad.

Dylan se sonrojó ante ese comentario. Tristan le sostuvo la mirada, examinándole el rostro, pero la vergüenza todavía hacía que quisiese liberarse y esconderse.

—Se te está enfriando la cena.

—Sí —concordó Tristan sin moverse—. Pero dudo de que eso haga que sepa peor.

Le sonrió, y sus ojos azules brillaron. Este ser etéreo que había protegido su alma de la aniquilación en el páramo se estaba burlando de ella, riéndose como si fuera la cosa más natural del mundo. Aquí sentado junto a ella, en su mísero sofá, como si este fuera su sitio. Era increíble. *Él* era increíble. Dylan luchó por ocultar el asombro de su rostro.

—¡Eh! —Le dio un empujón en los hombros, fingiendo estar cabreada—. He calentado esta comida precocinada en el microondas a la perfección. Tiene que gustarte el pollo tikka masala si vas a vivir en Escocia. Es nuestro plato nacional prácticamente.

—Mis disculpas, pues.

No obstante, no siguió comiéndose su cena. En lugar de eso, se acercó más a Dylan. A ella se le tensó el estómago de aprensión y el corazón le latió más rápido. Tristan apretó su boca contra la de ella una, dos veces. Dylan percibió la salsa de tomate picante en sus labios, infinitamente más apetecible cuando se la saboreaba de esa forma. Dios, cuánto lo había echado de menos. Si bien Tristan la abrazaba todas las noches, llevaba tratándola como si fuera de cristal desde que salió del hospital. Como si sus huesos fueran a romperse si él la apretaba.

Dylan se inclinó para profundizar el beso, con ganas de más, pero, demasiado pronto, Tristan regresó a su sitio en el sofá. Recogió su cena, le guiñó un ojo a Dylan y volvió a mirar la televisión.

Dylan también observó el rostro infeliz del reportero, encorvado contra el viento y la lluvia. Detrás de él, el paisaje era una mezcla de marrones y verdes apagados, iluminado por el fuerte resplandor de las luces rojas y azules de los vehículos de emergencia. Era árido, feo e inquietantemente familiar.

—Tristan —dijo—. Sube el volumen.

Hizo lo que le pidió, y la voz del reportero inundó la habitación.

— … los cuerpos fueron encontrados esta mañana cuando un gerente de presupuestos llegó para ver los daños causados en el tejado del túnel. Se sobrentiende que los cuatro hombres fueron víctimas de alguna clase de ataque y, si bien la policía aún no ha indicado la causa de la muerte, considera que esta es sospechosa. Lo que sí ha quedado claro es que no se trata de un accidente laboral, pero el misterio rodea los hechos. Tras preguntarles, los agentes que se encontraban en el lugar se negaron a confirmar o a desmentir que animales salvajes hubieran tenido algo que ver. Se van a realizar autopsias a todos los cuerpos, y puede que los familiares de los fallecidos obtengan respuestas a lo que ocurrió en la oscuridad del túnel. Volvemos al estudio.

Dylan tomó el mando a distancia y puso la noticia en pausa justo cuando el reportero asentía en señal de despedida.

—¿Ese es? —Imposible—. ¿Ese es el túnel, Tristan? ¿*Nuestro* túnel?

El ángulo de la cámara, el cual apuntaba al tumulto de coches de policía, ambulancias y un solitario camión de bomberos, no era bueno, pero las vías de tren se extendían a lo largo de una esquina y allí, casi fuera de la vista, estaba el enorme agujero negro que Dylan nunca olvidaría.

—No lo sé —respondió mientras se inclinaba hacia delante para observar la pantalla con los ojos entrecerrados—. Rebobínalo.

Volvieron a ver el informe, pegados a cada palabra. No pudieron ver más partes del escenario, lo cual era irritante, si bien Dylan intentó estirar el cuello hacia la izquierda como si eso la dejara ver más allá de lo que había en el encuadre por arte de magia.

—Parece el mismo —sostuvo—. Y el reportero ha dicho el lugar del accidente. ¿Qué otros accidentes de tren has escuchado recientemente?

Tristan negó con la cabeza despacio.

—Tiene que serlo.

Se giró para ver la pantalla y lo reprodujo de nuevo. La mirada de Dylan se mantuvo en el túnel que le había cambiado la vida de manera tan drástica. Mientras el reportero hablaba, ciertas frases le llamaron la atención y parecían sonar más fuerte que el resto: *animales salvajes, fallecidos* y, la peor, *misterio.*

Cuatro hombres asesinados. Cuatro hombres normales y corrientes que simplemente hacían su trabajo, asesinados en el sitio exacto en el que Tristan y ella desafiaron a la naturaleza y regresaron al mundo de los vivos. A Dylan le dio un vuelco al estómago. Le recordó a la sensación de malestar que tuvo cuando era pequeña y le cortó el pelo en secreto a su prima pequeña (su prima *de verdad*). Sin querer, le cortó el cartílago de la parte superior de la oreja y nunca olvidó aquella sensación. Ahora sentía lo mismo —culpa, responsabilidad, el horror de ver la sangre en sus manos—, pero mil veces peor.

—¿Crees que tiene algo que ver con nosotros? —preguntó en un susurro ahogado.

—¿Cómo va a ser eso? —Dudó—. Debe ser solo un accidente, una tragedia terrible. —Tristan sonaba seguro, pero una acción dice más que las palabras. Rebobinó el vídeo al principio y volvió a verlo, esta vez con el volumen quitado.

—La policía ha dicho que es sospechoso —le recordó Dylan.

—«Sospechoso» no significa… —Se quedó callado; era obvio que no se creía en sus propias palabras.

—¿Crees… que han muerto porque yo he vivido? ¿Como el yin por el yang? ¿Equilibrio o algo así?

—Es posible.

—Pero no es eso lo que piensas. —Dylan lo dijo como si fuera un hecho al notar el escepticismo de Tristan.

—No —contestó con una expresión pensativa.

—¿Y bien? ¿Qué es lo que sí piensas?

—No lo sé —dijo—. Es… Tenemos que saber más. Tenemos que saber cómo murieron.

—¿Te refieres a que tenemos que saber qué los ha matado?

—Sí —respondió—. Justo eso.

Capítulo nueve

Para ser una mujer mayor, You Yu era ágil. Se desplazaba por el camino de tierra estrecho por el que iban casi sin mirar los campos llanos y verdes que tenían a ambos lados. Agitaba los brazos y sus zancadas eran largas y decididas, y era Susanna, con las piernas cortas y regordetas de Lian, quien se quedaba sin respiración mientras luchaba por mantener el ritmo.

—¿A qué viene tanta prisa? —jadeó, casi trotando junto a la anciana.

You Yu inclinó la cabeza en dirección a Susanna y sonrió, pero no aminoró el ritmo despiadado que llevaba.

—Llevo sin sentirme así de bien mucho, mucho tiempo —dijo—. Nada de dolores ni de molestias. Es increíble, me siento… viva. —Soltó una carcajada—. ¡A que es irónico!

Susanna agitó la cabeza con asombro. No era capaz de recordar a un alma que emprendiera el viaje con tanto vigor, tanto entusiasmo. Supo exactamente quién era Susanna, a pesar de que su enorme parecido con la nieta de You Yu; la acompañó sin ninguna queja ni protesta; se hizo a la idea de que su cuerpo y todas sus limitaciones habían quedado atrás y estaba caminando a toda velocidad como si tuviera dieciséis años. Por no mencionar —y aquí venía la sorpresa— que el sol brillaba sobre sus cabezas en un cielo azul constante. ¡Era casi como si You Yu estuviera feliz de estar muerta!

—Hay una cabaña un poco más adelante —le dijo Susanna—. Pasaremos allí la noche.

—Mejor ni nos molestemos. —You Yu hizo un gesto con la mano para desechar la idea—. Dormiremos bajo las estrellas.

Susanna negó con la cabeza.

—No —contestó—. No quieres hacer eso.

—Sí que quiero.

No tenía sentido ocultarle la verdad a You Yu.

—No, en serio. Hay… cosas que salen en la oscuridad. Son malvadas y, si te atrapan, te desgarran el alma, te obligan a ir bajo tierra y se alimentan de ti hasta que te conviertes en una de ellas.

Las zancadas de You Yu vacilaron durante un milisegundo, pero se recompuso y siguió adelante.

—Ya veo —concedió—. Pero parece una tontería parar tan pronto. El sol sigue en lo alto.

—Puede oscurecer muy rápido —refutó Susanna—. Pero no hay otro refugio al que podamos llegar hoy. Tendremos que dormir en la cabaña.

Siguieron caminando en silencio un rato más y luego You Yu suspiró.

—De acuerdo.

Por primera vez, Susanna se sintió agradecida de llegar temprano al refugio y descansar un poco. Por lo general, le gustaba llegar lo más cerca posible del anochecer para que así el alma estuviera cansada, se quedara dormida ante la llegada de la noche y tuviera menos ganas de interaccionar. No obstante, le dolían las piernas, el corazón le latía a toda velocidad y estaba empapada de sudor. Cuando la pequeña cabaña de madera apareció ante ella, podría haber llorado de alivio.

Sus paredes de barro estaban encajadas en un armazón de madera un poco desastroso con un techo de paja grueso y moldeado. Solo había una ventana pequeña en la parte delantera y una única puerta baja. Todo estaba deteriorado y las instalaciones del interior eran básicas, como de costumbre, pero la casa mantendría a los espectros fuera, y eso era lo único que importaba.

—Es bonito. —You Yu sonrió al entrar por la puerta—. Mi abuelo tenía una casita como esta. La usaba para pescar y cazar y para alejarse de su mujer. —Se le escapó una carcajada—. Por aquella época la odiaba. No había agua caliente y solo había una cama pequeña, como esta. —Señaló la cama individual con marco de bambú—. Así que me tenía que conformar con un jergón puesto en el suelo. No llegaba a entender por qué le gustaba. —Con las manos en las caderas, examinó la pequeña habitación, observó el fregadero y el grifo con sistema de bombeo, el robusto hogar y la mesa y las sillas hechas a mano—. Ahora sí.

Todavía había luz en el exterior, pero Susanna se ocupó del fuego. El aire interior era frío y ligeramente húmedo, y Susanna quería encenderlo antes de que las sombras empezaran a acumularse. Mientras estaba en ello, You Yu tomó uno de los taburetes y se sentó en la puerta, desde donde observó cómo el sol se ocultaba en el horizonte.

—¿Lo oyes? —preguntó de repente, y Susanna se detuvo e inclinó la cabeza para escuchar. Al principio todo estaba en silencio, pero, entonces, lo captó. El lamento agudo y espeluznante que siempre le daba escalofríos en la espalda.

—Lo oigo —respondió.

—En este campo no hay lobos.

—No —coincidió Susanna—. No los hay.

—¿Son esas criaturas de las que me has hablado?

—Espectros. —Susanna asintió—. Sí, son ellos. No cruces la puerta.

Tal y como había predicho, el sol se puso a una velocidad antinatural y el atardecer se estaba fundiendo con el crepúsculo.

—No considero que te haya creído —meditó You Yu—. Bueno, no, sí que te he creído, es solo que no lo he entendido. —Hizo una pausa y siguió hablando con un tono más alegre—. Sé que has dicho que no lo necesito, pero es raro no estar preparándome para cenar. No tengo hambre, solo tengo la sensación de que debería estar haciendo algo.

—Tarda un poco en que se te pase —dijo Susanna—. Eso me han dicho.

Segura de que el fuego no fuera a apagarse, se dejó caer en la estrecha cama y gimió. Le dolían los músculos. Le dolían los huesos. Le dolía hasta el pelo.

—¿Estás bien? —You Yu la estaba mirando con un destello de diversión.

—Lo siento. —Se sentó, pero no pudo contener un gemido.

—¿No estás acostumbrada a esto? —Se estaba burlando de ella, y con razón. Una anciana la había superado caminando.

—Lo estoy —admitió Susanna—. Pero normalmente no…

—¿Normalmente no llevas por ahí casi veinte kilos de más? —You Yu alzó las cejas, pero agitó la mano para restarle importancia a la expresión avergonzada de Susanna—. ¡Se lo dije! Le dije que pesaba demasiado. ¡A mí me encantaban los dulces! —Resopló, luego miró fijamente a Susanna con una expresión en la cara triste y melancólica. Sin embargo, pareció romperse un segundo después—. ¿Estás atrapada bajo esa forma mientras estés conmigo?

—Bueno, atrapada, no. Pero es…

—Cámbiala. —You Yu interrumpió su explicación—. Sé por qué lo haces, pero, como te dije antes, sé que no eres mi Lian. Es agradable ver su preciosa cara una última vez, pero es a ti a quien veo mirándome con sus ojos. Cámbiala. ¿Cómo eres *tú*?

Era demasiado difícil resistirse a la idea de deshacerse de la forma demasiado bajita y poco manejable de Lian. De un momento a otro, Susanna asumió la apariencia que consideraba su verdadero yo. La que elegía en las ocasiones raras en las que tenía la libertad de optar. Se estiró y adelgazó, su pelo se deslizó hasta llegarle a la mandíbula y se oscureció. Sus pómulos se volvieron más angulosos y su barbilla más afilada.

—Mucho mejor —elogió You Yu—. Ahora tu personalidad hace juego con tu cara, ¿sabes a lo que me refiero?

Susanna no lo sabía con exactitud, pero se sintió más cómoda al instante, a pesar de que todavía le dolían los músculos.

—Siéntate conmigo. —You Yu señaló el otro taburete y Susanna se levantó para sentarse junto a la anciana en la puerta. El mundo que había más allá era una masa de oscuridad que se retorcía, y los espectros se lanzaban en silencio.

—Has aceptado todo esto con mucha facilidad —dijo Susanna tras un momento largo y apacible.

You Yu cambió su peso en el taburete y se encogió de hombros, suavizados por el vellón grueso que la protegía del frío nocturno.

—Bueno, no tiene sentido protestar ni quejarse, ¿verdad? Eso no cambiará lo que ha pasado. —Hizo una pausa—. Además, no estoy segura de si lo cambiaría aunque pudiera.

—¿No? —Eso pilló a Susanna por sorpresa.

—Era vieja —le recordó You Yu—. Mi cuerpo había dejado de funcionar, algunos días no podía ni levantarme de la cama. Y estaba sola. —La última palabra la dijo con un suspiro entrecortado.

—Tenías a tu nieta —dijo Susanna con suavidad.

—Sí. —You Yu asintió despacio—. Pero, como ya te he dicho, a Lian no le gustaba verme así, ¿entiendes? La ponía triste.

—¿No tenías a nadie más?

—Tenía a mi Hui —respondió You Yu—. Llevo sin verlo mucho tiempo, pero no tendré que esperar mucho más.

Susanna sabía a qué se refería. Había escuchado a mucha gente decir algo parecido.

—¿Cuándo murió?

You Yu se estremeció, y eso hizo que Susanna se encogiera. No fue su intención soltarlo con tan poca sensibilidad.

—Hace once años —dijo You Yu en voz baja—. Eso es lo que lleva esperándome.

—¿Cómo sabes que vas a volver a verlo?

You Yu se giró, y la luz del fuego iluminó su ceño fruncido.

—¿De verdad no sabes a dónde me estás llevando?

Susanna se mordió el labio y negó con la cabeza.

You Yu se medio encogió de hombros.

—No importa. Creo que me estará esperando, al igual que yo le esperaría a él. El tiempo que hiciera falta.

Espero que tengas razón. Las palabras quedaron flotando en la cabeza de Susanna, pero no las pronunció. No quería arrojar dudas sobre las creencias de You Yu, ya que quería que se hicieran realidad.

—¿Tú no tienes a nadie? —inquirió la anciana—. ¿Alguien que te esperaría el tiempo que hiciera falta?

No, no lo tenía. Los barqueros no tenían nada de eso. No en el sentido que quería decir You Yu. No obstante, había sentido algo. Compañía, conexión. La sensación de no estar tan sola. Ahora ya no estaba...

—Yo no tengo a nadie.

You Yu le dio una palmadita a Susanna en la rodilla en un gesto propio de una abuela. Ese afecto era prácticamente ajeno a Susanna. Hizo que las lágrimas se le clavaran en los ojos mientras miraba el crepúsculo. Era una escena tranquila y apacible, pero seguía siendo una mentira. Lo único que tuvo que hacer Susanna fue cerrar los ojos durante un momento, ajustar su percepción y, cuando los abrió de nuevo, el verdadero páramo estaba ante ella.

Incluso en la creciente oscuridad, era fácil distinguir la infinidad de tonos rojos que se extendían por el paisaje. La serpiente negra fundida que imitaba un agradable arroyo en el campo de You Yu. Las almas, transparentes y titilantes, cerca, y el resto de los barqueros, el único rasgo positivo para Susanna de esta vista del páramo. Eran estrellas que siempre parpadeaban en el fango. Podía mirarlos y fingir que no estaba sola.

Pero lo sentía.

A la izquierda, otro refugio dormitaba tranquilo. Ningún alma fantasmal, ningún barquero guía que resplandeciera. El refugio de Tristan. Su ruta a través del páramo coincidía con la de Susanna, puesto que sus refugios se encontraban uno al lado del otro durante casi todo el camino. Muchas noches se había sentado así, mirando por una ventana o a través de una puerta abierta, y lo había visto hacer lo mismo. No se habían comunicado, no se habían llamado —no estaba permitido—, pero habían estado allí. Sus ojos habían compartido más de lo que podrían haber dicho en voz alta.

Ahora esa conexión había desaparecido. Lo único que podía hacer era sentarse y mirar el lugar donde él había estado. Preguntarse qué estaría haciendo ahora. ¿Pensaría alguna vez en ella? Aún aquí, aún atrapada.

Incapaz de soportar la repentina sensación de soledad, de abandono, Susanna imaginó a Tristan sentado allí mismo, donde siempre había estado. Modeló sus rasgos, extrayéndolos de su memoria a la perfección; su mirada melancólica y penetrante, tan fácil de recordar. ¿Sonreiría, tal vez, si la viera de nuevo? ¿Se le iluminarían los ojos y le mostrarían un atisbo de ese brillo que llevaba tanto tiempo sin ver?

No importaba, porque no iba a volver. Susanna parpadeó y borró la imagen fantasmal que había creado.

Ahora estaba sola de verdad. Y era desgarrador.

CAPÍTULO DIEZ

—Bueno, esto es todo.

Susanna estaba en la línea con You Yu y descubrió que era ella la que estaba retrasándolo.

Habían cruzado el páramo sin apenas dificultades; solo coquetearon con el peligro en el valle, donde las sombras estrecharon el camino hasta convertirlo en una cinta más fina de lo que Susanna había visto jamás. Habrían estado bien, pero las paredes escarpadas y la forma majestuosa de los peñascos de la montaña cautivaron a You Yu y se entretuvo, olvidando que en el páramo el sol podía caer de golpe.

Incluso entonces, los espectros no se acercaron lo suficiente como para estropear la piel suave y arrugada que envolvía el rostro sonriente de You Yu.

En lugar de correr y luchar, pasaron las tardes observando las estrellas, ya que en el páramo de You Yu no había nubes oscuras y melancólicas. Mirando el lugar en el que se encontraban, Susanna casi podía creerse que este sitio era el mundo real, con campos verdes de granjeros pulcramente labrados que se extendían planos hasta donde alcanzaba la vista. Y peonías. En el páramo de You Yu había peonías.

Y ahora todo había terminado. You Yu seguiría adelante, y Susanna empezaría de nuevo. ¿Cuánto tiempo pasaría antes de que encontrara otra alma tan contenta, tan sabia como You Yu? El pensamiento era deprimente.

—¿No estás ni un poco tentada a darte la vuelta?

—¿Cómo? ¿Después de todo lo que hemos andado? —You Yu se rio; luego su expresión se volvió seria y negó con la cabeza—. No. Ni por todo el oro del mundo haría que mi Hui siguiera esperándome.

Eso era lo que pensaba, pero tenía que comprobarlo. Se le había ocurrido una nueva teoría durante las largas noches que habían pasado ella y You Yu en la oscuridad tranquila de las cabañas.

Susanna tenía la ligera sensación de que sabía cómo había vuelto Tristan al mundo. Que el alma a la que estaba guiando había encontrado la forma de regresar y se había llevado a Tristan para aprovecharse de él.

Así, pues, a lo mejor Susanna podía hacer lo mismo… Solo que necesitaba un alma que quisiera volver. You Yu habría sido perfecta, sabia, amable y de fiar. No obstante tenía razón, no tenía ningún motivo para volver —su cuerpo era una cáscara envejecida que traicionaba a su mente avispada— y sí muchos para continuar.

Un marido. Un amor que le había hecho querer enfrentarse a la incertidumbre y a los peligros del páramo sin miedo. Susanna no podía permitirle que abandonara eso. No lo haría.

—Siento mucho no poder conocer a tu Hui —le dijo a la anciana—. Debe ser un buen hombre para haberse ganado el amor de una persona como tú.

You Yu sonrió, luego estiró los brazos y rodeó a Susanna, abrazándola con fuerza como si fuera a echarla de menos. Hizo que las lágrimas volvieran a brotarle de los ojos.

—Bendita seas por haber cuidado de mí en este viaje —dijo la anciana antes de darse la vuelta y caminar directamente sobre la línea. Sin vacilar, sin mirar atrás.

Susanna esperó. No estaba segura de qué, pero no se atrevía a marcharse. Sin embargo, al poco tiempo, la necesidad, la orden de dar la vuelta y recoger la siguiente alma se hizo demasiado fuerte como para ignorarla. Tras enjugarse una lágrima solitaria, Susanna contempló una vez más las hermosas peonías de You Yu antes de girarse y dejar que la serena vista palideciera a su alrededor.

El mundo que se reconstruyó en su lugar era un sitio muy diferente. Había bloques de pisos altos, feos y desgastados. La calle estaba rodeada de coches, la mayoría en mal estado. Había basura, grafitis… Susanna sabía que nadie podía oírla, verla o tocarla, salvo el alma a la que había venido a recoger, pero, aun así, estaba inquieta.

Su cuerpo también sufrió una transformación, aunque fue mucho más sutil. Su piel seguía sin estar marcada por la edad, su pelo seguía siendo oscuro, aunque más liso y con un grueso flequillo que le llegaba hasta las cejas. Había adelgazado, pero no mucho, y dudaba de que hubiera un centímetro de diferencia en su altura. Eso la complacía: su rostro podía ser distinto, pero seguía sintiéndose como ella.

El alma a la que había venido a recoger yacía en un callejón. Había muerto en un charco de su propia sangre, por cortesía de un cuchillo en el estómago, y el hombre estaba acurrucado en posición fetal, inconsciente. Era alto, pero delgado. Como si hubiera pegado el estirón y no hubiera tenido la oportunidad todavía de ganar peso. Ya no la tendría. Los vaqueros oscuros y la camiseta negra que llevaba ocultaban la sangre que empapaba la tela, pero sus dedos estaban manchados del líquido viscoso, casi negro contra la palidez de su piel. Su cabello era oscuro y le caía sobre la frente. Sus ojos estaban cerrados y su cara mostraba una expresión pacífica. Tenía un rostro joven, pensó Susanna mientras lo miraba. Sin arrugas, sin marcas, con las mejillas todavía con restos de la típica grasa infantil.

Se agachó junto a él, incómoda con los tacones que llevaba. Vacilante, extendió la mano —¿uñas rojas, largas y brillantes? ¿De verdad?— y le agarró el hombro. Lo sacudió con suavidad y el alma, Jack, gimió. Con dificultad, agitó los párpados y volvió a perder la conciencia. Frunciendo los labios, Susanna lo sacudió con más fuerza.

—¿Qué? —le golpeó la mano, aunque su coordinación no funcionaba bien. Susanna siguió sacudiéndolo—. ¡Déjame en paz!

Irritado y con los ojos totalmente abiertos, Jack echó un vistazo al sombrío callejón en el que se encontraba. Le estaba costando enfocarla.

—Jac… —Ni siquiera terminó de pronunciar su nombre cuando se puso en movimiento, se levantó de un salto y la lanzó contra el muro de ladrillos. Antes de que pudiera recuperar el aliento, tenía un brazo puesto sobre su garganta, cortándole la respiración.

—¿Quién eres? —gruñó—. ¿Qué cojones está pasando?

Puede que tuviera un rostro juvenil, pensó Susanna, pero esos ojos eran mayores. Ninguna persona de dieciséis años debería tener unos ojos como esos.

—¡Jack! —Susanna logró que la palabra pasara por sus cuerdas vocales oprimidas.

Al instante, la presión se aflojó y Susanna dio una bocanada de aire.

—¿Sammy?

Sammy era su exnovia. La influencia más positiva que había tenido en su vida hasta el momento, por lo que Susanna pudo deducir. Sammy ya no formaba parte de su vida, pero permanecía en el corazón de Jack, junto con una fuerte dosis de nostalgia que puede que hiciera que Susanna se sintiera culpable. Una vez.

—Soy yo. —No era mentira, no del todo. A Susanna no le gustaba mentirles a las almas. Eso hacía que después les costara más escucharla, confiar en ella. Y ahí era cuando los espectros las atrapaban.

—Dios —Se frotó la cara y contempló su entorno—. Me siento como si me hubiera pasado un camión por encima. ¿Qué ha pasado? ¿Qué haces aquí? ¿Dónde estamos?

—En un callejón —dijo Susanna, que eligió la pregunta más fácil de responder.

Jack resopló.

—No me digas. Venga.

Le tomó la mano y la condujo hasta la calle, luego se detuvo cuando vio dónde estaba. Se acordó de por qué estaba allí.

Estaba huyendo. Susanna vio los últimos recuerdos de Jack; el enfrentamiento con su padrastro, su madre llorando de fondo con el ojo hinchado, él saliendo como un rayo del piso de protección social. Desplazándose tan rápido como pudo en autobús, encontrándose con un grupo de chicos a los que no conocía, que no lo conocían y a los que no les gustaba que estuviera en su «zona». Una pelea, el movimiento rápido de un cuchillo. Un momento de dolor y luego… pánico. Pasos alejándose de él. Se cayó contra el suelo del callejón y ahí fue donde murió. Susanna lo vio todo, vio el desperdicio sin sentido. Una vida que no había vivido ni la mitad.

Jack frunció el ceño al ver la calle oscura, la cual se había quedado vacía a excepción de un coche solitario. Estaba inquieto y movía los pies con nerviosismo; era indudable que estaba pensando mucho. ¿Qué hacer, a dónde ir?

Susanna sabía que tenía que hacerse cargo, llevarle al primer refugio, pero, debido a su violenta exhibición en el callejón y a su agresividad casual —un completo contraste con la gentileza tranquila de You Yu—, se sentía recelosa.

—No pienso volver —dijo Jack de repente—. Si estás aquí por eso, puedes ir olvidándote. Estoy harto, no pienso volver a Stirling. —Miró a Susanna de reojo, beligerante—. No.

—Vale —contestó, pensando rápido—. Voy contigo, entonces.

Eso hizo que Jack se detuviera. Se la quedó mirando con una media sonrisa iluminándole el rostro.

—¿En serio?

—Sí. —Susanna se lamió los labios secos.

Ladeó la cabeza y la miró detenidamente. Era fácil ver que sus ojos albergaban esperanza.

—Dijiste que habíamos terminado.

—Lo sé, pero… tenías razón, en lo que dijiste. —El recuerdo cortante y doloroso de la última conversación entre Jack y Sammy zumbó en los oídos de Susanna—. No podemos confiar en nadie más. Tú y yo, nada más.

Le sonrió y volvió a ser un chico de dieciséis años. Feliz. Una punzada de remordimiento hizo que a ella se le retorciera el estómago.

—No me gusta este sitio, deberíamos irnos.

Jack asintió.

—Sí, antes de que la persona incorrecta nos vea. No tengo fuerzas para otra pelea. —Se frotó el estómago, el sitio exacto en el que el cuchillo se le había clavado en los órganos, si bien no quedaba ningún rastro de ello ya—. Iba a ir a Glasgow. Encontrar una casa okupa o algo.

—Podríamos hacer eso. —Susanna se mordió el labio inferior con nerviosismo—. Pero es demasiado tarde para tomar el autobús. Tendremos que caminar un poco.

—Este día no hace más que mejorar. —Estiró el brazo, agarró a Susanna de la mano y la arrastró con él.

Como iba en la dirección correcta, Susanna dejó que tomara el mando. Era obvio que estaba acostumbrado a ello, pues sus zancadas eran largas y seguras y movía los hombros con una arrogancia marcada. Tuvo el horrible presentimiento de que esta alma iba a ser difícil de controlar. Era altivo. Volátil. Demasiada confianza, nada que ver con Tristan, cuya relajada seguridad en sí mismo era sutil. Tristan. De él, sus pensamientos se dirigieron, naturalmente, a la chica que había entrado con él en el túnel. ¿Esa era la clave?

Al instante, su mente rechazó la idea. Estaba mal, mal, mal. Una vez que estabas muerto, estabas muerto. No había vuelta atrás. Eso era lo que le había dicho a cien, mil almas. Ni siquiera tenía que pensar en ello. En cuanto el alma preguntaba (y siempre lo hacían), la respuesta estaba ahí. No.

Nunca se lo había cuestionado hasta que vio cómo Tristan se desvanecía.

Ahora mismo, no había nada que Susanna quisiera más que darse la vuelta y seguir a Tristan al mundo de los vivos. En vez de eso, dejó que Jack la adentrara más en el páramo.

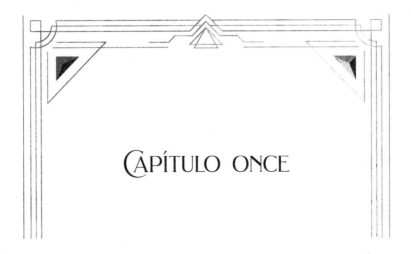

CAPÍTULO ONCE

Mucho antes de lo que cualquiera habría anticipado, el padre de Dylan estaba de camino a Glasgow. Había reorganizado sus planes para ir tan pronto como pudo, y su llegada inminente distrajo a Dylan de los hombres que habían muerto en el túnel.

Era su padre, y por fin iba a conocerlo.

La visita repentina de James no le hacía la más mínima gracia a Joan, que tuvo que cambiar sus turnos en el trabajo. Vacilante, Dylan sugirió que Tristan podía ir con ella en su lugar, pero Joan se negó al instante.

Eso hizo que a Dylan se le complicaran un poco las cosas. Joan dijo sin tapujos que no quería que Tristan estuviera en el encuentro, el cual iba a tener lugar en una cafetería situada en la Royal Exchange Square, ya que era una «cosa de familia». Dylan respondió que ella consideraba a Tristan como un miembro más de la familia, a lo que su madre resopló y contestó un simple y llano «no viene». Era imposible que Dylan y Tristan sobrellevaran que se quedara en casa. Podría matarlos... literalmente.

Dylan gimoteó y suplicó, gritó y se enfadó, todo para nada. Fue Tristan quien lo resolvió. Sugirió una solución intermedia. Estaría allí, pero a la vez no. Tristan iba a sentarse en los escalones de la Galería de Arte Moderno, tan cerca que podría verlo desde la cafetería, y esperar.

A Joan no le gustaba la idea, Dylan lo notó por su postura rígida, por el músculo de la mejilla que se le tensaba al apretar la mandíbula, pero cedió. Muy de mala gana.

El taxi accesible los dejó cerca de la cafetería. Fue un poco incómodo salir, si bien el vehículo negro tenía unas puertas más anchas y una rampa especial para su silla. El conductor tenía al menos setenta años, y Joan se vio obligada a admitir que menos mal que Tristan estaba allí para ayudar a sacar a Dylan de forma segura.

Dylan miró su reloj mientras Joan pagaba. Llegaban temprano, más de media hora antes de lo acordado.

—¿Quieres ir a mirar tiendas? —preguntó Tristan.

Dylan negó con la cabeza.

—Estoy demasiado nerviosa. Mejor... mejor vamos a quedarnos por aquí, a tomar el aire.

No era un día cálido, y Dylan estaba demasiado nerviosa como para quedarse en la Royal Exchange Square, donde los estrechos límites le resultaban claustrofóbicos. Joan se negó a ir con ellos con la excusa de que guardaría un sitio en la cafetería, y Tristan condujo obedientemente a Dylan a lo largo de Queen Street durante una corta distancia hasta que llegaron a George Square. Dejó la silla de ruedas en la amplia zona peatonal situada en el centro y durante un rato observaron cómo el tráfico circulaba lento por el concurrido cruce. No parecía que nada fuera a calmar el pulso de Dylan, así que le pidió a Tristan que la llevara de vuelta.

—Dios —susurró a medida que se acercaban a la cafetería—. ¡Ya está ahí!

Podía verlo, sentado junto a la ventana en un sofá bajo de cuero. Joan estaba sentada en el borde, erguida y rígida, en el lado opuesto, y una mesa rectangular creaba una barrera física entre ambos, como si la frialdad que irradiaba Joan no fuera suficiente.

No obstante, Dylan no era capaz de centrarse en eso. Tenía los ojos fijos en su padre, James Miller, absorbiéndolo por primera vez.

Era difícil de decir, ya que estaba acomodado en el sofá, pero parecía alto. La extensión de su brazo, situado sobre el respaldo del asiento, y de sus piernas, las cuales estaban una a cada lado de la mesa, le hizo pensar que debía de medir al menos un metro ochenta. Tenía el pelo oscuro, igual que Dylan, pero salpicado de gris.

—¿Seguro que vas a estar bien sola? —La voz preocupada de Tristan flotó sobre su hombro—. Estoy a tiempo de ir contigo.

—Mi madre se volvería loca.

—Me da igual lo que piense tu madre, me importas tú.

Dylan se lo replanteó, más que tentada. Joan no querría decir nada para no montar un numerito delante de su padre, pero lo pagarían más tarde.

—No —dijo—. Necesito hacer esto sola.

Tristan se quedó en silencio durante un momento.

—De acuerdo —contestó al fin—. ¿Me dejas que al menos te lleve hasta el interior de la cafetería?

—Sí —respondió—. Gracias.

De todas formas, era imposible que lograse atravesar la puerta ella sola.

Tristan volvió a emprender la marcha, y Joan los vio. Un segundo más tarde, su padre se giró también. Estuvo buscando durante tres segundos en los que el corazón de Dylan latía frenético y, entonces, sus miradas se encontraron. Y ambos las sostuvieron.

Dylan expulsó el aire con asombro.

—¡Se parece a mí!

Tenían los mismos ojos verdes y la misma nariz redondeada. La misma boca ancha. La misma piel pálida que se sonrojaba con demasiada facilidad, como estaba haciendo Dylan ahora mismo. No podía dejar de mirar. Era su padre. El hombre que le había dado la mitad de su ser.

A medida que se iban acercando a la puerta, un par de compradores pasaron por delante de la silla de ruedas y rompieron el hechizo. El padre de Dylan desapareció. Ella frunció el ceño, parpadeando rápido mientras miraba el espacio vacío y la golpeaba un terror repentino e irracional. ¿Se lo habría imaginado? El tiempo se detuvo, pero continuó de nuevo cuando la puerta de la cafetería se abrió y... ahí estaba.

—¡Dylan! —Se acercó a ellos dando zancadas y se puso en cuclillas a su lado. Esa posición hizo que estuvieran a la misma altura, y su padre no apartó los ojos de su rostro, mirándola como ella lo estuvo mirando a él. ¿También veía el parecido? Eso esperaba.

—Ahí estás —murmuró—. Hola.

—Hola —dijo Dylan sin aliento, sin idea de lo que iba a decir a continuación.

No obstante, se libró de tener que decir nada, ya que su padre rompió el contacto visual para mirar hacia donde Tristan se cernía a sus espaldas de forma protectora. Dylan creyó ver que algo nublaba brevemente los ojos de su padre.

—Tú debes ser el novio.

—Sí —afirmó Tristan—. Soy Tristan.

Se dieron la mano y Dylan tuvo la impresión de que su padre hacía todo lo posible por romperle los dedos a Tristan. Si fue así, el chico no lo soltó y le ofreció una sonrisa reservada a cambio. Dylan se preguntó lo que le habría dicho Joan a su padre sobre Tristan e hizo una mueca.

—Yo me encargo de su silla a partir de ahora —dijo James con firmeza, y apartó a Tristan para tomar el control de las empuñaduras—. Vamos a conocernos mejor, ¿sí?

La atención de su padre la conmovió tanto que las mariposas volvieron a revolotear. Sintiendo un poco de pánico, miró por encima del hombro hacia donde se encontraba Tristan, que miraba cómo se alejaba.

—Me quedaré donde puedas verme —gesticuló con los labios al tiempo que señalaba los escalones de la galería de arte, donde varios estudiantes estaban pasando el rato. Eso hizo que se sintiera un poco mejor mientras le decía adiós con la mano. Luego, antes de que se diera cuenta, estaba entre su padre y Joan, sentados en los sofás de cuero, frente a un incómodo sándwich.

—¿Todo bien? —La actitud gélida de Joan se había derretido; ahora solo parecía preocupada. Extendió la mano y apretó la de Dylan para reconfortarla.

—Sí. —Dylan tuvo el impulso de apartar la mano, pues no quería que su padre pensara que era un bebé, pero se obligó a no hacerlo. Eso heriría los sentimientos de Joan. Un segundo después, su madre la soltó y se acomodó en el asiento.

—¿Qué te gustaría tomar, Dylan? ¿Un zumo? —Su padre soltó una breve carcajada—. ¡Ya sé! —Se levantó con una expresión de triunfo en el rostro—. ¡Chocolate caliente! Con nata montada y nubes. No conozco a ninguna adolescente en la faz de la Tierra que diga que no a eso.

A Dylan no le gustaba mucho el chocolate caliente, pero asintió, ya que no quería decepcionarlo cuando era obvio que lo estaba intentando con todas sus fuerzas.

—Suena bien.

Se dirigió hacia el mostrador, tan alto como pensaba, y la parte superior de su cabeza se podía ver con facilidad por encima de la multitud de clientes. Dylan buscó a Tristan con la mirada. Sabía que tenía que estar cerca; sentía una opresión en el pecho, pero parecían nervios más que el dolor insoportable causado por la distancia.

Al principio no pudo encontrarlo y, por un instante, la opresión se agravó con creces, pero, en ese momento, sus ojos detectaron su cabello rubio oscuro; tenía la cabeza inclinada sobre la *tablet* que le había prestado. Exhaló. Estaba ahí. Claro que estaba.

Como si sintiera su mirada, Tristan alzó la cabeza y miró en su dirección. Lo más seguro era que no pudiera verla a través del cristal reflectante desde esa distancia, pero, aun así, se sintió mejor. Respiró hondo y se volvió hacia Joan.

Su madre se estaba bebiendo un café elegante y espumoso en una taza grande. Parecía caro, y seguro que lo había elegido porque era James el que pagaba. Por lo general, Joan bebía un simple té. También había optado por un trozo de pan de jengibre, de nuevo algo no habitual en ella, el cual estaba mordisqueando con delicadeza.

—Sabes que podemos irnos cuando quieras, ¿no? —dijo de repente—. Simplemente dilo.

—Vale —contestó Dylan. No se molestó en añadir que no tenía ninguna intención de irse. Quería sentarse y charlar con su padre durante horas. Claro que, por otra parte, solamente había hablado con él una vez por teléfono. Sabía que el tiempo que tardara en tomarse un chocolate caliente era el mismo tiempo que podía mantener una conversación con este relativo extraño—. Se parece a mí.

—Sí —coincidió Joan, que tuvo el cuidado de mantener el tono inexpresivo.

—¿Eso…? Es decir… —Hizo una pausa y se mordió el labio—. Tienes que mirarme todos los días. Y no te cae bien. Debes de haber pensado…

—Ni una palabra más, Dylan. —Joan la miró fijamente—. Cuando te miro, te veo a ti. Punto final.

Y punto final para la conversación. No volvieron a hablar hasta que llegó el padre, quien colocó frente a ella una taza alta y fina cubierta con una montaña de nata montada y virutitas de chocolate.

—¡Tachán!

—Gracias. —Consiguió expulsar las palabras a través de una garganta repentinamente seca.

—Bueno. —Su padre sentó su enorme cuerpo y se inclinó hacia delante, con las manos juntas entre las rodillas—. ¡Por fin estamos aquí!

—Sí —coincidió Dylan. Por fin.

Capítulo doce

Cuatro veces. Susanna ya había usado su pequeño hechizo de control mental en Jack cuatro veces. Y ni siquiera habían llegado todavía al primer refugio. Era un gamberro sin educación y tosco, pero parecía tener la habilidad de repeler sus órdenes hipnóticas a una velocidad inesperada. Lo cual era una desgracia, ya que no era el tipo de chico que aceptaba órdenes.

Sobre todo, cuando venían de una chica.

—Confía en mí —dijo Susanna mientras intentaba ocultar la exasperación de su voz, plenamente consciente de que eso solo lo irritaría más—. Sé a dónde voy.

Estaba tratando de engatusarlo y persuadirlo para que la acompañara, puesto que, cada vez que lo obligaba a ir con ella —cuatro y sumando—, él se zafaba cada vez más rápido. Le ponía nerviosa que no tardara en dejar de funcionar. Y les quedaba mucho, mucho camino por delante.

—Sammy. —Le sonrió con superioridad—. Te pierdes en tu propia casa. ¿En serio me estás diciendo que tengo que confiar en tu sentido de la orientación?

—Sé a dónde voy —repitió Susanna. Le agarró la mano y esbozó su sonrisa más encantadora—. Vamos.

La expresión mordaz del chico se suavizó un poco y, para sorpresa de Susanna, dejó que lo arrastrara. Sin embargo, tan solo duró unos pocos pasos. Después de eso, tuvo que hacerse cargo y aumentó el ritmo para ser el que liderara la marcha.

Estaba contando los días que quedaban para poder empujarlo al otro lado de la línea. Se le coló un pensamiento insidioso. Si los espectros acababan con él antes de llegar… bueno, no le haría perder mucho el sueño.

Aunque tampoco era que durmiera.

Susanna nunca había fallado en su papel de barquera a propósito; de hecho, no podía. Era algo que estaba codificado en cada uno de sus pensamientos y acciones: proteger el alma a toda costa. Incluso por encima de su propio dolor, de su propio sufrimiento. No obstante, si las almas eran estúpidas, si no escuchaban, que hiciera todo lo que estaba en su mano no siempre era suficiente.

Jack era el ejemplo clásico de los que caían víctimas del hambre insaciable de los espectros.

—Bueno —le dijo al oído, lo que la sacó de sus pensamientos—. ¿Vas a contarme cómo me has encontrado?

—Alguien te vio subir al autobús —respondió, tras rememorar con rapidez los últimos recuerdos de Jack, en busca de una tapadera—. El 47. Me subí al mismo.

—Claro. —Arrastró la palabra, y Susanna percibió el peligro—. ¿Y cómo supiste cuándo bajarte? ¿Eh? —Jack le tiró de la trabilla con fuerza cuando pronunció el final de la pregunta.

—Era el mismo conductor. Le pregunté y se acordaba de ti, me dijo dónde te habías bajado.

La paró en seco y la giró para que estuvieran cara a cara.

—¿En serio? Eso suena conveniente que te cagas. —Se la quedó mirando y a Susanna se le olvidó que tenía a un chico de dieciséis años delante. El corazón empezó a latirle rápido del miedo. Era la forma en la que podía pasar de alegre a depredador de un segundo a otro.

—¿Cómo, si no, iba a saber dónde estabas? —inquirió. Añadió un empujón mental, uno fuerte, para que la creyera. Jack no hizo más que quedársela mirando; no se le dilataron las pupilas ni relajó su postura tensa.

—Esa es la pregunta, ¿no? —susurró—. Por qué ibas a estar allí. Te pilla lejos de casa, Sammy.

A Susanna comenzó a latirle el pulso en la garganta. ¿Cómo narices se había metido en esta situación? ¿Por qué, *por qué* la habían emparejado con esta alma en particular? Los poderes que elegían estas cosas solían ser más inteligentes. Jack debería haber tenido un barquero masculino, a quien pudiera seguir sin que eso hiriera su orgullo. No ella.

Para nada ella.

—¿Estás viéndote con alguien? —preguntó en voz baja, pero no con suavidad. Había cierta amenaza oculta en cada palabra—. ¿Estás saliendo con algún chico de por aquí?

—¿No confías en mí, Jack? —Susanna tuvo el cuidado de mantener el rostro desprovisto de cualquier emoción salvo de dolor. Enterró el miedo tan hondo como pudo.

Funcionó. La miró durante un rato más, luego sonrió, y por un segundo vio lo que debió de haberle atraído a la ingenua de Sammy de este malote en particular.

—Claro que confío en ti —dijo, y la sorprendió con un beso dulce en la nariz—. Eres mi chica.

Pasado el peligro, Susanna consiguió que se moviera otra vez. Ya casi habían llegado al primer refugio. Dado que su asesinato tuvo lugar por la noche, esperaba ver a algún que otro espectro merodeando con esperanza, en busca de presas fáciles. No obstante, los primeros kilómetros del páramo estaban vacíos de esas criaturas viles y carroñeras. No se detuvo a preguntarse por qué, ni confió en que siguiera con esa suerte. Lo único que quería era encontrar su primer refugio para poder recomponerse e idear una mejor manera de manejar a Jack antes de que se hiciera daño… y se acabara matando. Esta vez para siempre.

—¿Sabes? Conozco a alguien que vive por aquí —dijo.

—¿Quién? —Notó la sospecha inmediata, el peso de los celos.

—Marcy —contestó Susanna, sacando el nombre de ninguna parte.

—¿Marcy? —Jack resopló—. ¿Tienes una amiga que se llama *Marcy*?

—Sí. A lo que iba… Se ha ido de vacaciones. Vive sola, por lo que su casa está vacía. Tal vez podríamos pasar la noche allí. Es tarde y estoy cansada. —Susanna esbozó un amplio bostezo. Se sintió estúpida, pero necesitaba que Jack se creyera su estratagema. Además, aunque no le entrara sueño (nunca), el bostezo le ayudó a estirar los músculos de la mandíbula.

Jack le lanzó una mirada incrédula y estaba bastante segura de que iba a discutir. ¿Merecía la pena arriesgarse a usar otro empujón mental? A lo mejor debería golpearle la cabeza… No obstante, el chico sonrió con malicia.

—¿Tiene cama?

—Sí…

—Entonces vamos.

Vale. Eso había sido fácil. Susanna negó con la cabeza, confundida, pero era la primera vez que Jack no discutía con ella, por lo que lo dejó estar.

En la expansión urbana descontrolada que era el páramo de Jack, el primer refugio estaba en la planta baja de un alto bloque de pisos. El sitio tenía un aspecto apocalíptico; ventanas rotas, puertas tapiadas y daños por humo en varias paredes. La entrada del edificio estaba llena de vidrios, pero en el interior eran escasos y estaba limpio.

—¿Tu amiga vive aquí? —inquirió Jack con los ojos puestos en el vestíbulo y en las puertas del ascensor, las cuales estaban combadas y dobladas como si un toro las hubiera embestido. O tal vez una manada de toros. Susanna cerró la puerta mientras le mostraba una sonrisa dulce.

—Sí. Era de su abuela, pero murió y se la dejó.

—Seguro que se quedó contentísima —dijo Jack con la voz cargada de sarcasmo.

—Van a derribarlo —continuó Susanna, ignorándolo—, pero está aguantando por el dinero que le darán como compensación.

Su pequeño libro de mentiras se estaba llenando, pero, como de alguna manera Jack se resistía a su hipnosis, no le quedaba más remedio. Lidiaría con las consecuencias después.

—¿Tu amiga tiene comida por alguna parte?

—Dudo de que haya dejado algo. —Susanna buscó una excusa que evitara que Jack intentara comer, porque no podía—. Hay problemas con los ratones. —Le mostró una sonrisa vacilante—. De todas maneras, no tengo hambre.

Le gustaría, aunque fuera solo una vez. Para saber lo que se sentía. Lo más seguro era que no fuera agradable, pero estaría viva. Sería real. Pero esa era otra entrada más en una lista interminable de cosas que le habían sido denegadas.

—Está bien —coincidió Jack. Entonces, ese brillo diabólico volvió a sus ojos—. ¿Y dónde está la cama?

—Hay una habitación allí. —Susanna señaló a la única puerta. No había baño, ya que Jack no lo necesitaba, al igual que no necesitaba la cocina. Los refugios eran eficientes.

—Pues vamos. —La tomó de la mano y la arrastró a través de la pequeña habitación con él.

Había una cama doble cubierta por una colcha de flores descolorida, cuya parte superior apenas se elevaba sobre dos almohadas planas. No parecía cómoda, pero Susanna había pasado innumerables noches en el suelo fingiendo que dormía con el fin de engañar a las almas recién liberadas. No era nada que no pudiera soportar.

Tampoco era que pensara dormir allí, no con Jack. Había un sofá perfectamente útil, aunque mugriento, en el salón. Muchas gracias.

Por desgracia, Jack tenía otra idea. Sin dejar de sujetarle la mano, la agarró por la cintura con la otra y la alzó en el aire. Susanna chocó contra el colchón con un golpe amortiguado audible, el cual se vio interrumpido cuando algo más pesado aterrizó encima de ella.

—Esto ha sido buena idea. —Desde arriba Jack le sonrió justo antes de que bajara la cabeza y empezara a besarle el cuello.

—¡Jack! —Le empujó los hombros, sin éxito—. ¡Para!

No paró, pero sí alzó la cabeza durante un breve instante para mascullar:

—¿Qué pasa, nena?

—No… —Intentó apartarse del calor de su boca, que le recorría las clavículas—. Estoy cansada.

—Ajá —murmuró entre besos pequeños—. Seguro que puedo mantenerte despierta. Te he echado de menos.

Deslizó una mano hasta su cintura, la metió bajo el top de manga larga que llevaba puesto y comenzó a subirla. Susanna había tenido suficiente.

—¡Duérmete! —ordenó, poniendo toda su voluntad en la orden.

Y Jack se dejó caer sobre ella como una tonelada de ladrillos.

—Brillante, Susanna —masculló—. Simplemente brillante.

Despacio, con cuidado, salió de debajo del chico. Acto seguido, tras sentarse en el borde la cama, lo miró. Dormido, con esos ojos fríos cerrados, parecía casi inocente. Los dulces dieciséis.

Susanna dejó escapar un suspiro, aliviando la tensión que se había ido apoderando cada vez más de ella durante las primeras horas que habían pasado juntos. Si tan solo pudiera adelantar varios días… Pero, en ese caso, solo conseguiría otra alma, y otra. La verdad era que ya estaba cansada. No quería estar más aquí, no quería seguir haciendo *esto*.

Eso llevaba siendo cierto durante mucho tiempo, pero, en ese momento, consciente de que Tristan estaba en otra parte, en el mundo *real*, Susanna tomó conciencia como nunca antes. Quería salir. Ya. Quería estar donde estaba Tristan.

Para su total asombro, Susanna se dio cuenta de que tenía lágrimas en las mejillas. Lágrimas.

Sacudiendo la cabeza, se dirigió al sofá de cuero para esperar a que pasara la noche. Al cerrar los ojos, se lo imaginó. La fantasía que llevaba alimentando desde que Tristan se había ido. Él y ella en el mundo. Haciendo cosas, viendo cosas. Viviendo. Compartiendo experiencias, no solo las sonrisas secretas y silenciosas que habían intercambiado en el corto espacio entre sus refugios. Compartiendo caricias.

¿Qué habría sentido si Tristan le hubiera puesto la boca en el cuello de esa forma?

¿Qué habría sentido si sus dedos se hubieran deslizado por su piel?

Casi pudo verlo, casi pudo sentirlo. Casi.

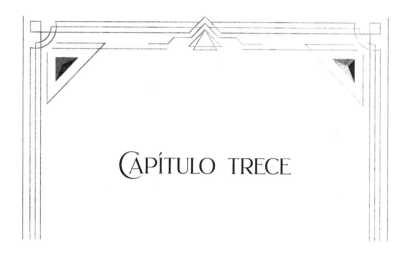

CAPÍTULO TRECE

En la bulliciosa plaza de Glasgow, Tristan trató de concentrarse en la *tablet* que tenía delante, pero no paraba de desviársele la atención. No le gustaba que no pudiera ver a Dylan. Sabía exactamente dónde estaba, pero no podía verla a través del resplandor de la ventana de la cafetería. Lo que significaba que no podía supervisar cómo se sentía, cómo estaba manejando el tumulto de emociones que había visto crecer en los últimos días.

No obstante, llevaba el móvil. Podía llamarlo o enviarle un mensaje si lo necesitaba. Comprobó el suyo una vez más, por si acaso. Nada.

Volvió a guardarlo en el bolsillo y volvió a centrarse en la *tablet* de Dylan, utilizando el wifi gratuito de la cafetería. El internet era increíble. Lo conocía, había oído hablar de él cuando las almas más recientes conversaban sobre sus vidas, pero la emoción de tener todo el conocimiento del mundo al alcance de la mano era algo a lo que todavía se estaba acostumbrando. A eso y a la fruta. Y al sueño. Y a tener a Dylan entre sus brazos…

Concéntrate. Se metió en la aplicación de las noticias y hojeó las que había hasta que encontró la que quería. El titular aparecía en la parte superior de la página, pero lo que le llamó la atención fue la fotografía. La habían hecho desde un ángulo diferente al del reportaje que vieron en la televisión, y mostraba el corazón del túnel, un hombre —un cuerpo— en una camilla al que estaban sacando de la boca abierta del túnel. No cabía duda, era el mismo lugar.

Y no importaba lo que le dijera a Dylan, no podía ser una coincidencia. Algo que habían hecho había causado esas muertes, estaba seguro.

Le echó un vistazo a la noticia en busca de más información. Habían publicado los nombres de los cuatro hombres, pero eso no le interesaba. Necesitaba saber cómo habían muerto. Al llegar al final, frunció el ceño, insatisfecho.

Tristan probó tres páginas de noticias más, pero se encontró con el mismo muro de ladrillos. Las muertes eran sospechosas, pero la policía no decía nada. Los investigadores habían descartado una muerte accidental. Pero nada concreto.

Maldiciendo, renunció a las páginas de noticias oficiales y empezó a navegar por los foros. Había un montón de estupideces —teorías conspirativas y *trolls* que solo querían echar gasolina al fuego—, pero, entonces, se tropezó con un blog y sonó la flauta.

Se trataba de alguien que decía ser uno de los trabajadores de los servicios de emergencia en el lugar de los hechos. En cuanto Tristan empezó a leer, supo que sus sospechas eran ciertas.

Y supo que se había metido en un problema muy, muy gordo.

Nunca he visto nada igual. Al principio pensábamos que había sido alguna clase de ataque de un animal, porque estaban llenos de arañazos. ¡Pero no conozco ningún animal por aquí que pueda hacer ese tipo de daño! Además de los arañazos, tenían… agujeros. Como si alguien (o algo) los hubiera atravesado. Uno de los hombres tenía uno en el pecho, otro en el estómago. Se podía ver el suelo del túnel a través de las heridas.

No sé dónde terminaron las tripas y los órganos. Tal vez lo que fuera se los comió.

No obstante, lo peor, lo que se me quedará grabado para siempre, era la mirada que tenían en sus rostros. Como si hubieran visto la cara del diablo y se hubieran muerto de puro terror. He asistido a accidentes de tráfico en los que lo que quedaba de la persona no era más que mermelada, así que creedme que sé a lo que me refiero cuando os digo que ha sido todo un desastre.

—Hostia puta —susurró Tristan—. Mierda, mierda, mierda.

Volvió a leer una y otra vez el relato hasta que se supo cada palabra de memoria. Cada vez que lo hacía el corazón se le hundía un poco más, ya que sabía lo que había causado esas muertes. Sabía lo que podía arañar y desgarrar, abalanzarse y caer en picado, aterrorizar a su víctima y atravesarla.

Espectros.

Los espectros habían conseguido atravesar la barrera entre el mundo real y el páramo. No hacía falta ser un genio para averiguar por qué habían pasado justo por donde Dylan lo había conducido. Solo había una explicación posible, y era que debían de haber hecho una fisura en el velo entre la vida y la muerte. Uno que permanecía abierto. Los espectros la habían encontrado y, ahora que tenían la libertad de darse un festín de abundante carne humana, era imposible que volvieran al páramo, donde intentaban sobrevivir con las volutas de las almas.

No, ahora que lo habían probado, era imposible que los demonios no quisieran más.

¿Qué había hecho?

La culpa se abrió paso por su garganta como vómito. Cuatro vidas. Cuatro vidas habían terminado para siempre por su egoísmo. Y, si algunos espectros habían conseguido trasponer el límite ya, ¿cuántos más los seguirían?

No obstante, no tuvo tiempo de pensar en las consecuencias de sus acciones, puesto que la puerta de la cafetería se abrió una vez más y las ruedas de la silla de Dylan atravesaron el hueco. Pudo ver a James luchando por sostener la puerta y empujar la silla de ruedas al mismo tiempo y a Joan apresurándose a ayudar con una expresión ligeramente molesta. Tristan supuso que el hombre había rechazado su ayuda para sacar a Dylan del estrecho e incómodo espacio.

Tras apagar la pantalla de la *tablet*, Tristan se levantó y caminó rápido hacia el trío.

—… que me hablaras, de verdad. No sabría decir las veces que he pensado en ello, pero… —El padre de Dylan se calló, porque Tristan se estaba acercando veloz y por la mirada fulminante de Joan.

—Supongo que te volverás a Aberdeen —dijo Joan, que se movió ligeramente para darle la espalda a Tristan. Este reprimió una sonrisa de satisfacción. Pensaba que lo molestaba tratándolo con tanta frialdad, pero en realidad era feliz de lidiar con ella lo menos posible. Siempre y cuando no interfiriera entre Dylan y él.

—No, no me vuelvo. —La respuesta de James hizo que tanto Joan como Dylan dejaran escapar un suspiro de sorpresa (por motivos diferentes).

—¿Te vas a quedar aquí? —preguntó Dylan.

—Puedo trabajar desde casa, así que decidí que convertiría este lugar en mi casa durante un tiempo. Mi vecino me está cuidando al perro y he alquilado un sitio, por lo que estaré aquí un mes al menos. —Respiró hondo—. Quería tener tiempo para conocerte bien.

Las mejillas de Dylan se volvieron rosa y esbozó una sonrisa tímida.

—Eso suena bien.

Tristan hizo todo lo posible por no sentirse celoso o, al menos, por no mostrarlo. Era su padre, no era una amenaza. Aunque, si Tristan tenía que volver a estrecharle la mano, quería ponerse un guante primero.

—¿Qué vas a hacer mañana? —preguntó James.

—Deberes —irrumpió Joan. Sonó severa, inflexible—. Tienes que entregar ese proyecto de estudios modernos, y sé que no lo has terminado.

—No tardaré todo el día —protestó Dylan.

—No pasa nada —intervino James para que ambas reservaran parte de sus fuerzas—. Podemos hacer algo después de clase alguna noche de la semana que viene, tal vez. Salir a cenar. —Alzó la mirada y la dirigió a Tristan—. Puedes traerte a tu novio, así nos conocemos mejor también.

Eso apaciguó un poco a Dylan, pero aun así le lanzó una mirada de fastidio a Joan antes de rendirse.

—Debería irme. —James sacó el móvil del bolsillo—. Sé que tienes número nuevo, Dyl. ¿Me lo das y así te llamo?

Joan abrió la boca para rebatir la idea, pero Dylan ya estaba recitando sus dígitos. Tras prometer que llamaría como muy tarde el lunes, el padre de Dylan se inclinó y le besó la frente. Hizo un gesto de asentimiento en dirección a Tristan y, tras una breve vacilación, le acarició la mejilla a Joan. Tanto Dylan como Joan observaron cómo se alejaba dando grandes zancadas hasta que fue engullido por el tumulto de compradores.

Tristan se adelantó para agarrar las empuñaduras de la silla de ruedas de Dylan. Estaban calientes por el calor de las manos de su padre y, por alguna razón, la sensación le produjo desagrado.

—¿Nos vamos ya a casa entonces? —inquirió Dylan.

—Sí, bueno. —Joan seguía mirando el lugar en el que había desaparecido James. Tenía una expresión rara, una mezcla de enfado y algo más que no parecía sentarle bien—. Id vosotros. —Giró la cabeza para sonreírle a Dylan—. Os daré dinero para el taxi y un poco más. Podéis compraros algo para merendar en la tienda.

—¿A dónde vas?

—Tengo que hacer en la ciudad. Un poco de compras, nada más.

Tristan alzó las cejas. No le interesaba a dónde iba Joan, si bien se hacía una idea de que no era de compras. No obstante, Dylan no pareció darse cuenta. Se limitó a encogerse de hombros y a mascullar:

—De acuerdo.

Esperaron mientras Joan sacaba un par de billetes de su bolso y luego se dirigieron a una parada de taxis. Pasaron la mayor parte de ese tiempo en silencio. Tristan supuso que Dylan estaba reflexionando sobre la reunión con su padre; le preguntaría al respecto cuando tuvieran un poco de privacidad. Sin embargo, sus pensamientos eran mucho más oscuros. Y no era capaz de decidir si compartirlos o no con Dylan.

Merecía saberlo, pero le haría daño.

—Bueno —dijo una vez que consiguieron un taxi y estaban cruzando despacio el abundante tráfico del centro de la ciudad—. ¿Me cuentas qué tal ha ido?

—Bien —contestó Dylan—. Ha ido bien. —Por un momento él pensó que eso era lo único que ella iba a decir al respecto, pero, entonces, comenzó a contarle los detalles—. En plan, al principio era muy incómodo, ¿sabes? Habría sido más fácil si mi madre no hubiera estado ahí, pero en ese caso habría estado solo y eso me habría dado más miedo aún.

—Yo habría estado ahí —le recordó Tristan con suavidad.

Dylan estiró la mano y le dio un pequeño apretón en el brazo antes de seguir hablando.

—No estaba muy segura de qué decir, pero me preguntó un montón de cosas y una vez que me solté fue bastante bien. Es divertido. —Esbozó una sonrisa torcida—. Y se parece a mí. ¿Te has dado cuenta de que se parece a mí?

—Tú eres más guapa —dijo Tristan. Eso hizo que le mostrara una amplia sonrisa.

—Creo… Ojalá supiera lo que pasó entre mi madre y él para que, ya sabes, lo odie a muerte.

—Mmm. —Tristan pensó en la forma en la que Joan se había quedado mirando cuando el padre de Dylan se fue. Estaba tan desesperada por marcharse (¿por irse con él?) que ni siquiera pensó en el hecho de que iba a dejar a Tristan y a Dylan a solas—. Lo más seguro es que sea más complicado que eso.

—¿Eso crees? —Dylan lo miró asombrada y luego siguió contándole los detalles de su conversación.

Tristan permitió que sus palabras lo invadieran, se dejó llevar por su entusiasmo inocente y se dio cuenta de que no podía echarle al cuello la carga tan pesada que lo consumía. No cuando estaba tan emocionada, tan feliz. Se prometió a sí mismo que lo haría. Le contaría todo. Pero todavía no.

Había sufrido tanto, era tan joven. Era una carga que podía llevar por ella, y ya encontraría la manera de arreglar su terrible error.

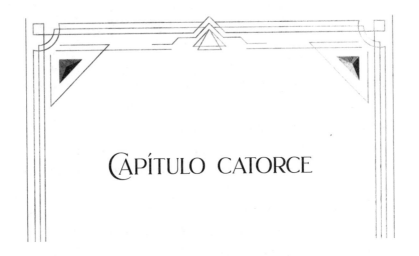

Capítulo catorce

—¿Que estoy muerto? ¿A qué cojones te refieres con que estoy muerto? —Jack tomó un vaso de cristal viejo, el cual estaba agrietado y sucio, y lo lanzó contra la pared, donde se rompió en mil pedazos—. Joder, Sammy. ¿Qué puto juego es este?

Susanna se mantuvo firme, luchando por el impulso de encogerse de miedo y huir de la furia de Jack. Tres días en el páramo, eso era lo mucho que había conseguido guardar el secreto; además, la ausencia notable de espectros había mantenido sus preguntas a raya. No obstante, los pequeños trucos mentales que ella había estado usando dejaron de funcionar el segundo día, por lo que tuvo que recurrir a suplicar y persuadir para lograr que llegara a tiempo al segundo refugio, una caravana maltrecha. Ahora, llevaban una sola hora del tercer día —¡ni siquiera habían dejado la caravana aún!— y ya estaba peleándose con ella de nuevo. Así, pues, la verdad salió a la luz.

Por desgracia, no hizo mucho para calmarle el temperamento.

—Yo no soy Sammy —dijo Susanna—. Soy tu guía a través del páramo.

—No seas tan estúpida —gruñó—. ¿Es que se te ha ido la puta cabeza? —Dio un paso adelante, amenazante—. ¿Qué cojones te pasa?

Bastante, pensó Susanna, aunque hizo todo lo posible por no mostrarlo.

—Yo no soy Sammy —repitió, consciente de que eso era lo único que lo convencería—. Mira.

Cambió delante de sus ojos. Hizo un pequeño ajuste en la altura y en el peso, el flequillo desapareció —no iba a echarlo de menos— y el pelo se le espesó y onduló ligeramente. Sintió un hormigueo en la cara a medida que sus rasgos iban modificándose. Luego volvió a ser la «auténtica» Susanna.

Jack palideció. Se tambaleó. Por un segundo pensó que iba a caerse o a vomitar, pero se recompuso. Había hecho que se callara con ese cambio de forma. Miró la caravana, fue tambaleándose hasta el pequeño sofá integrado en la pared —el mueble más resistente del refugio— y se desplomó sobre él.

—¿Es verdad? —dijo con voz ronca, y lo hizo en forma de pregunta, si bien estaba claro que la creía.

—Sí —respondió, y acto seguido añadió—: Lo siento. —Porque sentía que debía hacerlo.

—¿Cómo? —Entonces, lo comprendió—. El callejón.

—Alguien te apuñaló.

—Uno de aquellos chicos. —La fulminó con la mirada—. ¿Cuál de ellos fue?

—No lo sé. —Se encogió de hombros, impotente—. Yo no aparezco hasta después.

—Esto es… —Puso la cabeza entre las manos y se quedó mirando el suelo—. Es… ¡Y una mierda! ¡Ni de coña, ni de puta coña!

Se estaba agarrando el cráneo con fuerza y, con cada palabrota, su tono de voz se volvía más alto. Susanna comenzó a retroceder, ya que presentía que iba a estallar, pero, cuando lo hizo, la sorprendió aun así.

Se levantó del asiento de un salto y empezó a destruir todo lo que pillaba a su paso. Sacó la puerta del diminuto armario de las bisagras, golpeó la ventana que había sobre el fregadero con una sartén hasta que cedió y se rompió. Arrancó las cortinas de las barras y el sofá de la pared y empezó a aplastar los cajones que había debajo hasta que hubo poco en la caravana que se pareciera a un mueble. Luego, por fin, se quedó ahí de pie, respirando fuerte entre los escombros. Y dirigió la mirada a Susanna.

Cautelosa, dio un paso hacia atrás, pero ya estaba contra la pared. No tenía a dónde ir.

Mientras lo veía perder el control, no pudo evitar compararlo con Tristan. Eran polos opuestos en todos los sentidos. Su ira, su indignación. Había sido un idiota imprudente con su vida y ahora estaba aquí, quejándose de las consecuencias. No sabía lo que era sufrir de verdad, no como ella y Tristan. Iban de un lado para otro, sin derecho a quejarse, sin libertad para cambiar. No habían pedido que el destino les diera esa vida, no habían hecho nada para merecerla. No como Jack, que había vagado como un idiota por calles peligrosas en la oscuridad en busca de peleas. Susanna estaba segura de que Tristan había sido tan infeliz como ella, ya que *sentía* su dolor y su insatisfacción, pero ¿acaso él había perdido el control de esa forma? ¿Había gritado y arrojado cosas? ¿Había destruido todo lo que tenía a su alcance? No. Siguió adelante, estoico y decidido.

Dios, necesitaba ese sentido del propósito, de calma, ahora mismo.

—No —escupió Jack al fin—. No lo acepto. Puedes llevarme de vuelta. —Dio un paso hacia delante, luego dos. La caravana era un espacio diminuto y un paso más haría que pudiera alcanzarlo si estiraba el brazo. Susanna no iba a encogerse de miedo y a lloriquear, *ni hablar*, pero tenía miedo.

—¿Qué?

—Llévame de vuelta, quien cojones seas. *Tú* me sacaste de allí, *tú* me llevarás de vuelta.

—No, yo…

—¿No has oído lo que he dicho? Llévame. De. Vuelta.

Susanna había oído pronunciar esas palabras infinidad de veces por innumerables almas enfadadas. Rara vez se había asustado como ahora. Y nunca, *jamás,* había respondido como lo hizo.

—Puedo intentarlo.

Porque lo que Jack estaba pidiendo era lo que ella quería, ¿verdad?

—¿Cómo? —Lo había tomado por sorpresa. Abrió los ojos de par en par y luego los entrecerró, sospechoso—. ¿Es este uno de tus pequeños trucos? Sé que has estado jugando con mi cabeza todo el tiempo. ¡Vuelve a hacerlo y te reviento! Tú no eres Sammy, ni siquiera eres una chica de verdad. Podría pulverizarte y no sentir nada.

—No podrías —le dijo Susanna al tiempo que negaba con la cabeza con sinceridad—. No puedes matarme. Soy una barquera, Jack, soy un ser inmortal.

—Venga ya.

—¿Quieres una prueba? —El miedo de Susanna se había convertido en ira. Se dirigió a la puerta dando grandes zancadas y la abrió con fuerza—. Escucha.

El sol todavía no había salido, y el repentino movimiento de la caravana provocó un incremento inmediato en el ruido que emitían los espectros. Jack se quedó congelado y, por primera vez, una preocupación auténtica le cruzó el pálido rostro.

—¿Es…? —Jack tragó saliva—. ¿Eso es lo que llevo escuchando toda la noche?

Sin responder, Susanna pisó la hierba descolorida, tentando a los espectros más hambrientos y desesperados que había cerca a que se abalanzaran sobre ella. Se contorsionaron, gritaron, se retorcieron cada vez más cerca. Antes de que la alcanzaran, Susanna dio un paso tranquilo hacia el interior de la caravana y cerró la puerta. Nunca había hecho nada tan descarado, y los espectros estaban furiosos. Sus silbidos y gruñidos inundaron el aire del exterior.

—¿Qué cojones ha sido eso? —preguntó Jack con voz ronca.

—Espectros. Gente que no lo consigue. Almas muertas de hambre y dementes, y te convertirás en una de ellas si te atrapan. Mi trabajo es protegerte de ellas.

—Llévame de vuelta. —El tono de voz de Jack era bajo—. No quiero estar aquí.

—Lo intentaré. Pero no puedo prometerte nada, recuerda que solo es una posibilidad. Nunca lo he intentado.

Jack se quedó pensativo durante un momento, y Susanna esperó que su pequeño espectáculo le hubiera impresionado lo suficiente como para frenar su actitud. Entonces, avanzó hacia ella.

—¿Por qué no? —Podía sentir la desconfianza y la hostilidad emanando de él en oleadas—. ¿Se supone que debo pensar que soy especial, que lo intentarías conmigo y no con cualquier otro? ¡Mentira!

—No estoy mintiendo —se apresuró a decir—. De verdad. No sabía que se podía hacer hasta hace poco.

—¿Por qué? —La pregunta estaba cargada de sospecha.

—Vi a alguien haciéndolo, otro barquero. Vi cómo llevaba de vuelta a su alma al otro lado de la línea. Pero… —Se pasó la lengua por los labios. El corazón le latía con esperanza y miedo—. Pero tienes que llevarme contigo. Si no, no funcionará.

No sabía si eso era verdad o no, pero era el precio por ayudarlo.

—¿Y luego qué? —La pregunta abrupta y cortante de Jack hizo que se encogiera un poco—. ¿Te llevo conmigo y después qué?

—Nada —le prometió—. Yo te devuelvo tu vida, tú me sacas del páramo. Luego te dejo en paz. Nunca tendrás que volver a verme. —Susanna puso la espalda erguida y tragó saliva para deshacer el nudo que se le había formado en la garganta. Le tendió la mano—. ¿Tenemos un trato?

Le agarró la mano y la empujó hacia él. Unos ojos oscuros y furiosos se clavaron en los suyos. Fuera lo que fuere lo que buscaba, parecía verlo.

—Trato.

CAPÍTULO QUINCE

Dylan odia el hospital. Tristan, Joan y ella estaban allí de nuevo a la espera para ver al médico y comprobar cómo se le estaba curando la pierna. Hacía veinte minutos que había llegado la hora de la cita, aunque el incómodo silencio hacía que pareciera más bien una hora. Por fin, una enfermera de aspecto malhumorado apareció en la puerta de la sala y gritó el nombre de Dylan.

—Tú puedes esperar aquí fuera —le dijo Joan a Tristan cuando este se levantó con ella.

Tristan abrió la boca, pero pareció pensárselo mejor. Miró a Dylan.

—Quiero a Tristan —se limitó a decir—. Me ayuda a estar calmada.

Tampoco era una mentira del todo.

—El médico no necesita que haya todo un público mientras te mira la pierna, Dylan. —Joan estaba usando esa voz deliberadamente racional que siempre ponía de mal humor a Dylan.

—En ese caso eres bienvenida a quedarte aquí, mamá —dijo Dylan con un tono dulce y meloso.

—Por el amor de Dios. —Joan puso los ojos en blanco y caminó en dirección a Enfermera Gruñona.

Era el doctor Hammond quien iba a verlos de nuevo. Saludó a Dylan con cordialidad y le ofreció a Tristan un asentimiento de cabeza receloso. Lo más seguro era que recordara la tensión de antes. Les explicó que hoy iba a quitarle la escayola.

—¿No es demasiado pronto, doctor? —inquirió Joan con su mejor voz de enfermera.

—Bueno, por lo general lo sería —coincidió—. Pero quiero asegurarme de que el hueso se esté curando bien y que ninguna de las heridas se esté infectando. Mejor saberlo ahora que después, cuando el hueso no pueda soportar su peso.

Dylan apenas lo escuchó, ya que estaba concentrada en la herramienta que el médico tenía en la mano y que parecía…

—¿Eso es una sierra circular? —La pregunta salió como un chillido asustado.

—Bueno, sí. En esencia, pero es muy segura. —El doctor Hammond la alzó para que Dylan la viera—. Tranquila —bromeó, no he estado haciendo ningún mueble de jardín con ella. —Le sonrió con jovialidad y, con la mano libre, pulsó el botón de la minisierra para encenderla. Parecía un psicópata sacado de una película de miedo. Dylan vio cómo el pequeño disco giratorio se le acercaba cada vez más a la pierna, pero en el último momento cedió y giró la cara. Cerró los ojos con fuerza y esperó el dolor.

—No pasa nada, Dylan. —Tristan estaba allí de repente, apretándole la mano.

Notó la vibración y oyó cómo el ruido cambiaba cuando la sierra empezó a cortar el yeso. Sintió un extraño cosquilleo en la parte delantera de la espinilla y quiso apartar la pierna de un tirón. Lo único que la detuvo fueron las imágenes de la sangre saliendo a chorros por toda la sala blanca y estéril.

Menos de un minuto después, el zumbido cesó. Dylan se miró la extremidad con los ojos entrecerrados. Su pierna parecía el atrezo de una película de Frankenstein. Había líneas rojas y largas allí donde le habían cortado la piel para insertar los clavos, y estas estaban sombreadas con líneas cruzadas formadas por unos hilos negros y gruesos. La mayor parte de la carne era de un color púrpura moteado. Sin embargo, lo más vergonzoso era el vello de dos semanas que le salpicaba la piel de la pierna.

—No mires —le ordenó a Tristan.

—Bueno. —El médico le estaba mirando la pierna con el ceño fruncido—. Parecen, parecen…

—Dios. —Joan se había asomado sobre su hombro.

—¿Qué? —El estómago de Dylan era un pozo de terror.

—Parece excepcional —admitió el médico.

—Nunca había visto algo así —intervino Joan.

—Tu pierna se está curando muy rápido, Dylan, y de una forma muy limpia también. —Estiró la mano y empezó a palparle la rodilla y el músculo del gemelo—. ¿Cómo te sientes?

—Bien —respondió Dylan con sinceridad.

—Mmm. Creo… —Dio un paso hacia atrás—. Creo te haremos una radiografía solo para ver qué está pasando.

En menos de una hora, se llevaron a Dylan a la sala de rayos X, con Tristan y Joan trotando detrás de ella, y el radiólogo y su técnico obtuvieron las imágenes que querían de su pierna. Lo más largo fue estar en la sala de espera hasta que el doctor Hammond volviera con los resultados.

Apareció por fin y, si bien se trataba de la pierna de Dylan, el doctor Hammond entabló conversación con Joan, a quien condujo hasta un ordenador que había en la esquina. Tristan pasó brevemente por detrás de ellos y luego regresó junto a Dylan con una expresión sombría en el rostro.

—¿Qué pasa?

No respondió de inmediato.

—¿Tristan?

—Tu pierna —dijo, y asintió en dirección a su miembro desnudo en todo su esplendor multicolor—. Está…

—¿Está qué? —inquirió Dylan. Ojalá pudiera cubrírsela, ocultar los pelos, los cuales juraría que estaban creciendo más rápido cada vez que los miraba.

—Está curándose demasiado rápido —contestó Tristan—. ¿Has oído lo que ha dicho el médico?

—¿Y eso no es bueno? —preguntó—. A lo mejor puedo quitarme la maldita escayola y así no tienes que empujarme a todas partes.

—Me gusta empujarte —le dijo Tristan con una sonrisa—. No, es… Estás curándote como yo.

—¿Cómo?

—En el páramo, cuando salía herido, no tardaba mucho en recuperarme. ¿Te acuerdas?

¿Que si se acordaba? Ese recuerdo estaba grabado en su cerebro. Pensó que Tristan había muerto. Que lo había atrapado un enjambre de espectros porque ella había sido demasiado lenta, demasiado torpe. Y cuando vio el daño que los espectros le habían hecho, pensó que iba a morirse de la vergüenza.

Luego, por la mañana, se sorprendió por cómo había mejorado. Fue como si se hubiera pasado una semana curándose en lugar de unas cuantas horas.

—¿Eso crees? —inquirió Dylan. Se miró la pierna. Los moretones morados y las cicatrices rojas e inflamadas le parecían bastante graves.

—Dylan —le recordó Tristan en voz baja—, tu peroné y tu tibia eran como un puzle, han tenido que ponerte varios clavos. Uno no se recupera de eso en dos semanas.

—Veamos lo que dice el médico —contestó Dylan.

Como si hubiera estado esperando su señal, el médico eligió ese momento para mostrarle la imagen de rayos X en la pantalla, aunque para ella no tenía mucho sentido. Podía distinguir las duras líneas blancas del metal allí donde se habían unido los huesos, así como las líneas ligeramente curvadas de los huesos, pero no tenía ni idea de si eran buenas o malas.

—Bueno —dijo el médico—, no es que me crea mucho lo que dijo el radiólogo, pero tengo que decir que esto es excepcional. Si no hubiera sido yo quien te operó, Dylan, habría dicho que el especialista había exagerado la magnitud del daño.

—¿En serio? —inquirió Dylan. Ignoró la mirada de «te lo dije» de Tristan.

—En serio. —El doctor Hammond le sonrió—. Tus huesos se han unido y, aunque no queremos que ejerzas demasiada presión sobre la pierna, creo que podemos prescindir de la escayola. Te la vendaremos para darle un poco de apoyo y ya está.

—¿Puedo deshacerme de la silla de ruedas? —preguntó Dylan, apenas atreviéndose a tener esperanza.

—Puedes deshacerte de la silla de ruedas —afirmó el médico—. Aunque tendrás que usar muletas y puede que al principio te resulten difíciles de manejar. —Señaló la parte baja de su cuerpo con la cabeza—. Vamos a mirarte los cortes de la pierna derecha y de la zona lumbar. ¡No me sorprendería si se hubieran curado por completo!

Al día siguiente, Dylan y Tristan tomaron un taxi para ir a clase. Cuando este se detuvo frente a la entrada, Dylan se bajó por su propio pie. Tuvo que apoyarse considerablemente en el lateral del vehículo mientras Tristan lo rodeaba corriendo con sus muletas, pero estaba de pie. Eso bastó para hacerla sonreír ante la monstruosidad de hormigón de tres pisos que era el edificio.

Ya podía moverse bastante bien, pero Tristan seguía insistiendo en que utilizara el ascensor. Era extraño, pero parecía aún más estrecho y pequeño que antes, probablemente debido a que ella era mucho más consciente de cómo se tambaleaba y vibraba a medida que los transportaba hasta el último piso.

—¡Odio esta cosa! Cada vez que nos subimos pienso que va a romperse y a dejarnos atrapados. O que los cables se van a partir y vamos a caer en picado hacia nuestra muerte.

—Son solo tres pisos —dijo Tristan—. Eso ni siquiera se considera caer en picado.

—Es lo suficiente para morir —le contestó, mordaz.

—¿Sabes qué? —dijo Tristan mientras se le acercaba en el reducido espacio. Para sorpresa de Dylan, dejó caer las mochilas de ambos y se inclinó para que ella quedara entre su cuerpo y la pared—. Te distraeré.

Dylan abrió la boca para hablar y Tristan aprovechó para cubrirle los labios con los suyos. Dejó escapar un chillido de sorpresa —¡estaban en el *ascensor del instituto*!—, pero la amenaza de que los descubrieran no bastó para que echara el freno.

Tristan no la había besado así desde que salieron del páramo. Un beso de verdad, sin barreras. Decía que estaba demasiado frágil, que se estaba curando. Eso la había frustrado muchísimo, pero ahora lo estaba compensando y ningún poder del mundo iba a detenerlos. Excepto, quizá, la necesidad de respirar.

Jadeando, Dylan se apartó. Dejó caer la cabeza contra la pared del ascensor que tenía detrás e intentó calmar los latidos de su corazón.

—¿Ves? —le susurró Tristan al oído—. Eso ha acelerado un poco las cosas.

Dylan soltó una risa estrangulada que se convirtió en un pequeño suspiro de felicidad. Tristan le dio un último y casto beso en la mejilla y luego recogió sus muletas del suelo —ni siquiera recordaba haberlas dejado caer— y se las tendió. Acto seguido, salió al pasillo, tranquilo y despreocupado. El único indicio que dio de que estaba tan afectado como ella fue un pequeño y feliz guiño antes de volverse para abrirle camino entre la multitud.

Ni siquiera la idea de tener que pasar dos horas en el gélido anexo prefabricado con Miserable Monkton después del registro podía mitigar su estado de ánimo.

Cuando llegaron al anexo que hacía las veces de laboratorio de enseñanza de Monkton, el profesor no estaba allí. Eso no era inusual. Lo que sí que era inusual era el zumbido de emoción que había en el aire. Dylan se detuvo en el umbral, donde observó los rostros animados, sin comprender.

—¿Qué ocurre? —le preguntó a Marie Cummings, que era la única persona que no estaba envuelta en los pequeños corrillos que se habían formado por el aula. Marie, otra marginada social como ella, había sido la compañera de asiento de Dylan en varias clases antes de la llegada de Tristan. Probablemente ese fue el motivo por el que la miró ligeramente enfadada, pero, al parecer, el cotilleo era demasiado bueno como para no compartirlo, ya que no pudo mantener su irritación.

—¡Un asesinato! —dijo, y sus ojos brillaban a través de las gafas de montura gruesa.

—¿Alguien famoso? —preguntó Dylan. Vale, un asesinato era algo horrible, pero no solía hacer que todo el mundo se pusiera así. El alumnado de Kaithshall no era particularmente conocido por su conciencia social.

—No, un obrero —respondió Marie con entusiasmo.

Los pensamientos de Dylan se dirigieron al túnel de inmediato.

—Entonces, ¿por qué está todo el mundo…? —Hizo un gesto en dirección al aula.

—¡Hay grabaciones!

—¿Del asesinato?

—No, de la víctima. La persona que encontró el cuerpo lo grabó y lo subió. ¡Puedes verlo *todo*! Se lo comieron o algo así.

Dylan miró a Tristan, quien había palidecido más que ella durante la conversación. No quería escuchar nada más, por lo que se movió con las muletas y sorteó las mesas hasta que Tristan y ella pudieron esconderse al fondo del aula.

—¿Te lo puedes creer? —le preguntó a medida que se sentaban—. ¿Crees que es otro trabajador del túnel?

Dylan pudo ver la pantalla del móvil situada en el centro de cada grupo. Sus ojos se posaron brevemente en Dove MacMillan, quien sonreía ampliamente y representaba una reconstrucción dramática de la muerte del pobre hombre.

Tristan le susurró al oído, lo que hizo que se sobresaltara.

—¿Llevas el móvil?

—Sí. ¿Por?

—Quiero ver ese vídeo.

—¡¿Qué?! ¿Por qué?

Monkton eligió ese momento para entrar en el aula, por lo que Dylan tuvo que esperar mientras repartía unas fichas con ejercicios y les indicaba su tarea del día. Reunió los productos químicos que debían mezclar y, en cuanto Monkton estuvo ocupado en otra parte, le dio un codazo a Tristan en las costillas.

—¿Y bien? —siseó—. ¿Por qué demonios quieres ver ese vídeo tan grotesco?

Le lanzó una mirada que le dijo que pensaba que no estaba siendo muy sagaz.

—Porque tu amiga ha dicho que parecía que se lo habían *comido*.

A medida que hablaba, pasó el pulgar por la pantalla del móvil y cargó el vídeo. En lo más profundo de su estómago, Dylan sabía lo que venía.

—¿Crees… que está relacionado con las muertes de esos cuatro trabajadores?

—Creo que *es* uno de ellos.

—¿Cómo?

—Bueno, uno de los paramédicos que había en el lugar de los hechos dijo algo parecido sobre los cuerpos del túnel. Creo que a lo mejor es su grabación de uno de esos hombres.

Dylan inclinó la cabeza y se limitó a mirarlo fijamente durante varios segundos. Entonces, no pudo aguantar más.

—¡¿Qué?!

Tristan se avergonzó y parecía claramente incómodo. No era una mirada que ella estuviera acostumbrada a ver en él. No le gustaba.

—Cuando estabas conociendo a tu padre —empezó—, investigué un poco en internet y encontré un blog…

—¡Eso fue hace casi una semana!

—¡Señorita McKenzie! —gritó Monkton desde el otro lado del aula—. ¿Algún problema?

—No, señor —contestó Dylan de forma mecánica mientras se obligaba a apartar de Tristan su mirada de furia—. Lo siento, señor.

Hizo un gesto de indignación, y Dylan se lo tomó como que aceptaba su disculpa. Con el profesor apaciguado, volvió a fulminar con la mirada a Tristan.

—¿Por qué no me dijiste lo que habías encontrado? —murmuró, furiosa. Mientras miraba la ficha con ejercicios, consciente de que Monkton seguía observándola, tomó una botella que contenía un líquido de aspecto peligroso. Tras verter un buen chorro en su plato con polvo blanco, observó cómo todo se volvía de color verde incandescente. Qué emocionante—. ¿Y bien?

—Porque no quería molestarte. Por lo que les hicieron a los cuerpos, es bastante obvio quién los ha matado.

Tristan le sostuvo la mirada, como si estuviera intentando establecer cuán decidida estaba a escuchar la respuesta. Estaba muy decidida.

—Los desgarraron —dijo—. Tenían cortes hechos por unas garras largas. Y los cuerpos tenían agujeros, como…

—Como si algo los hubiera atravesado —concluyó Dylan en su lugar. Sintió cómo se le iba la sangre del rostro—. Espectros.

Tristan respiró hondo.

—Eso creo. —Hizo una mueca de dolor—. No. Lo sé. Los espectros los mataron.

—¿Pero cómo es posible que los espectros estén aquí? —Se apagó ante la mirada seria del chico—. Nosotros les dejamos entrar. Cuando volvimos, les dejamos entrar, ¿verdad? —Se tapó la boca con la mano. Pensó que podría vomitar—. ¡Mierda! Es culpa mía.

—Por eso no te lo conté —dijo—. ¡Dylan! —Estiró la mano para agarrarla del hombro y sacudirla con suavidad—. No es culpa tuya.

Le lanzó una mirada de desconfianza, si bien no tardó en ser reemplazada por el horror, y las lágrimas comenzaron a formársele en los ojos.

—No lo es —repitió—. Era imposible que supiéramos lo que iba a pasar, y si fuera culpa de alguien, sería mía.

Lo único que podía hacer era mirarlo mientras las lágrimas crecían hasta derramarse por sus mejillas en forma de rayas calientes. Al ver a Monkton por el rabillo del ojo, agachó la cabeza y se tapó la cara con la mano. Era imposible que en ese momento pudiera adoptar otra expresión que no fuera de horror al imaginar sus cuerpos destrozados. En su mente estalló el recuerdo de los espectros abalanzándose sobre ella y rodeándola con sus garras.

La habían petrificado por completo y, por culpa de su egoísmo, cuatro hombres inocentes habían tenido que enfrentarse al mismo terror en el mundo real. Habían tenido que morir de esa manera solo para encontrárselos también en el páramo, si era que llegaban allí.

No podía respirar. Iba a vomitar como abriera la boca.

—¿Te importaría contarme qué está sucediendo? —le preguntó Monkton a Tristan con una voz helada.

—Dylan no se encuentra bien, señor. Creo que le duele desde que le quitaron la escayola. La llevaré a que tome un poco el aire.

Con la vista todavía nublada por las lágrimas, Dylan dejó que la levantara del taburete y se la llevara. Monkton se interpuso en su camino, con los brazos cruzados sobre el pecho, y por un instante Dylan pensó que Tristan lo iba a atravesar. Por suerte, se salvaron gracias a un estruendo tremendo que sonó cuando el banco de trabajo de Dove explotó en una nube de humo y fragmentos de tubos de ensayo.

—¡MacMillan! —voceó Monkton, y los chillidos y gritos de emoción del resto de la clase les proporcionaron la suficiente cobertura como para que pudieran escabullirse sin oposición alguna.

No había muchos espacios privados en la Academia Kaithshall, pero Tristan se las arregló para encontrar uno. Llevó a Dylan a un banco situado en un rincón del edificio principal que le permitía protegerse del viento. La abrazó mientras ella lloraba en su hombro, con la cara pegada a la tela del suéter escolar para amortiguar los sonidos. Pasó mucho tiempo antes de que alzara la cabeza. Si bien el humor era lo último que tenía Dylan en la mente, resopló cuando se dio cuenta de a dónde la había llevado.

—¿Sabes que aquí es donde Dove trae a sus conquistas? —preguntó mientras alzaba una ceja.

Tristan pasó de mostrarse atento a indignado.

—¿Alguna vez te ha traído aquí? —preguntó con vehemencia.

—¿Hablas en serio? —Lo miró boquiabierta. Tristan esperó—. No. —Puso los ojos en blanco y luego se puso seria. Sintió cómo los ojos volvían a hormiguearle por las lágrimas—. *Espectros.* ¿De verdad piensas que los mataron los espectros?

—Lo sabré si veo el vídeo. —Tenía el móvil en la mano, pero esperó con los ojos puestos en Dylan.

No quería mirar. De verdad que no quería mirar, pero Tristan tenía razón, tenían que saberlo.

—Adelante —dijo—. Vamos a verlo.

Tardó un momento en encontrarlo y unos segundos dolorosamente largos en cargarlo, ya que el imponente edificio del instituto obstaculizaba la señal, pero, entonces, se oyó la respiración ronca y jadeante del hombre que se encontró con la masacre. Tristan bajó el volumen hasta que las palabrotas apenas podían oírse.

—No veo, Tristan —señaló Dylan en voz baja.

Alzó la mirada hacia ella y, de mala gana, ajustó el ángulo de la pantalla para que ambos pudieran verlo. Había estado protegiéndola de manera inconsciente.

Al principio no había mucho que ver. Estaba oscuro, la luz parpadeante de una linterna iluminaba en forma de destellos demasiado rápidos como para enfocar. Luego, la linterna se posó sobre una piel blanca y desgarrada con cortes profundos. La mitad inferior del torso no era más que una masa púrpura de carne hecha trizas y espacio vacío. Un agujero, como si algo lo hubiera atravesado de lleno.

—¡Joder, miradle la cara! —Se oyó una exclamación salir del vídeo, a pesar de que Tristan había puesto el volumen tan bajo que casi estaba en silencio.

Dylan no pudo evitar hacer lo que dijo la voz; deseó no haberlo hecho. Tenía pintado el horror y la violencia de su muerte en los rasgos.

—Dios —susurró Dylan—. Parece que está muerto de miedo.

El vídeo terminó y, si bien Dylan tenía la sensación de que Tristan quería verlo otra vez, alzó la cabeza para mirarla y se guardó el móvil en el bolsillo.

—No hay duda. —Tristan negó con la cabeza—. No después de ver eso. Los espectros están aquí. Están cruzando por donde pasamos nosotros.

—¿Qué vamos a hacer? —susurró Dylan.

—No lo sé —respondió Tristan—. Todavía tengo que pensarlo.

—Ha muerto gente —le recordó—. Cuatro, que sepamos. Podrían ser más. —Volvió a tragarse las náuseas—. Los hemos traído al mundo y no van a parar. ¿Verdad, Tristan?

—No —contestó mientras negaba con la cabeza—. No van a parar. Creo… que a lo mejor tengo que ir allí lo más pronto posible. Ver qué puedo hacer.

—Con «tengo» te refieres a «tenemos», ¿no? —Dylan lo miró con el ceño fruncido.

—¡Ni hablar, Dylan! Estás herida y podría ser peligroso. No voy a dejarte que…

—¿Dejarme? —Prudente, Tristan no respondió—. Voy a ir contigo, Tristan. De todas formas, no puedes irte sin mí.

La contempló, midiendo la fuerza de su determinación. Dylan le devolvió la mirada hasta que, con un suspiro, cedió.

—De acuerdo. —Se inclinó hacia delante y posó su frente con la de la chica—. Lo siento. —Dylan sabía que no solo se estaba disculpando por querer visitar el túnel solo—. Lo siento mucho, cariño. Debería habértelo dicho, es solo que…

—¿Es solo que…? —inquirió Dylan cuando vio que no iba a continuar.

—No podía permitirlo. Que cargaras con esto. No después de todo lo que has sufrido.

—Estamos en esto juntos —le recordó—. Tú y yo. Deberías haber confiado en mí.

—Lo sé. A veces se me olvida lo fuerte que eres. Quiero decir. —Le mostró una sonrisa torcida—. Eres la chica que se enfrentó al páramo sola para volver a por mí. —Le dio un beso dulce que le suavizó el corazón a Dylan—. Eres la que me salvó.

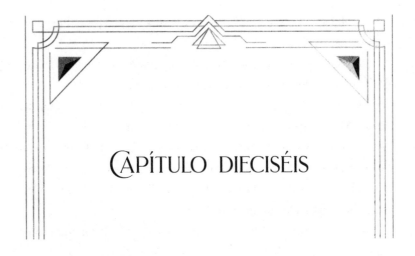

Capítulo Dieciséis

—No puedo creer que esté de vuelta aquí.

La hierba espesa del arcén cubría a Dylan hasta las rodillas mientras contemplaba las negras fauces del túnel. La cinta policial ondeaba al viento y habían tapado la boca toscamente con una plancha grande de metal con el letrero:

PROHIBIDA LA ENTRADA

INVESTIGACIÓN POLICIAL

Debían de estar terminando de limpiar el lugar del accidente cuando se produjeron los asesinatos. A Dylan se le ocurrió que, tal vez, un espectro se había atrevido a arrastrarse para cruzar solo cuando retiraron las linternas y las luces de construcción.

Era media tarde. El conductor del autobús los había mirado como si estuvieran locos cuando le pidieron que los dejara al lado de la carretera situada en medio de la nada, pero, según los cálculos de Tristan, era el lugar más cercano al túnel al que llegaba el transporte público.

Desde allí tuvieron que recorrer casi cinco kilómetros de carreteras rurales de un solo carril y de campos. Esto casi acabó con Dylan, a pesar de la velocidad a la que se le estaba curando la pierna. Con las muletas, el camino fue duro e irregular, y supuso toda una prueba incluso para su pierna buena.

Todavía estaba un poco molesta con Tristan. Debería haberle dicho lo que había descubierto cuando lo descubrió. No obstante, ahora que estaban aquí, su disputa no parecía tan importante. Tristan debió de pensar lo mismo, porque se acercó y comenzó a frotarle la tensión que se le había formado repentinamente entre los hombros, consciente de lo difícil que era para ella volver a este lugar. El lugar que la había matado.

Solo por eso, lo perdonó.

¿Cómo sería ahí dentro? Los recuerdos que tenía de cuando la sacaron del tren eran cuando menos borrosos. Lo único que recordaba era oscuridad, luces intermitentes. Y dolor. Ahora, el túnel estaba en silencio, vacío. Bueno, excepto por una puerta que daba al páramo.

Dylan tragó saliva; tenía un nudo en la garganta. ¿Sería capaz de ver el agujero que habían hecho desde el páramo? A una parte pequeña e irracional de ella le aterrorizaba que no lo viera, que se cayera dentro.

Bueno, no tardarían en descubrirlo.

—No tienes por qué entrar —le recordó Tristan, interrumpiendo sus pensamientos—. De hecho, preferiría que no lo hicieras.

—Voy a ir, Tristan.

—Es traicionero —discutió Tristan—. Podrías volver a partirte la pierna. No es que sea precisamente apto para las muletas.

—Vale, las dejaré aquí entonces. — Dylan se sacó las dos muletas de debajo del brazo y las dejó de pie contra la valla de alambre de espino, la cual le rompió los vaqueros cuando la saltó. Al parecer, era tan afilada en la vida real como lo había sido en el páramo, aunque al menos no se había cortado las manos esta vez.

—Sabes que no era eso a lo que me refería. —Tristan se acercó, recogió las muletas y fue a dárselas, pero luego se lo pensó mejor. Tras colgarse los dos apoyos sobre un hombro, le pasó el brazo libre por la espalda y le agarró los vaqueros por la cadera opuesta—. Apóyate en mí —le ordenó—. Si estás decidida a ir, te ayudaré.

Lo dijo de muy mala gana, pero Dylan decidió que un «gracias» sumiso era la respuesta inteligente.

Una vez que estuvieron en las vías del tren, el camino se volvió más fácil, aunque las muletas de Dylan se hundían en la gruesa capa de piedras que formaban el lecho de las traviesas. Se detuvo en la entrada del túnel. Tristan había movido la señal de PROHIBIDA LA ENTRADA y estaba arrancando la cinta policial que habían extendido a través de la apertura, pero no fue ese el motivo por el que Dylan se detuvo. Ahora que estaba aquí, no estaba del todo segura de poder volver a entrar en la profundidad del túnel. De repente, le vinieron los recuerdos de la última vez, antes de que se diera cuenta de que estaba muerta. Despertando completamente sola, ensordecida por el silencio. La caída de los asientos, desparramados por todas partes. Aquellos objetos sospechosamente blandos y esponjosos, la mancha pegajosa por la que se deslizó y que luego le manchó los vaqueros. Su salida del caos, dando tumbos por la larga y solitaria longitud del túnel.

—Tristan —susurró.

Alzó la vista de donde estaba enrollando la cinta azul y blanca en una bola pegajosa. Leyó las emociones impresas en su rostro y apretó los labios en una fina línea.

—Quédate aquí —suplicó.

Contra toda lógica, ese fue el incentivo que necesitó Dylan para librarse de su parálisis.

—No. Vamos.

Dejó una muleta apoyada contra la pared, junto al fajo de cinta adhesiva de Tristan, y mantuvo la otra en su lado malo. Tristan utilizó la aplicación de la linterna de su móvil para iluminar el camino. Era una luz fría que hacía que la piedra gris de las paredes pareciera las entrañas de alguna mazmorra medieval, pero era mejor que nada.

Si bien habían retirado los vagones que se estrellaron, todavía había muchos restos en el suelo. Más adelante, el choque había desprendido algunas traviesas pesadas de madera y retorcido las líneas metálicas del tren. Bajo los parpadeos de la linterna improvisada de Tristan y obstaculizada por su estúpida muleta, Dylan tuvo que avanzar con cautela.

—¡Espera, Tristan! —exclamó Dylan—. ¡No puedo…! ¡Argg! ¡Maldita pierna!

Tristan se detuvo y se giró para que la linterna le apuntara a ella y así iluminar el camino, pero Dylan todavía sentía la necesidad de darse prisa. No vio el trozo de metal roto que tenía delante, pero lo sintió cuando lo pisó y salió disparado.

Al caer, Dylan se apoyó en la pared con la mano libre. Las uñas se le clavaron con valentía, pero se desequilibró hacia delante, lo que hizo que se raspara la mano con los ladrillos y se desplomara con las extremidades hechas una maraña.

—¡Dylan! —En un instante, Tristan estaba a su lado, ayudándola a sentarse y agarrando la muleta—. ¿Estás bien?

—Sí. —Hizo una mueca y alzó las palmas. Bajo la luz pálida de la linterna, tenían sangre y estaban en carne viva.

—Déjame llevarte de vuelta —suplicó Tristan.

—No. —Dylan negó con la cabeza. No iba a irse hasta que hubieran terminado—. Ya casi hemos llegado. Levántame.

Tristan suspiró, pero sostuvo a Dylan por debajo del codo y la puso de pie.

—¿Me dejas llevarte al menos?

—No, puede que necesites tener las dos manos libres.

Dylan se quedó callado ante sus palabras.

—Dylan —dijo con cuidado—. Si pensara que aquí hay espectros, no dejaría que te acercaras lo más mínimo. Punto final.

Dylan abrió la boca para discutir —¿quién se creía que era para dejarla ir a algún sitio?—, pero, antes de que pudiera pronunciar las palabras, le tendió la muleta.

—¿Lista?

Más que nunca. Asintió y Tristan siguió recorriendo el túnel, más despacio esta vez para asegurarse de que Dylan pudiera mantener el ritmo de sus largas piernas.

No hubo duda cuando llegaron al sitio exacto, el lugar en el que su vida había terminado. Por un lado, la zona estaba acordonada con más cinta policial y había marcas de tiza en la pared y en el suelo, junto con lo que parecían charcos oscuros de sangre seca, y un olor fuerte y cortante. Y lo que era peor, desde la perspectiva de Dylan, lo *sintió*.

El frío en el pecho, la debilidad en las piernas, como si le estuvieran quitando la vida otra vez. Como si su alma estuviera intentando abandonar su cuerpo. Dio un paso hacia atrás, de repente asustada de que eso estuviera pasando.

—Aquí —dijo Tristan de manera innecesaria—. Aquí fue por donde cruzamos.

—Y donde murieron esos cuatro hombres —afirmó Dylan.

—Ven aquí —le pidió mientras se agachaba para inspeccionar algo que había en el suelo—. Mira esto.

Dylan dio un paso hacia delante, luego tuvo que detenerse. Volvía a tener esa sensación en el fondo del pecho. Como si su corazón estuviera hecho de hierro y hubiera un imán poderoso apuntando hacia ella. Tirando, arrastrándola.

En estado de pánico, retrocedió rápido y casi se cayó de nuevo.

—¿Dylan?

—¿No lo sientes?

—¿Sentir qué?

—Esa atracción. Dios, es como si algo estuviera intentando arrancarme.

—¿Tu alma, dices? —Tristan abrió los ojos de par en par debido al terror—. ¡Atrás! ¡Atrás, Dylan!

Sin esperar a que se moviera por su propia fuerza, se inclinó y la agarró de la cintura, levantándola y empujándola hacia atrás.

El corazón seguía latiéndole con fuerza, como si luchara por permanecer en la jaula protectora que formaban sus costillas, y Dylan no tenía ganas de discutir con él. Esperaba que la soltara una vez que hubieran recorrido varios metros, pero siguió avanzando, con la muleta aplastada entre ellos de forma incómoda, y con los brazos como una banda de acero alrededor de su cintura.

—Tristan, suéltame —dijo.

La ignoró.

—Nunca debí haberte traído aquí. No sé en qué narices estaba pensando.

—Tristan. —Volvió a intentar llamar su atención—. No pasa nada. Ya no lo siento, puedes soltarme.

—Cuando salgamos.

—Tristan, por favor, esto es muy incóm… —Dejó la queja en el aire y sus ojos se fijaron en algo que había en la oscuridad—. ¡Tristan!

—¡No, Dylan!

Con los ojos aún fijos sobre el hombro de Tristan, empezó a forcejear de verdad.

—¡Suéltame! ¡Suéltame ya! ¡En serio, Tristan, tienes que soltarme! Es…

Un espectro. Era un espectro, el cual se estaba deslizando por el túnel como si estuviera saboreando el aire y daba vueltas siguiendo un patrón que se acercaba cada vez más en su dirección. Dylan se sorprendió de que no se dirigiera directamente hacia ellos, pero parecía confundido. Desorientado.

—¡Tristan!

—Lo sé, Dylan —contestó—. Puedo sentirlo.

Tristan empujó a Dylan hacia la pared del túnel y la dejó en el suelo, lo que la obligó a colocar el cuerpo en la esquina entre la pared y el suelo de guijarros. Luego se giró y se puso en guardia sobre ella, tenso y preparado.

—¡Espera! —chilló Dylan mientras luchaba por ponerse de pie.

—Quédate sentada —le ordenó.

—No, Tristan. ¡Espera! —Le tiró fuerte de la manga, pero se dio cuenta de lo estúpido que era eso, ya que Tristan necesitaba tener las dos manos libres. En su lugar, le golpeó en el muslo con desesperación—. ¡Esto no es el páramo! Ahora eres real, una persona. ¡Si esa cosa te atrapa, morirás!

—¡Shhh! —Atento al espectro, le apartó la mano.

La luz que entraba por la boca del túnel, el cual estaba a diez o quince metros, hacía que ver a la criatura fuese más complicado. Esta se aferró a las sombras, avanzando y retrocediendo.

—¿Qué está haciendo?

—No entiende dónde está —murmuró Tristan—. Son estúpidos, espectros. Cazan en manada, no saben pensar por sí solos.

—¡En manada! —exclamó Dylan—. ¡Deberíamos correr, Tristan!

Daba igual que no pudiera. Se las apañaría. Y, si se rompía la pierna otra vez, bueno, la última vez se había curado rápido. Mejor con escayola que muerta.

—¡Shhh! —volvió a sisear Tristan, y se giró durante un instante para mirarla—. Solo hay uno. No. Te. Muevas.

—¡Tristan!

—A lo mejor nos ignora. Sigue retrocediendo hacia las manchas de sangre que hay al fondo, y luego se fija en otra cosa aquí. No se decide. Podríamos ser capaces de… despacio…

—¿Tristan?

Tristan dejó de hablar al mismo tiempo que Dylan pronunciaba su nombre en voz baja. Se giró y miró las manos que Dylan había alzado. Habían pensado lo mismo a la vez.

Las palmas ensangrentadas de Dylan.

—Tú —susurró con voz ronca—. Huele tu sangre.

—¿Qué ganará? —preguntó Dylan mientras intentaba acallar el pánico que sentía—. ¿La sangre vieja o la nueva?

Puede que fuera cosa de su imaginación, pero dio la sensación de que el espectro había escuchado su pregunta y se fijaba en ella. Y tomó una decisión.

—¿Dylan? ¡Dylan, levántate! —Tristan se movió hacia delante unos centímetros para que pudiera escalar su cuerpo como si se tratara de una escalera—. Vamos —dijo una vez que estuvo de pie—. Salgamos de aquí.

Quería decirle que no, que lo olvidara, que no iba a abandonarlo, pero era un impedimento para él y lo sabía. La maldita muleta, su patética pierna. No estaba en condiciones de luchar y, aunque lo hubiera estado, no tenía experiencia luchando contra espectros. Lo odiaba, pero sabía que Tristan tenía razón, así que empezó a alejarse cojeando.

Dejar a Tristan era una agonía. Pero, como viera que estaba en problemas, perdería la voluntad de huir y probablemente se volvería a caer de bruces.

Se cayó de todas formas.

La pierna mala se le dobló, esta vez con un horrible dolor, y se hundió, lo que hizo que se cayera sobre la cadera antes de golpearse la cabeza con una traviesa desprendida. No podía respirar, no podía moverse, ni siquiera para mirar a Tristan y al espectro. Lo único que podía hacer era quedarse tumbada y tratar de ordenar sus dispersos pensamientos.

—¡Tristan! —intentó gritar, pero no le salió nada—. ¡Tristan!

—¡Dylan, vete! —Sonaba como si le costara respirar, como si tuviera miedo. Eso le dio el impulso necesario para que su aturdido cerebro se espabilara, para que su maltrecho cuerpo se recompusiera. Se puso de lado y se levantó. No obstante, lo que vio hizo que se le detuviera el corazón.

Tristan estaba luchando contra el espectro solo con las manos. Con una de ellas se estaba aferrando a los mechones negros del cuerpo del espectro, mientras que con la otra estaba intentando desgarrarle la cara. El espectro se retorcía de un lado a otro mientras lo agarraba, con los dientes afilados buscando el lugar en el que clavarse. Las garras se curvaron hacia delante desde debajo del cuerpo y le hicieron cortes en el brazo y en el pecho a Tristan. El jersey azul claro que llevaba ya estaba desgarrado y Dylan podía ver cómo la sangre se le deslizaba por la manga.

El único consuelo que le quedaba era que, obviamente, él había conservado algunas de las habilidades adquiridas gracias a su experiencia en el páramo. Podía agarrarlos, a diferencia de ella cuando estuvo en el otro lado.

De repente, la criatura se sacudió hacia atrás y se liberó del agarre férreo de Tristan. Volvió a caer en picado, pero arremetió contra el chico para esquivar su mano y lanzarse directamente hacia Dylan. Le dio tiempo a soltar un grito de sorpresa y a levantar una mano para protegerse la cara.

Unos ojos malignos y venenosos fijaron su mirada en ella...

Y la criatura se estrelló contra el suelo justo antes de llegar a su objetivo, con la amplia mano de Tristan aplastándole el cráneo. La mantuvo allí, aunque la cosa se agitó y se arrastró con desesperación para liberarse. Tras ajustar ligeramente su agarre, Tristan depositó todo su peso sobre la cosa y se oyó un fuerte crujido. El espectro se desplomó, inmóvil. Ni siquiera se sacudió cuando Tristan retiró la mano.

—¿Pero qué cojones? —Dylan por fin había encontrado la voz.

Estiró el brazo para tocarlo, una masa negra con los bordes borrosos y una forma aún indefinible, pero Tristan le apartó la mano de un manotazo.

—¡No lo toques!

—Está muerto, ¿no?

—Ya estaba muerto —le recordó—. No sé cómo está ahora. Su sitio no está aquí. —Resopló—. Lo mismo pasa conmigo.

—Está echando humo —señaló Dylan.

La silueta ligera y tenue del espectro parecía estar evaporándose en el aire bajo la forma de espirales finas de humo acre. Dylan tomó una ramita, lo pinchó y explotó en una bola de un nocivo gas negro.

—¡No lo respires! —le avisó Tristan, pese a que Dylan se había apartado lo suficiente como para que no la alcanzara. Se obligó a no respirar hasta que el humo oscuro se hubo disipado.

—¡Dios! —Dylan agitó la mano en el aire, si bien volvía a estar despejado—. ¿Sabías que iba a hacer eso?

—No. —Tristan negó con la cabeza mientras parpadeaba con rapidez. La miró, pero no parecía ser capaz de enfocar. Por primera vez, Dylan se percató de que tenía los ojos vidriosos y la piel pálida y cérea.

—¿Tristan? —Se acercó y él de golpe se desplomó y se sentó en el suelo en una posición incómoda—. ¿Estás bien?

Con dificultad, consiguió que se tumbara, empujándolo un poco para que no lo hiciera en el lugar donde había estado el espectro. En la penumbra, pudo distinguir los profundos arañazos que le recorrían la garganta y los dos que tenía en el pecho, allí donde le había desgarrado el jersey. Su rostro, aparte de su tez pálida, parecía intacto. Lo que le preocupaba era la mancha roja que tenía en la manga y que no dejaba de crecer. Agarró el jersey por el cuello y tiró de él hasta que las costuras cedieron.

Cuando apartó la tela del hombro de Tristan, la sangre le corrió libre por el costado y cayó al suelo. La limpió con su propia manga y vio los músculos y los tendones destrozados que había debajo, así como algo blanquecino que se parecía sospechosamente a un hueso.

—No —susurró. Sin saber qué más hacer, colocó la mano, metida dentro de la manga, sobre la herida e hizo presión con fuerza.

Ya no estás en el páramo, le susurró una vocecita insidiosa dentro de su cabeza. *Estás en el mundo real, y en el mundo real la gente muere.*

Sin dejar de hacer presión, Dylan le miró el rostro pálido, los rasgos relajados, y luchó contra el pánico. Tristan estaba tan quieto y sin vida que podría estar muerto. La idea hizo que las náuseas le subieran por la garganta. No, no podía perder a Tristan. No ahora, no después de todo lo que había pasado. No podía.

—¡Tristan! —sollozó—. ¡Tristan! Por favor, resiste. Por favor. ¡Te *necesito*!

Tanteando en el suelo del túnel con la mano libre, encontró su móvil, el cual seguía brillando con la linterna. Tenía poca batería y no había señal, pero, cuando a pesar de ello llamó al 999, consiguió tener conexión de alguna forma.

—Emergencias. ¿Qué servicio requiere?

—Una ambulancia —respondió de forma abrupta—. ¡Necesito una ambulancia!

Capítulo diecisiete

—Aquí es —Susanna giró en una esquina y estiró el brazo—. Este es el callejón en el que moriste.

Jack se quedó mirando la calle, un revoltijo de pisos altos e hileras cortas de casas adosadas. No había jardines, tampoco árboles que bordearan la calle. Solo hormigón feo y vehículos oxidados. Muchos de los edificios tenían las ventanas tapiadas y las paredes vacías estaban llenas de grafitis. Era un lugar miserable, y la oscuridad que lo envolvía no hacía más que acentuarlo. En la última hora, la luz de media mañana había disminuido de manera constante hasta que el cielo estaba tan oscuro como en el momento de su muerte.

—Nunca debí haber venido aquí. — Jack raspó su desgastado tenis contra el bordillo—. Fue una estupidez irme por ahí yo solo.

—¿Por qué lo hiciste?

Jack no había compartido mucho sobre sí mismo, y lo que sí había compartido a Susanna no le gustó mucho, por lo que no hacía demasiadas preguntas.

El chico se encogió de hombros.

—No tenía suficiente dinero para irme más lejos.

—¿Y por qué te fuiste si no podías permitirte el viaje? —Susanna había visto bastantes recuerdos como para saber que planeaba irse a Glasgow, perderse en la ciudad.

—¿Qué quieres que diga? —preguntó, de repente a la defensiva.

Lo hacía mucho. A veces lo único que tenía que hacer era mirarlo y ya se ponía a la defensiva.

A la defensiva, enfadado. Agresivo. ¿De verdad era de extrañar que acabaran matándolo de una puñalada en un callejón vacío con tan solo dieciséis años?

—Tenía que alejarme —dijo de repente—. Mi padrastro era... Y mi madre. Es inútil. Nunca le planta cara. Me harté.

Susanna cerró los labios y se limitó a asentir. No hacía falta que Jack supiera que lo había visto acobardado en su habitación mientras escuchaba a su padrastro echarle la bronca a su madre, tanto si le plantaba cara como si no.

Respiró hondo y se balanceó sobre los talones con las manos metidas en los bolsillos. De pronto, Susanna se dio cuenta de que estaba nervioso. Incluso asustado. El ataque debió de ser una agonía, y luego estaba el trauma de estar indefenso en un callejón mientras se desangraba lentamente. Aun así, se enfrentó a su miedo de la misma manera que había afrontado todo lo demás a lo largo de su vida demasiado corta; es decir, con el ceño fruncido.

—Vamos, sigamos.

A medida que atravesaban la larga calle, los bordes del páramo comenzaron a fundirse con la realidad. Nada del paisaje cambió —el páramo de Jack había sido diseñado para reflejar de manera exacta el lugar en el que murió, al menos al principio—, pero empezaron a aparecer signos de vida. El tráfico surgió en la carretera, la gente salía de los portales y caminaba por la acera.

No tocaban ni miraban a Susanna y a Jack, no podían. No obstante, tras varios días en el páramo, Jack se había acostumbrado al silencio, al vacío. Y su pequeño encuentro con los espectros le había afectado, como era obvio. Se alejaba de todas las personas con las que se cruzaban y se estremecía con cada ruido que hacía algún coche. Luego se sorprendió al percatarse de ello y, peor aún, se dio cuenta de que Susanna también lo hacía. Durante los últimos cientos de metros, caminó en línea recta a propósito, sin apartarse ante nadie. Atravesó a un par de chicas jóvenes, una de las cuales se estremeció.

Al fin, llegaron al callejón.

Jack se quedó mirando el lugar en el que había muerto. Tenía la mandíbula apretada, al igual que los puños. Susanna estaba justo detrás de él, mirando por encima de su hombro, viendo lo que él veía.

Un cuerpo. Sin el aire de energía violenta que lo caracterizaba, no parecía que fuera Jack en realidad, pero lo era. Estaba acurrucado con un brazo extendido y el otro pegado al estómago. Cerca de su cadera, su chaqueta yacía abandonada allí donde la había dejado caer. En el suelo, debajo de él, la sangre se extendía hasta formar un amplio charco, y había más que salpicaba la pared de ladrillos situada a su izquierda. La basura estaba esparcida por el hormigón agrietado alrededor de su cuerpo.

Era un lugar final triste en el que descansar. Tendida entre la basura, su figura era trágica.

—¿Cómo lo hago? —inquirió con un nudo en la garganta, y las palabras salieron entrecortadas.

Esa era la cuestión, ¿verdad? Susanna no tenía ni idea. Se quedó allí de pie, pensando a toda velocidad, y entró en pánico cuando Jack se giró para mirarla.

—¿Y bien?

—Tienes que… tienes que reconectar con tu cuerpo. Creo que tienes que volver a subirte.

—¿Volver a subirme? —Alzó las cejas con recelo—. ¡No es un maletero!

—Sabes a lo que me refiero. —Susanna lo fulminó con la mirada. Se le ocurrió otra idea—. Cuando lo hagas, intenta pensar en lo mucho que quieres volver.

—¿Te refieres a que desee estar vivo?

—Sí, bueno.

Resopló.

—Esto es ridículo.

A la defensiva, porque de verdad que no sabía lo que estaba haciendo, Susanna lo miró con desprecio.

—Siempre puedo llevarte de vuelta al otro lado del páramo si lo que prefieres es seguir muerto.

—No. —Sacudió la cabeza de inmediato, con algo como el pánico impreso en la cara. Era la primera vez que le veía miedo de verdad en los ojos. Era bueno escondiendo sus emociones. Bueno, emociones que no fueran enfado. Con esa no tenía ningún problema a la hora de mostrarla—. No, lo haré. De acuerdo.

Con su falta de titubeo habitual, se acercó al cuerpo (*su* cuerpo) y empezó a agacharse. Estiró la mano, listo para rodear sus dedos fríos y muertos.

—¡Espera! —El grito frenético de Susanna hizo que la apartara—. Tienes que llevarme contigo.

Le tendió la mano y Jack se quedó mirándola.

—¡Si no, no va a funcionar! —añadió de manera apresurada, por si acaso no la creía.

Él la tomó y la apretó con fuerza. Tan fuerte que dolió. Susanna no se quejó. Al menos sabía que no tenía intención de soltarla.

—Vamos —dijo el chico, y, sin avisar, se desplomó hacia delante, dentro de su cuerpo.

Susanna sintió cómo tiraba de su mano a medida que Jack se dejaba caer hacia el suelo y, acto seguido, un tirón mucho más fuerte que provenía de su mismísimo núcleo. Este la agarró con fuerza y tiró de ella. Miró hacia abajo, convencida de que le estaban arrancando los órganos del cuerpo, un castigo cruel por atreverse a desafiar a la naturaleza. No vio nada, estaba cegada de repente por el dolor. Un dolor ensordecedor. Se apoderó de cada nervio y la hizo gritar.

No podía respirar, no podía moverse, no podía pensar.

No podía aguantar ni un segundo más.

Entonces, con la misma rapidez, se acabó. Susanna estaba apoyada sobre las manos y las rodillas, con las palmas haciendo presión contra el charco de sangre de Jack, el cual se enfriaba con rapidez. Tras sacudir la cabeza para despejar los restos de dolor, parpadeó y miró a su alrededor.

El callejón.

¡Jack!

Se acercó a él y le colocó las palmas de las manos sobre el pecho. Estaba cálido bajo su tacto, y se movía. Su respiración era entrecortada, ligeramente agitada, pero respiraba.

—¡Jack! —Lo sacudió con suavidad por los hombros—. Jack, ¿puedes oírme?

Fue como una repetición de su primer momento juntos, solo que esta vez aún se aferraba a la vida. Esta vez tenía una oportunidad.

Susanna le levantó la camiseta para ver la herida y respiró aliviada. La sangre goteaba, pero tan solo era un goteo constante y no el chorro que ella esperaba. Le subió la parte inferior de la camiseta y, con firmeza, presionó la herida, y él recuperó la conciencia.

—¡Quítate de encima!

Al igual que en el páramo, se levantó de un salto y la estampó contra la pared. Tenía los ojos aturdidos y un ceño de absoluta confusión pegado a la frente. Apretó la mano que la sujetaba, haciendo que el aliento se le que quedara atrapado en los pulmones.

—¡Jack! —graznó—. Soy yo. Soy Susanna.

Entrecerró los ojos, pensando, buscando en su mente. Susanna vio en sus ojos cómo la reconocía y, en ese momento, la soltó y se derrumbó en el suelo al instante. Empezó a jadear mientras se agarraba el costado.

Susanna se inclinó sobre él y le puso la mano en el estómago.

—¡Jack, lo hemos conseguido! —dijo—. Quédate conmigo. No te duermas.

—¡Oh, Dios mío! —La voz llegó por encima del hombro de Susanna. Era aguda y femenina. Susanna se giró y vio a una chica, todavía con su uniforme escolar y con una mochila al hombro. Sus ojos, rodeados de un marcado maquillaje, estaban muy abiertos y sorprendidos—. ¿Necesitáis ayuda?

—¡Sí! —contestó Susanna mientras sentía una ráfaga de alivio. La herida de Jack era demasiado grave como para que pudiera curársela ella misma—. Llama a una ambulancia.

—No. —Si bien pensaba que se volvería a escabullir, la mano que rodeaba el brazo de Susanna se mantuvo firme—. Nada de ambulancias.

—¡Jack! —Susanna se giró para encararlo—. Necesitas ayuda médica.

—¡No! —exclamó con esfuerzo, y se movió para mirar a la chica—. ¡Llama a la ambulancia y te arrepentirás!

Palideció y dejó caer el móvil a su lado.

—¡Vete de aquí!

—¡Espera! —Susanna la llamó, pero ya estaba corriendo para alejarse, con la mochila rebotándole contra el hombro. Susanna se dio la vuelta en dirección a Jack—. ¿Por qué has hecho eso? Estás gravemente herido, necesitas ayuda médica. —Hizo una pausa—. ¿Quieres morir otra vez?

—Escúchame, ¿quieres? —Jack siguió esforzándose por levantarse—. Maldita estúpida. ¿Sabes quiénes vienen junto con la ambulancia?

—¿Los paramédicos? —dijo Susanna, confundida.

—¡La pasma! —Jack gimió cuando cambió de posición—. ¿En serio eres tan imbécil? ¡La policía! Mira, levántame y ya está.

Humillada por su conocimiento incompleto sobre cómo funcionaban las cosas en el mundo real, Susanna hizo lo que le pidió, le sujetó el brazo a la altura del codo y lo puso en pie. Gritó de dolor y luego se dedicó a soltar una retahíla de palabras malsonantes.

—Jack, es muy grave. —Susanna señaló la herida que él se estaba cubriendo con una mano. Tenía el cuerpo encorvado para aliviar el tirón de los músculos—. Necesitas que te la traten.

—No puedo confiar en la policía. Me la curaré en casa. —Jack ignoró la mirada dudosa de Susanna—. Tú limítate a sacarme de aquí.

Aquel no era su acuerdo. El trato que habían hecho era que Susanna ayudaría a Jack a volver a su cuerpo (vivo) y entonces ambos serían libres. Su pacto había terminado, pero Susanna no podía escapar de ese sentimiento que tenía (de su instinto como barquera) y que la obligaba a evitar que sufriera daños.

Además, ahora que Susanna estaba aquí, no tenía ni idea de a dónde ir, de qué hacer. Cómo encontrar a Tristan. No le gustaba Jack, no confiaba en él, incluso le daba un poco de miedo, pero ahora mismo era el único al que conocía.

Y él conocía este mundo mucho mejor que ella.

—De acuerdo —accedió—. Te ayudaré.

Siguiendo sus órdenes en forma de gruñidos, Susanna hizo señas a un taxi y lo subió con cuidado, con la esperanza de que todavía estuviera demasiado oscuro como para que el taxista viera la sangre que tenían en la ropa y en las manos.

—¿Qué le pasa? —espetó el conductor—. No irá a potar, ¿no?

—No va a vomitar —le aseguró Susanna mientras le daba palmaditas a Jack en el brazo con compasión, lo que causó que hiciera una mueca—. Se lo prometo.

—Sí, vale. ¿A dónde? —preguntó el taxista, aunque todavía sonaba descontento.

Susanna miró a Jack con expectación. Tenía miles de recuerdos en su cabeza, se sabía toda su vida, pero no tenía ni idea de a dónde querían ir.

—Stirling —murmuró Jack—. Vincent Street.

El taxista arrancó y se apartó del bordillo sin hacer más comentarios. Susanna miró por la ventanilla, observando cómo pasaba la calle a toda velocidad. Estaba en un coche. El chico que había sentado a su lado era real, el hombre del asiento delantero que agarraba el volante con manos firmes era real. Estaba en el mundo real.

El mundo real.

Era insondable. Increíble. Asombroso. No obstante, nada de eso tenía significado si no podía encontrar la manera de llegar a Tristan. No sabía cómo encontrarlo, ni siquiera por dónde empezar. Pero…

Pero si cerraba los ojos y se concentraba con todo su ser, podía sentirlo.

Estaba aquí. Estaba cerca.

E iba a encontrarlo.

Capítulo dieciocho

Así es como debió de sentirse Tristan. Dylan estaba sentada en una silla dura de plástico en urgencias, sola y asustada, y se dio cuenta de que Tristan había estado en esa situación hacía apenas unas semanas.

Era horrible.

Le permitieron ir en la ambulancia con él, pero una vez que llegaron al hospital, los dos paramédicos se lo llevaron. Ella los siguió como pudo —*¡maldita muleta!*—, pero no la dejaron pasar más allá de la amplia sala de espera, la cual estaba atestada de gente. Eso le dolió, pero no de la manera que se esperaba. Le dolía porque estaba asustada. No le había visto los ojos abiertos desde que lo ataron a la camilla y lo metieron en el vehículo de emergencia.

Y ahora… ahora no sentía esa respiración entrecortada, las náuseas. El eco del dolor en la pierna. No podía verlo, no sabía dónde estaba, qué le estaba pasando, y no sentía nada excepto un terror enfermizo.

Es porque está inconsciente, se dijo a sí misma. *Cuando vuelva en sí, te sentirás como el culo, pero lo agradecerás.*

No había nada que hacer más que sentarse… y esperar. Una recepcionista vino y anotó los datos —muy escasos— de Tristan. Una enfermera vino y le preguntó a Dylan si necesitaba que la examinaran, pero, si bien la pierna le palpitaba con furia, se negó. No quería estar atrapada en una cama cuando Tristan se despertara por fin.

Unos minutos más tarde, ocurrió algo que le hizo desear de verdad haberse ido con la enfermera de rostro amable. Una enfermera de rostro mucho menos amable irrumpió en la sala de espera, buscando a Dylan entre la multitud.

—¿Estás bien? —gritó Joan cuando la vio—. Marie dice que te niegas a que te vean. —Bajó la vista hacia la pierna de Dylan y observó la forma rígida y torpe en la que se la sujetaba.

—Estoy bien —dijo Dylan en voz baja. Intentó acercarse la extremidad, moviéndose con languidez como si no fuera nada, pero no lo consiguió. Un siseo agudo se escapó de entre los dientes apretados—. ¿Sabes cómo está Tristan?

—No estás bien, no sé *qué* estabais haciendo los dos —le dijo Joan—. Vas a venir conmigo a que te hagan una radiografía.

—¿Sabes cómo esta Tristan? —volvió a preguntar—. Nadie me dice nada.

Joan la miró fijamente, con los labios bien cerrados y los ojos enfadados. Era evidente que sabía algo. Dylan se preparó para una pelea descomunal, pero, en vez de eso, se le llenaron los ojos de lágrimas. Una de ellas se escapó y le corrió por la mejilla.

—Mamá…

Y con eso bastó.

—Está bien. —Joan suspiró—. Bueno, no está bien. Ha perdido mucha sangre. Le han tenido que poner una vía intravenosa —añadió, lo que hizo que Dylan jadeara de forma audible—, y va a necesitar muchos puntos. Pero *estará* bien.

Las palabras de Joan resultaron ser ciertas. La presión sobre las camas del hospital y el hecho de que se fuera a casa con una enfermera supuso que, a las ocho de la noche, Joan estuviera metiendo a Dylan y a Tristan en un taxi.

Tristan estaba pálido y se movía con rigidez, pero estaba alerta y vivo, y a Dylan le bastaba con eso.

Joan seguía enfadada, pero su furia inicial se había enfriado hasta convertirse en una hoja candente. Se sentó en el asiento abatible de la parte trasera del taxi negro y miró a Dylan y a Tristan con el ceño fruncido.

—¿En qué *narices* estabais pensando al volver a ese túnel? —Su voz era baja y mordaz.

—Mamá…

—Recién te has deshecho de la silla de ruedas y todavía cojeas… No puedo ni imaginarme lo que estabas haciendo para acabar tan herido, pero, desde luego, no era la única cosa que se supone que debes hacer mientras vives bajo mi techo. —Inhaló en forma de siseo—. ¡Cuidar de mi hija!

Si tan solo supiera la verdad, pensó Dylan. Pero tenía que tranquilizar a su madre de alguna forma.

—Lo siento, mamá, es culpa mía. Le supliqué a Tristan que me llevara a donde el tren se estrelló porque pensaba que eso podría ayudar…

—¿Que podría ayudar…? Has retrasado tu recuperación, Dylan. Y he tenido que mentir por *él* otra vez, he falsificado sus datos en los formularios. Chico estúpido, mira que cortarse así. Podría perder mi trabajo…

—Tristan me estaba ayudando a saltar la valla con púas y se resbaló —mintió Dylan—. Ambos nos caímos por el arcén, eso es todo. Por favor, no le eches la culpa a Tristan de esto, ha sido cosa mía.

—Lo siento, Joan —dijo Tristan con voz ronca mientras se movía, incómodo—. No volverá a pasar.

Joan volvió a guardar silencio y se quedó así hasta que llegaron a casa. No obstante, no había hecho realidad el mayor temor de Dylan y había echado a Tristan, *todavía*. Quizá sabía que, si lo hacía, Dylan también se iría. Sin importar lo que dijera Joan.

A pesar de que apenas eran más de las nueve, Joan anunció que Tristan necesitaba dormir, así que todos se iban a la cama. Eso le vino bien a Dylan. Lo que de verdad quería era hablar con Tristan a solas y eso no iba a suceder hasta que Joan estuviera metida en su habitación. Haciendo todo lo posible por no cojear —le dolía la pierna—, hizo su rutina de baño, se puso el pijama y apagó la luz. Se metió en la cama, se puso de espaldas a la pared y se acomodó para esperar pacientemente.

Tristan estaba de pie junto a la ventana del salón, mirando hacia la calle oscura. Era tarde, pero un flujo silencioso de tráfico seguía circulando por la carretera como un fantasma. Había pocas ventanas iluminadas en los pisos de enfrente y nadie caminaba por la acera. Era lo más tranquilo que había estado en esta parte de la ciudad.

Nada. Nada salvo el murmullo de Joan al teléfono en su habitación. Llevaba un rato hablando, aunque Tristan era incapaz de saber quién estaba al otro lado de la línea. Aunque podía adivinarlo.

Estaba esperando a que terminara la llamada, a que hiciera su paseo nocturno al baño… y luego se iría con Dylan.

Tristan la necesitaba. Necesitaba abrazarla, sentir cómo sus costillas ascendían y descendían con suavidad bajo su mano al respirar. Como Joan no se diera prisa, iba a colarse allí de todas formas. Ya lo habría hecho, si no hubiera sido por…

Cerró los ojos, se concentró. Nada. Nada más que el ruido de la carretera y los tonos bajos de la voz de Joan y…

Ahí estaba de nuevo. Un hormigueo que cosquilleaba en el rincón más oscuro de su mente. Una presencia, de esas que no había sentido desde que Dylan lo arrastró al mundo real con ella.

Un barquero. Aquí. En este mundo.

Abrió los ojos de golpe y recorrió la calle. Seguía sin ver nada, pero en su interior era consciente. Resonaba en un patrón que Tristan no podía confundir.

Susanna.

El nombre que se atribuía. El que se atribuía junto con su pelo y sus ojos oscuros. Se había pasado muchas noches sentado en la puerta del refugio o junto a la ventana y había visto a Susanna haciendo lo mismo. ¿Qué hacía ella aquí? No obtuvo una respuesta desde la calle oscura.

Tras suspirar, dio un paso atrás y se apartó de la ventana. Tan solo ese pequeño movimiento le dio un tirón en la herida del hombro. Se quedó quieto y sintió cómo el dolor se iba extendiendo, bajándole por el brazo, y le dejaba sin respiración.

—¿Tristan? —Alzó la vista y vio a Dylan bajo el marco de la puerta, observándolo—. ¿Qué haces?

—Solo… miro por la ventana. No podía dormir.

Hizo una pausa, y el momento de contarle a Dylan lo de Susanna se cernió ante él. Lo dejó pasar. Susanna era una barquera, no un espectro. Su presencia en el mundo no era un peligro para ellos. Si había logrado encontrar la forma de llegar aquí, si había tenido la oportunidad de vivir una vida real, no era asunto suyo. El destino de Susanna le pertenecía a ella.

—Ven a la cama —murmuró Dylan.

Relegó a Susanna a un segundo plano por el momento, caminó hasta donde Dylan le estaba esperando y le puso la mano en la cadera, guiándola hacia atrás.

—A la cama —aceptó—. Necesito abrazarte.

Cruzaron el pasillo haciendo el menor ruido posible y Dylan le indicó a Tristan que se acostara primero. Ella se acomodó a su lado, exhalando un profundo suspiro.

—¿Estás bien? ¿Te duele?

—Un poco —admitió Tristan—. Tu madre me ha dado algunos analgésicos.

Dylan resopló.

—Me sorprende que no te haya dejado que sufrieras. —Hizo una pausa—. Temía que te echara hace un rato.

—Pensé que iba a hacerlo —dijo Tristan—. Todavía puede.

Dylan no se mostró en desacuerdo con él.

—Si lo hace, me voy contigo.

—Tampoco es que te quede mucho más remedio. —Suspiró—. Lo siento.

—Sabes que no me molesta nuestro vínculo. —Dylan se encogió de hombros. No era culpa suya, no sabía que iba a pasar eso. Además, en secreto le gustaba la forma en la que estaban unidos el uno al otro (cuando no la volvía loca ni le daba náuseas ni sentía que le estaban clavando agujas en la pierna).

—No me refiero a eso —contestó. Dylan frunció el ceño—. Cuando vinimos del páramo, dejamos un agujero y los espectros lo están cruzando. Lo están cruzando y matando a la gente. Debería haber sabido…

—Yo no vi ningún agujero. ¿Y tú?

—*Sentiste* el agujero —murmuró—. Me dijiste que sentiste como si algo estuviera tirando de ti. Eso era el páramo intentando llevarte de vuelta.

—Vaya —dijo Dylan—. Me esperaba, no sé, ver una rotura o un portal o algo.

—Recuerda que los dos mundos son idénticos en ese punto —le recordó.

—¿Pero lo viste?

No respondió.

—No lo viste. Lo primero que supiste al respecto fue cuando te dije que me sentía rara. Eso no significa…

—Sí, Dylan. *Sé* que allí hay un agujero. ¿Cómo, si no, explicas que apareciera un espectro así?

No tenía ninguna respuesta para eso.

—Bueno, pero lo mataste —afirmó en busca del lado positivo.

—Maté a ese.

—¿A ese? ¿Crees que hay más?

—No lo sé —admitió—. Aquí no siento que estén cerca como lo hacía en el páramo. No sentí a ese espectro hasta que casi lo tuve encima.

—O sea, no es que podamos ir a cazarlos. Y esa cosa casi te mata.

—No lo hizo —replicó Tristan, y su voz grave estaba inundada de orgullo masculino ofendido.

—Podrías haberte desangrado, Tristan —dijo Dylan con suavidad—. Te habrías desangrado si yo no hubiera llamado a la ambulancia. Aquí no puedes luchar contra ellos de la misma forma.

Gruñó, lo cual interpretó como que le daba la razón.

—Entonces —continuó ella—, ¿en realidad no hay nada que podamos hacer?

Quería decirlo como una afirmación, pero la duda que denotaba su voz, así como un mal presentimiento cada vez mayor, lo convirtió en una pregunta.

—Sí que hay algo —respondió Tristan—. Puedo intentar cerrar el agujero. Evitar que crucen más.

—¿Cómo?

Silencio. Absoluto y total silencio.

—¿Cómo, Tristan?

—Cruzándolo otra vez.

—No —espetó—. No. Ni hablar. Ni de broma. —Estaba hablando demasiado alto, pero le daba igual—. ¿Me oyes? No.

—Dylan…

—He dicho que no, Tristan. No. Y no hay más que hablar.

—¡Shhh! —Tristan le presionó los labios con los dedos y se giró sobre su lado bueno para que estuvieran cara a cara en la oscuridad. Mantuvo la mano ahí, ejerciendo una presión suave—. No quiero que nos peleemos por eso. Solo… solo quiero estar cerca de ti.

Las palabras de ira que Dylan había estado esperando a lanzarle murieron en su garganta. Tenía razón. Hoy casi lo había perdido, había tenido que ver cómo la sangre le empapaba la camiseta, le recorría la piel... y se había sentido totalmente impotente. Inútil.

Estaba aquí, notaba el calor que desprendía a su lado.

Eso bastaba.

Mientras extendía la mano para agarrar la parte inferior de la camiseta que Tristan usaba para dormir, le besó los dedos. Luego otra vez. Cuando los retiró y los sustituyó por su boca, también la besó. Se olvidó del hombro lesionado y se apretó contra él en un intento por acercarse y sentir su calor.

Deslizó la mano hacia arriba para apoyarla en su pecho y sintió los latidos de su corazón. Le recordó que los dos estaban vivos, vivos de una forma gloriosa y milagrosa.

Eso era lo único que importaba.

En cuanto al resto... Ya se pelearían mañana.

CAPÍTULO DIECINUEVE

—¿Tristan? —le dio un codazo en el hombro bueno. Hacía dos días que le habían puesto los puntos, por lo que podía soportar que le diera un empujón alegre.

—¿Mmm? —Tristan se giró hacia Dylan, sin perder de vista la calle que los rodeaba.

—Te prometo que solucionaremos el problema de los espectros cuando estés mejor. ¿Por ahora puedes...?

—Puedo... ¿qué? —Tristan la miró a través de la mata de pelo rubio oscuro.

—Hacer como que eres un chico normal con problemas de chico normal, solo un poquito. —Dylan le dio la mano y la apretó.

Habían acordado verse con el padre de Dylan en un pequeño restaurante italiano que había a unas pocas calles del piso. Joan insistió en que, como esta no iba a estar allí, se tenían que quedar por el barrio.

—Claro. ¿Cuál debería ser? ¿No tengo dinero, puede que suspenda los exámenes, me van a invitar a la próxima fiesta de Cheryl?

—¡Eso! —Dylan respiró hondo, enterró el problema de los espectros lo más profundo que pudo (lo cual no era mucho) y giró la cabeza para mirar a Tristan—. ¿Estás nervioso por lo de mi padre?

—¿Por qué debería estarlo? —Le apretó la mano que todavía sostenía—. No te preocupes por mí, Dylan. *Tú* eres la que está nerviosa.

Lo estaba. Estaba temblando de los nervios.

—No sé por qué —confesó—. O sea, ya he quedado con él.

—Has quedado con él una vez —la corrigió Tristan—. Es tu padre, y sigue siendo prácticamente un extraño. Además, esta vez tampoco tienes a tu madre como mediadora.

—Te tengo a ti —dijo—. Eso es mejor.

Eso hizo que se ganara una sonrisa y otro apretón.

—Además —añadió con un humor irónico—, parece que no puedo mantenerte alejado de la pizza.

Esa era ahora una de las cosas que más le gustaba a Dylan, introducir a Tristan en nuevas experiencias y ver cómo reaccionaba. Sobre todo, la comida, puesto que su cuerpo no tenía que comer en el páramo. Hasta el momento, el helado y las manzanas encabezaban la lista por detrás de la pizza.

Dentro del restaurante no había ni rastro del padre de Dylan, pero había hecho una reserva, así que el camarero los condujo a una acogedora mesita situada en la parte de atrás.

Dylan observó la puerta, incapaz de mirar la carta cuando había mariposas que le estaban inundando el estómago. Pronto, su padre entró corriendo, con la cabeza dando vueltas mientras comprobaba los asientos. Con cierta torpeza, Dylan se puso en pie y empezó a saludar al mismo tiempo que él la veía. La alegría y el placer reflejados en su expresión casi bastaron para hacerla llorar, y, aunque se sintió tonta al ponerse de pie, se quedó así hasta que él cruzó el local.

—Hola, cielo. —Le dio un abrazo enorme—. Siento haber llegado tarde.

—No pasa nada —dijo Dylan, que se separó del abrazo para mostrarle una sonrisa tímida—. No hace mucho que llegamos.

—Bien, eso está bien. Me alegra verte sin la silla y sin la escayola.

—Despacio, apartó los ojos de su hija, como si se mostrase reacio a hacerlo, y Dylan se percató de que la mirada que le dirigió a Tristan era mucho menos amable—. Tristan. Me han hablado mucho de ti.

Mientras se sentaban, Dylan frunció el ceño ante la idea de que su madre hablara mal de su novio.

—No escuches nada de lo que dice Joan. —Se giró hacia Tristan—. *Yo* he dicho cosas bonitas.

Tristan le sonrió, todo ojos azules y pecas, y Dylan no pudo evitar devolverle la sonrisa mientras algo feliz y cálido surgía en su interior. En ese momento, su padre se aclaró la garganta —en voz alta— y el momento pasó.

—Tu madre me dijo que te volviste a hacer daño en la pierna —dijo James al tiempo que tomaba la carta y pasaba las páginas—. ¿Cómo ocurrió?

—Me caí —respondió Dylan, pensando que, cuanto menos dijera sobre aquella tarde, mejor, y preguntándose cuándo y por qué Joan se lo había contado a él. Era raro que lo hiciera. Lo odiaba, ¿no?

—¿Dónde estabas?

—¿Cómo?

El padre de Dylan alzó los ojos de la misma tonalidad verde que los de ella.

—Cuando te caíste. ¿Dónde estabas?

Tenía el presentimiento de que ya lo sabía, pero respondió de todas formas.

—Volvimos al túnel. Estaba teniendo pesadillas y pensé que podría ayudar. —La misma mentirijilla que le había contado a su madre.

—No obstante, no fuiste solo al túnel, ¿verdad? Estás pasando por alto el hecho de que te saltaste las clases. —Tuvo el cuidado de mantener el tono de voz neutral y centraba la mayor parte de su atención en la carta que tenía delante, pero estaba enfadado—. Bajaste al túnel con una pierna mala y violaste el escenario de un crimen.

—¿Estás enfadado conmigo? —gimió Dylan. Una pequeña parte de su cerebro gritó que no tenía derecho (quién se creía que era), pero en su mayor parte estaba herida. Molesta. Acababa de conocer a su padre y ya la estaba desaprobando.

Sin embargo, negó con la cabeza ante su acusación y volvió a mirarla.

—No, Dylan. No estoy enfadado contigo. —Pasó una página otra vez, bajó la mirada y luego volvió a alzarla—. Aunque me pregunto si no te estarán llevando por el camino errado.

Tristan. No lo dijo, ni siquiera le lanzó una mirada, pero era a él a quien se refería.

—Tu madre me dijo que este comportamiento es nuevo en ti —continuó—. Hacer novillos, colarte en sitios en los que no deberías estar. Tanto ella como yo nos estamos preguntando si tu nuevo novio, de quien nunca había oído hablar antes del accidente, tiene algo que ver.

—¿*Tanto ella como yo?* —Lo pronunció antes de que pudiera retenerlo—. Ahora sois un equipo, ¿verdad?

Su padre no reaccionó, no la censuró. Simplemente esperó.

—No sé por qué crees que puedes juzgar cuando apenas me conoces. *Nos* conoces —le dijo Dylan, airada, sin saber muy bien de dónde venía la valentía. No iba a permitir que pensara que Tristan era una mala influencia. Ni hablar—. Tristan no me obligó a que me saltara las clases. No me obligó a entrar en el túnel ni tampoco a hacer novillos para ir a visitarte. *Yo* lo hice. *Yo* soy responsable de mí. Así que, si estás enfadado, es conmigo con quien tienes que estarlo. —Dylan respiró hondo y le dio a su padre la oportunidad de interrumpir, pero él no lo hizo—. Tristan ha estado ahí mientras atravesaba momentos muy difíciles. No te puedes hacer ni una idea de lo difíciles que fueron.

El más mínimo movimiento de la boca de James le hizo saber que no se tomaba en serio su afirmación. Si tan solo supiera cuán ciertas eran esas palabras.

—Lo amo, y está en mi vida. —Hizo una pausa y se quedó mirando fijamente a su padre, dándole tiempo para oír el pensamiento implícito: que *él* no estaba en su vida, no aún.

El momento se prolongó. Dylan se arriesgó a echar una rápida mirada a Tristan, pero este se limitó a quedarse sentado en silencio, sin interferir. Volvió a mirar a su padre y vio que parecía estar visiblemente sorprendido.

—Tienes razón —dijo—. Lo siento. Todavía no me he ganado un hueco en tu vida, pero soy tu padre y me preocupo por ti. —Le sonrió, y esta vez se aseguró de que el gesto incluyera a Tristan—. Empecemos de nuevo. Tristan, me alegro de conocerte. He oído cosas buenas sobre ti… de Dylan.

Al ver a Dylan sonreír y reír con su padre, Tristan solo se sintió momentáneamente aliviado de sus pensamientos. ¿Cómo iba a sonreír y a charlar sabiendo que podía morir más gente si cruzaba otro espectro? Lo había arriesgado todo al venir aquí con Dylan: la vida de él, tal como era; el alma inmortal de ella. Durante un tiempo, durante varios días, pensó que se había salido con la suya.

No obstante, las acciones tienen consecuencias. Sus acciones habían abierto una brecha entre este mundo y el siguiente… y el mismísimo infierno estaba filtrándose y poniendo en peligro a otras almas.

Le era imposible contar cuántas almas había perdido a lo largo de los años, si bien cabía destacar que eran muchas menos que el número de almas que había transportado con éxito a través del páramo. Sin embargo, los cuatro hombres que habían sido asesinados le pesaban mucho, a pesar de que sabía, sin duda, que había vida después de la muerte.

Porque también sabía, sin duda, que no todas las almas llegaban a esa tierra prometida de la que le había hablado Dylan.

Y, además, no les había llegado la hora de irse. No deberían haber muerto ese día. Sus acciones despreocupadas habían interferido con las vidas que aún les quedaban por vivir.

Necesitaba hacer algo, pero sabía, simplemente *sabía*, que la única manera de resolver lo que se había roto era volver a cruzar hacia el páramo. ¿Quizá, si se dirigía a la línea, uno de los seres que Dylan había descrito hablaría con él y le explicaría lo que tenía que hacer? Quizá su sola presencia en ese inframundo restauraría el equilibrio y la grieta se sellaría de forma natural. Lo que los separaría a él y a Dylan. Tal vez incluso los mataría.

Quizá. Tal vez. Probablemente.

No había certezas, salvo el hecho de que, si se quedaba aquí sin hacer nada, moriría más gente.

Y no podía llevar a Dylan de vuelta al páramo. El hecho de que lo hubiera cruzado la primera vez mientras sobrevivía a los espectros era un crédito a su valentía. Que hubiera regresado sola a buscarlo y viviera para contarlo era insondable. Llevarla de vuelta y arriesgarse una tercera vez… Eso sería, sin duda, tentar demasiado a la suerte.

Tristan suspiró y se frotó el cuello, donde los músculos se le habían tensado de repente. Intentó volver a meterse en la conversación entre Dylan y su padre. Para ella era importante que Tristan le gustara, y presentía que James Miller no se quedaría callado si pensaba lo contrario.

—Dove no tenía ni idea de que la señora Malcolm estaba ahí —decía Dylan—. No paraba de gritar: *¡Tetas! ¡Son tetas! ¡Está dibujando tetas!* Todo el rato la señora Malcolm estaba mirando y, entonces, de repente, gritó: *¡David MacMillan!* Y todo el mundo se quedó callado. ¡Pensaba que Dove iba a caerse de la silla!

Su padre se estaba riendo mientras agitaba la cabeza.

—No puedo creerme que esa mujer siga allí. ¡No puedo creerme que siga viva! Era vieja cuando yo era un alumno, y eso no fue ayer.

—Creo que se va a jubilar este año —comentó Dylan— Es una pena, me cae bastante bien. Al menos ella consigue que todo el mundo se calle para que podamos seguir haciendo cosas.

—Sí, es un instituto difícil. —Su padre hizo una mueca, y su humor se disipó de repente—. ¿Te va bien allí? Nadie... te molesta, ¿no?

—¿Te refieres a si me acosan? —inquirió Dylan.

—Bueno, sí. —Esperó, tenso, y Tristan pudo ver que estaba nervioso por la respuesta. Eso hizo que le gustara un poco más aquel hombre.

La chica sonrió.

—Ahora que Tristan está ahí, no me molestan. Todo el mundo le tiene miedo.

—Ah, ¿sí? —El padre de Dylan le lanzó una mirada valorativa.

—No son más que unos pequeños idiotas —contestó Tristan—. Les plantas cara y ya no saben qué hacer.

—Cierto. —El padre de Dylan asintió con la cabeza, de acuerdo, y Tristan pensó que podría haber ganado un punto con él. Dylan estaba sonriendo en su dirección.

La cena transcurrió sin más incidentes. Su padre pagó la cuenta y salieron del restaurante. Era una noche clara y enérgica, aunque no se veían las estrellas, ya que la amplia red de farolas brillaba demasiado como para distinguir su lejano resplandor. James se ofreció a llevarlos a casa, pero luego admitió que su coche estaba aparcado de cualquier forma en la esquina de una calle, a casi un kilómetro en dirección contraria.

—No te preocupes —dijo Dylan por tercera vez—. Llegaremos más rápido si vamos andando. Son solo diez minutos, y tengo a Tristan.

James se quedó mirando a Dylan durante un largo rato, deliberando. Tristan podía sentir cómo sus instintos protectores luchaban contra la advertencia de no presionar demasiado dada su incipiente relación.

—Llámame cuando llegues —dijo al fin.

—¡Sí, papá! —Tristan observó el pequeño resplandor de felicidad que iluminó los ojos de Dylan cuando utilizó esa palabra, cuando reclamó a James Miller como parte de la familia. Algo que Tristan nunca había tenido. Sin embargo, no le guardó rencor por ello. Dylan era todo lo que necesitaba.

—Dame un abrazo —pidió James con la voz un poco ronca. Era obvio que estaba tan afectado por el uso de dicho término como ella—. Venga, vamos. —Dio un paso atrás. Se cruzó de brazos y clavó los pies en el suelo. Tristan se dio cuenta de que se iba a quedar ahí hasta que los perdiera de vista. Cuidando a su pequeña.

Tristan le dio la mano a Dylan y, asegurándose de que tuviera la muleta en su sitio, caminó con ella a lo largo de la pequeña hilera de tiendas y cafeterías. La mayoría de las tiendas estaban ya cerradas, y solo el escaparate de una licorería arrojaba una burbuja de luz amarilla brillante a su paso. Las calles estaban tranquilas, pero una extraña sensación de cosquilleo seguía molestando a Tristan.

—¿Qué pasa? —preguntó Dylan después de que él girara la cabeza por cuarta vez en un par de minutos—. ¿Qué ocurre?

—Nada —respondió, y le apretó la mano de forma tranquilizadora. Y lo más probable es que *no fuera* nada.

—Tristan —le advirtió—. ¿Qué pasa?

—Nada.

Dylan suspiró y apartó la mano de la suya.

—¡Dímelo!

Se encogió de hombros.

—Es solo que…

—¿Es solo que qué? —Dylan intentó mirar por encima del hombro mientras caminaba y casi se tropezó. Tristan tuvo que estirar el brazo para sostenerla—. ¿Nos está siguiendo alguien?

—No. —Hizo una mueca—. No lo creo. Es solo que… siento algo. No es nada, de verdad.

Dylan se paró en seco en mitad de la acera, en una postura que recordaba mucho a la que había adoptado su padre mientras veía cómo se alejaban.

—Tengo la horrible sensación de que alguien nos está observando, eso es todo. Pero no hay nadie. Ya he mirado. Lo más seguro es que me haya vuelto paranoico por lo de los espectros. —La tomó del brazo—. Venga, vamos, hace frío.

Tristan se negó en rotundo a mirar a sus espaldas durante todo el camino de vuelta al piso. No quería asustar a Dylan. No obstante, esa sensación amenazante, esas agujas incómodas que le punteaban la nuca, se negaban a disminuir.

Esto no se parecía en nada a la sensación que tuvo cuando sintió a Susanna. Esta seguía aquí, pero en algún lugar distante; era un atisbo de calidez que persistía en los márgenes de su conciencia.

No, esto era algo diferente. Algo frío y furioso.

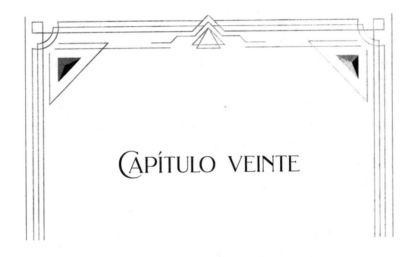

Capítulo veinte

—Esto no está bien.

Susanna miró fijamente la extensión pálida de piel que quedó al descubierto cuando despegó el vendaje de la cintura de Jack.

—¿Qué pasa? —preguntó—. ¿Está infectada? No me siento como si lo estuviera.

—No —respondió Susanna—. Parece... parece que está bastante bien.

«Bastante bien» era un eufemismo. Los puntos que ella misma le había puesto bajo la cuidadosa, aunque inquietante, supervisión de Jack estaban limpios. No había ninguna costra, solo una línea ligeramente levantada que, si bien estaba roja, no parecía inflamada ni fresca. Era un ritmo de curación normal para *ella*, pero, por cómo reaccionaban sus almas a sus heridas en el páramo, sabía que los humanos no se curaban tan rápido.

Era evidente que Jack no había vuelto al mundo de los vivos siendo la misma persona.

Estaban en el piso de la madre de Jack. Un edificio feo de hormigón decorado con balcones de metal oxidado. Parecía un lugar sombrío para crecer. Le costó mucho meterlo en el edificio, sobre todo dados los escasos conocimientos de Susanna sobre los timbres. La madre de Jack se apresuró a pagar el taxi antes de atender a su hijo, a quien le hizo preguntas atentas y se escabulló a su habitación cuando la rechazaba. Por supuesto, Susanna ya había visto a la madre de Jack en sus recuerdos. Era una mujer pequeña y tímida, con el pelo lleno de canas prematuras y unas líneas profundas alrededor de la boca y los ojos. Tenía una mirada cargada de un miedo perpetuo, los hombros siempre ligeramente encorvados como si quisiera protegerse del mundo. También había visto al padrastro de Jack en sus recuerdos. Al menos no parecía estar cerca.

Susanna había pasado la noche en el sofá de su salón, asombrada por la pesadez que sentía en los ojos; la sensación cálida y flotante que la arrullaba hacia el olvido. El sueño. Así era el sueño. Cerró los ojos y se deleitó con él.

Trece horas. Durmió trece horas. Cuando se despertó, fue directamente a ver cómo estaba Jack, medio esperando encontrarlo muerto, y, en vez de eso, le faltaba poco para estar curado por completo. No obstante, todavía estaba un poco fuera de sí y, mientras volvía a dormirse, Susanna oyó el ruido de alguien que se movía en la cocina. Supuso que era la madre de Jack. Sintiéndose incómoda, como una intrusa, se levantó y caminó en silencio por el salón hasta el arco abierto que llevaba a la cocina. La madre de Jack estaba en bata, con unas zapatillas peludas en los pies y un hervidor de agua en la mano.

—¿Té? —preguntó la mujer con demasiada alegría.

—Yo… No. Gracias. —Susanna intentó sonreír, pero se sentía tan fuera de lugar que lo mejor que pudo conseguir fue una mueca.

—Jack sigue dormido, ¿no? —inquirió su madre.

—Sí. Aunque está bien.

La madre de Jack asintió con la cabeza.

—Bueno, tengo que irme a trabajar en un rato. Vosotros os las apañáis con lo que hay en la nevera.

Y eso fue todo. La mujer echó una rápida cucharada de leche en su taza y luego salió de la habitación sin hacer ruido, de nuevo con esa expresión demasiado alegre en el rostro. Cerró la puerta de su habitación tras ella con un suave chasquido, dejando a Susanna sola en el salón, aturdida.

¿Dónde estaba el interrogatorio? ¿Las preguntas sobre quién era y qué hacía allí? No parecía correcto; no encajaba con ninguna de las ideas que Susanna había construido en su cabeza sobre cómo debía ser una «madre». Aunque sí que coincidía con la mujer que había vislumbrado en los recuerdos de Jack. Mientras sentía una incómoda simpatía por ella, Susanna pasó de puntillas junto a su habitación y se coló de nuevo en el dormitorio de Jack.

Estaba dormido. Durante todo el día, se despertaba de forma periódica para que Susanna le echara agua en la garganta y le diera trozos de pan tostado. Cuando estaba segura de que se encontraba lo suficientemente bien, se iba, y eso era todo.

Susanna tenía mucho tiempo para pensar, aunque, en realidad, sus pensamientos se centraban en una sola cosa. Tristan. ¿Dónde estaría? En algún lugar cercano, podía sentirlo. ¿Qué posibilidades había de que, en todo el mundo, sus almas los hubieran llevado cerca el uno del otro? Debe de ser una señal. Ahora bien, ¿cómo podía llegar a él? Tenía que sentarse, cerrar los ojos y despertar sus sentidos lo máximo posible. Entonces, y solo entonces, sentía un atisbo de él justo en la periferia de su mente.

Era tranquilizador y terrorífico a la vez.

Estaba segura de que, cuanto más cerca estuviera, más fácil sería localizarlo; así había funcionado siempre en el páramo. Sin embargo, no tenía dinero ni transporte y, después de quedar en ridículo por no entender cómo funcionaba algo tan simple como el interfono del edificio, se dio cuenta de que había un millón de pequeñas cosas que podría desconocer. Cosas que la delatarían, que la marcarían como diferente.

Necesitaba evitar llamar la atención hasta que pudiera llegar a Tristan, y para ello necesitaba a alguien que la ayudara a desenvolverse en este nuevo y extraño lugar.

Para eso necesitaba a Jack.

Lo sopesó durante todo el día, recordando lo difícil que se lo había puesto todo en el páramo. Preocupándose por cómo ir sola. Había acabado varias veces de pie, lista para salir por la puerta principal, pero siempre se detenía, presa del pánico y de la incertidumbre.

Si quería llegar a Tristan, necesitaba a Jack.

Solo un poco más.

Cuando Jack se despertó por fin, estaba animado de una forma inquietante. Le apartó la mano a Susanna cuando fue a comprobarle el vendaje por segunda vez.

—¡Estoy bien! —Se bajó la camiseta para cubrirse el vientre—. Dios, qué ganas de darme una ducha.

—No deberías mojar la herida —dijo Susanna, que se apartó de su camino cuando se levantó de la cama.

Jack le lanzó una mirada despectiva mientras iba al baño.

—Bien —murmuró al aire vacío—. Dúchate. Que se empape. ¿A mí qué? —Se puso de rodillas con cierta rigidez—. Ojalá se te infecte, tonto del culo.

Lo último lo gesticuló con la boca porque, si bien estaba demasiado lejos como para oírla, no era estúpida. Uno no le hablaba mal a un matón como Jack.

Tardó mucho en ducharse. Susanna estaba empezando a preguntarse si tal vez se habría desmayado cuando de repente el agua dejó de correr. Jack salió unos instantes después, sin más ropa que una toalla atada alrededor de la cintura y con el nuevo vendaje que Susanna le había puesto empapado y pegado a la piel. Era todo piel pálida y músculos fibrosos, pero tenía fuerza y, una vez más, le fascinó la facilidad con la que podía hacerle daño.

En el páramo, Susanna había poseído parte del poder, por no mencionar que él la necesitaba para sobrevivir. Ahora que estaban en el mundo real, esa balanza había cambiado. Dudaba de que pudiera seguir controlándolo con órdenes.

—Puedes usar la ducha si quieres —le dijo Jack, que pasó de largo y desapareció en su habitación.

Susanna no se había atrevido a tomarse semejante libertad mientras Jack estaba en la cama. Era casi imposible resistirse. ¡Agua caliente! La simple idea la hacía sentirse débil.

—Gracias —contestó en voz baja a la espalda de Jack. Acto seguido, corrió hacia el baño.

Era tan bueno como lo había imaginado. La ducha era estrecha, casi claustrofóbica, pero el placer de tener una cascada de agua lloviéndole encima, tan caliente como fuera capaz de soportar, compensaba la sensación de estar metida en un ataúd.

Tuvo que obligarse a salir. Se envolvió con una toalla grande y contempló su ropa. En el páramo podía cambiar de conjunto con tan solo pensarlo, pero aquí llevaba más de un día con los mismos vaqueros y el mismo jersey, y decir que estaban sucios era quedarse corto. No soportaba la idea de volver a ponerse la ropa sucia sobre la piel limpia.

Sin embargo, en cuanto apareció por la puerta de la habitación de Jack, este ladró un «toma» y le lanzó un bulto. Al atraparlo, Susanna vio que era ropa de mujer.

—Algunas de las cosas de Sammy —explicó—. Debería valerte. Sois más o menos de la misma talla. —Entrecerró los ojos—. Aunque eso ya lo sabes.

—Cierto. —Cuanto menos se hablara del tema, mejor, pensó Susanna, que se apresuró a volver al baño lleno de vapor para cambiarse.

Le había dado un par de vaqueros ajustados y una camisa tipo blusa que se anudaba por delante y que tenía un profundo escote en forma de «V» En fin, ya vería cómo usar la lavadora para volver a ponerse su ropa lo antes posible.

Susanna se quedó en el cuarto de baño y realizó pequeñas tareas como peinarse, ajustarse la provocativa ropa, pues, ahora que Jack se había levantado, había llegado el momento de abordar un tema delicado. No estaba segura de cómo se sentiría Jack cuando intentara renegociar los términos de su acuerdo, especialmente cuando ya había conseguido su parte del trato. No tenía nada con qué negociar, lo único que podía hacer recurrir a su fibra sensible.

Y no estaba muy segura de que la tuviera.

—Tengo que salir —le informó mientras agarraba una chaqueta de cuero negra. Se llevó las llaves de la mesita y, por último, la miró de verdad. Recorrió la ropa que llevaba con los ojos. Su expresión permaneció totalmente inexpresiva, sin dar ninguna indicación de lo que pensaba—. ¿Vas a estar aquí cuando vuelva?

Eso la tomó desprevenida, y dudó. Era el momento de hablar, de pedirle a Jack que la ayudara. Miró fijamente su expresión dura y sin emoción y se acobardó.

—Yo… —Tragó saliva—. Puedo irme si…

—Quédate —le dijo con sequedad—. Aclárate o lo que sea. No tardaré mucho. Si… si oyes a alguien en la puerta, enciérrate en mi cuarto.

Por «alguien», supuso que se refería a su padrastro.

—De acuerdo —contestó—. Gracias.

Jack gruñó a modo de respuesta y se dirigió a la puerta. Esta se cerró de golpe y, por primera vez en días, la primera vez en su vida, Susanna se permitió relajarse. Dejó escapar un suspiro, echó la cabeza hacia atrás y escuchó la tranquilidad maravillosa y vacía.

Susanna disfrutó de la paz y la tranquilidad durante diecisiete segundos.

Comenzó con una inexplicable ansiedad en el fondo del pecho. Después, la piel empezó a picarle, a escocerle. Se sentía mareada, aturdida. Segura de que iba a vomitar, se levantó del sofá, pero, cuando se puso en pie, sus piernas no pudieron sostenerla.

—¿Qué está pasando? —No había nadie que le respondiera. De repente, se le disparó un dolor en lo más profundo de su ser, tan punzante que hizo que se cayera de rodillas—. ¡Jack! —gritó, aunque el sonido apenas cruzó los labios.

Se obligó a moverse, recordando las veces que los espectros la habían arañado, mordido y atacado, y se arrastró hacia la puerta principal. Se tropezó en el rellano y se medio cayó por las escaleras.

Se encontró a Jack seis pisos más abajo. Estaba desplomado a lo largo de varios escalones, con la cabeza contra el borde afilado del peldaño superior. Tenía una mano pegada al estómago y el rojo desagradable de la sangre le manchaba la camiseta blanca de manga larga.

—¡Jack! ¿Estás bien? —preguntó mientras bajaba las escaleras, bordeándolo, hasta situarse justo debajo de él. El intenso dolor que había sentido en el estómago estaba desapareciendo tan rápido como había aparecido, pero todavía se sentía débil y le temblaba el cuerpo.

—No. —Jack levantó la cabeza y se miró el estómago, la mancha de sangre. Tras levantarse la camiseta y quitarse la venda, se tocó la herida, la cual, a pesar de la sangre, tenía el mismo aspecto que antes, cuando Susanna le cambió el vendaje. Parpadeó con rapidez, como si intentara recuperarse de un sueño profundo—. ¿Qué cojones ha pasado? ¿Me he caído? —La miró con desconfianza—. ¿Qué haces aquí? ¿Me has seguido?

Susanna se echó un poco hacia atrás ante el veneno de su mirada. ¿Pensaría que le había empujado?

—Estaba en tu casa —dijo a toda velocidad—. Menos de un minuto después de que te fueras, empecé a encontrarme mal. Muy desorientada y mareada, con el estómago revuelto. Luego sentí un dolor que me ardía aquí. —Se frotó el costado—. Justo donde tenías la herida del cuchillo. Me pareció que era demasiada coincidencia, así que corrí tras de ti. Y te encontré así.

—¿Crees que esto ha pasado porque me he ido?

—No… No lo sé. —Susanna se encogió de hombros, impotente.

Jack frunció el ceño.

—Vuelve a subir las escaleras.

—¿Qué?

—Vuelve a subir. Vamos a averiguarlo.

Susanna estuvo a punto de decirle a Jack que podía subir las escaleras él mismo si tan decidido estaba a probarlo, pero se mordió la lengua. Si su teoría era correcta, tenían que saberlo… y tenía que llevarse bien con Jack.

Tras subir un tramo, se encontraba bien. Miró hacia abajo y vio que Jack la estaba observando con los ojos oscuros bajo la luz intensa de los fluorescentes amarillos. Subió un piso más y lo perdió de vista. El mareo empezó a aparecer y tuvo que agarrarse a la barandilla para mantenerse en pie. Otro piso más y la saliva le inundó la boca, le dio un vuelco al estómago. Se giró al principio del siguiente tramo y contempló los escalones.

—Ya basta. —La petición de Jack llegó desde abajo e hizo que suspirara de alivio. Para cuando llegó a su lado, se estaba sentando, pero tenía la piel cérea y cubierta de una ligera capa de sudor.

—¿Satisfecho? —inquirió, sintiéndose resentida por que le había hecho pasar dos veces por esa terrible experiencia en el espacio de cinco minutos.

—Ayúdame a levantarme.

Extendió la mano y tensó los músculos cuando la utilizó para ponerse en pie. Se tambaleó un poco, pero luego se estabilizó. Con una mano alrededor de su brazo, Jack comenzó a subir hacia su piso.

—¿Qué significa esto?

—No lo sé. —Susanna se encogió de hombros—. Supongo… que de alguna forma estamos conectados. Debe de ser una consecuencia por haber vuelto juntos del páramo.

Se hizo el silencio mientras Jack lo sopesaba.

—¿Eso significa que estamos atrapados el uno con el otro para siempre? —preguntó con un tono de voz sombrío—. ¿No podemos alejarnos ni treinta metros?

—No lo sé. Puede ser. —Dio una profunda bocanada de aire—. En plan, eso parece.

—¿Sabías que esto iba a pasar?

—¿Cómo?

—¿Sabías que esto iba a pasar? —Avanzó hacia ella, todo en él gritaba amenaza—. *Te devolveré a tu cuerpo*, dijiste. *Solo llévame conti-go.* —Estaba justo delante de ella, apenas los separaban unos centímetros, pero aun así seguía avanzando. Susanna no tuvo más remedio que retroceder—. Dijiste que no tendría que volver a verte nunca más. Ese era nuestro trato. —Sonó un golpe cuando Susanna se estrelló contra la pared. Jack avanzó hasta que no tuvo absolutamente ningún lugar al que ir—. ¿Me estabas mintiendo?

—No, yo…

—¿Planeaste todo esto? ¿Engañarme para que te ayudara a cruzar sin mencionar que no podría *separarme de ti*? —le gritó la última parte en la cara. Susanna se estremeció, sin poder ocultarlo.

—No —repitió en un tono de voz mucho más bajo—. No te mentí, Jack. No sabía lo que iba a pasar, pensé que podríamos ir por caminos separados. Te lo juro.

Jack no habló. Susanna estaba desesperada por leerle los pensamientos en el rostro, pero parecía incapaz de levantar los ojos de donde en ese momento le estaban haciendo un agujero en el pecho.

Finalmente, cuando la tensión se hizo insoportable, alzó la vista.

Le devolvió la mirada con el ceño fruncido.

—Tienes que encontrar la manera de deshacer esto.

Capítulo veintiuno

—Escúpelo.

Dylan golpeó su bandeja contra la mesa de la cafetería, lo que hizo que pequeños granos de maíz saltaran del segmento principal del plástico moldeado y cayeran justo en la crema de su esponjoso pudín.

—¿Que escupa qué? —Tristan colocó su bandeja con mucho más cuidado, pues había persuadido a la cocinera de la escuela para que le dejara comprar patatas fritas y tarta. Nada de verduras, nada de plato principal. Sin duda era algo que estaba en contra de la política de promoción de la salud del instituto, pero Tristan le sonrió a la camarera, y ella le dio lo que había pedido. Acto seguido, procedió a darle a Dylan un extra de verduras para compensar.

—Llevas raro desde anoche. —Se había pasado la mayor parte de la clase de Historia que habían tenido esa mañana intentando mirar por la ventana y se distrajo tanto mientras caminaban hacia los anexos prefabricados en los que se daba Ciencias que se cayó. Y, lo que era más molesto, nadie se rio de él, a pesar de que se había caído de bruces y de que los libros y la mochila habían salido volando por todas partes. Mark y Dove incluso se detuvieron para ayudarle a recoger sus cosas.

Si Dylan hubiera dado un espectáculo como ese, no lo habría olvidado en la vida.

—No pasa nada, Dylan.

—Mientes. —Había un dejo de enfado en la voz de Dylan, ya que el enfado era mejor que el dolor, y, como se permitiera sentirse herida, podría llorar. Lo cual *no* iba a hacer en medio de la abarrotada cafetería. Así que…—. Escúpelo.

Tristan evaluó la situación, debió de darse cuenta de que iba muy en serio, o tal vez había captado cómo le brillaban los ojos, daba igual lo mucho que ella intentara convencerse de que estaba enfadada. ¡Enfadada, maldita sea!

—No me hagas esto, Tristan —dijo con la voz amenazada por las lágrimas—. No vuelvas a ocultarme cosas. Me lo prometiste.

—Aquí no —contestó—. Vamos a buscar algún sitio más privado.

—Confía en mí, nadie nos está escuchando —lo contradijo Dylan, guardando la compostura ahora que parecía estar dispuesto a hablar—. ¿Qué pasa?

Frunció los labios.

—Es esa misma sensación extraña otra vez.

—¿Como si alguien nos estuviera observando?

—Sí, pero no sé explicarlo. Siento algo raro que me cosquillea en la nuca, pero, cuando miro, no hay nada.

—¿Quién crees que podría ser? —inquirió.

—Estoy empezando a pensar que no es un quién. Estoy empezando a pensar que es un *qué*.

—¿Un qué? —Dylan frunció el ceño y luego sintió cómo el estómago se le hundía hasta atravesar la silla—. ¿Un espectro? ¿Crees que nos esta vigilando un espectro?

—No. —Tristan negó con la cabeza de inmediato—. Un espectro no podría hacer eso. No piensan así. Bueno, no piensan.

—¿Entonces qué?

—No lo sé. —Hizo una mueca—. Por eso estoy preocupado. Estaba pensando en… —Vaciló.

—Adelante. —Dylan le dio una patada suave bajo la mesa.

—Estaba pensando en esos seres que dijiste que conociste cuando cruzaste la línea. ¿Te acuerdas?

¿Que si se acordaba? No es que fuera a olvidarse en algún momento. Tenía el corazón roto, devastado. Tristan le había mentido, la había traicionado, la había abandonado en la línea… y esta… cosa apareció y le dijo que tenía que ir con ella. Su nombre apareció de repente en su cabeza: Caeli. Se parecía a un hombre y a un ángel, pero sin alas ni halo. Una luz blanca y brillante, ese era su recuerdo más perdurable. Nunca fue capaz de enfocar su rostro, sus rasgos, pero le pareció hermoso.

—¿Qué iba a estar haciendo uno de esos aquí? —se preguntó—. ¿Crees que encontró el agujero y lo cruzó mientras vagaba?

—No. —Tristan sacudió la cabeza—. Ellos no se adentran en el páramo. No sabía ni que existían hasta que me lo contaste.

—¿Entonces qué está haciendo aquí?

—¿Buscarnos? —El rostro de Tristan se volvió sombrío—. O, más concretamente, a mí. —Vio la confusión de Dylan y continuó—. Porque hui de mi puesto. Abandoné mis deberes. A lo mejor ha venido para llevarme de vuelta.

—Qué mal —espetó Dylan—. No conseguirá que vuelvas.

No le hizo falta ver la mueca desalentadora que hizo Tristan con la boca para saber que no era tan simple.

—Puede que no tenga más remedio, Dylan.

Dylan pensó un momento en Caeli e intentó con todas sus fuerzas expresar con palabras sus vagas impresiones.

—La cosa es, Tristan, que puede que tu experiencia en el páramo esté distorsionada por los espectros.

—¿A qué te refieres?

—Bueno, el otro lado del más allá era increíble… Caeli me recordó a un ángel. Estaba a salvo. —Se encogió de hombros. Eso era lo máximo que pudo ofrecerle—. No parecía la clase de lugar que mandaría a alguien para castigarte por amar a alguien. ¿Ayuda eso?

—Sí y no —respondió Tristan, que tenía el ceño profundamente fruncido mientras sopesaba sus palabras—. Esta sensación que tengo, la de tener unos ojos encima. No parecen amables. Parecen oscuros y enfadados.

—O sea que puede que no sea una de esas cosas.

—Sí —concordó Tristan—. Puede ser otra cosa. Algo nuevo.

—Bueno, ¿y qué hacemos?

—No lo sé —contestó. Tenía los ojos oscuros debido a la preocupación—. Pero creo… Si puedo cerrar el agujero que hicimos entre los mundos, reparar el daño que causamos, puede que ayude.

—De acuerdo. En cuanto los dos nos hayamos recuperado lo suficiente podemos ir allí e intentar arreglarlo. Si podemos librarnos de mi madre. —Dylan pensó en Joan, que los había estado vigilando como un halcón desde su último desastre, siguiendo la pista de cada movimiento que hacían—. He sido incapaz de dormir bien de tanto pensar en que los espectros están sueltos por el mundo.

—Yo tampoco he podido. —Tristan le hizo presión sobre el pie con el suyo, sin duda consciente de los espectadores que había en la cafetería—. Tu madre todavía nos deja ir al baile de Halloween de esta noche, a lo mejor está empezando a darnos más tregua.

—Puede ser —dijo Dylan—. Supongo que, mientras tanto, tendremos que mantenernos alerta para ver si podemos atrapar a esta cosa en el acto. Y si lo hacemos… No lo sé. Quizá deberíamos enfrentarnos a ella.

Tristan asintió, pensativo, y Dylan supo que su preocupación no había disminuido. La suya tampoco lo había hecho, no del todo, pero haber conseguido que Tristan se sincerara en cuanto a lo que le preocupaba le quitó un gran peso de encima. La idea de que ocultara cosas había sido su mayor temor. Era su alma gemela, su todo. Necesitaba que confiara en ella, que creyera en ella como ella creía en él.

—¿De verdad es necesario?

—Sí. —Dylan arrancó otra tira de cinta adhesiva y alzó la vista—. Deja de moverte, tienen que estar rectas o no quedarán bien.

Tras colocar la última pieza, se enderezó y dio un paso hacia atrás para admirar su trabajo.

—¿Y bien? —Tristan parecía un mártir al que estaban a punto de enviar a la horca. De hecho, parecía un mártir unos diez años después de la horca. Las tiras largas y blancas que Dylan le había pegado en el cuerpo quedaban geniales, pero para el efecto completo…

—Un momento. —Estiró la mano y apagó la luz. Las tiras brillaron en la oscuridad, y la ropa negra de Tristan desapareció, lo que dio la impresión de que era un esqueleto que se movía. Bueno, un esqueleto inmóvil que tenía los brazos cruzados en señal de irritación—. ¡Perfecto!

Él gruñó a modo de respuesta, y, cuando Dylan volvió a encender la luz, su expresión seguía igual de gruñona.

—Te di a elegir —le recordó—. Podrías haber sido la Parca y *yo* habría sido el esqueleto.

—No —replicó Tristan, igual que hizo la primera vez que se lo sugirió—. No quiero volver a verte como si fueras un cadáver, ni siquiera en broma.

—O podríamos haber ido de Epi y Blas. —Ese era el «plan B» de Dylan. Sonrió al recordar la cara que puso Tristan cuando le enseñó una foto de ellos.

—Solo haría esto por ti. —Tristan se miró en el espejo con una expresión entre el horror y la resignación.

—Yo también te quiero. —Dylan le apretó la mano y se rio—. Es un baile de Halloween. Es obligatorio disfrazarse.

En realidad, no lo era. Pero la mayoría de la gente iba a llevar disfraz, y este era su primer baile de verdad, por lo que su intención era darlo todo. Además, *su* disfraz —un pequeño vestido negro con una túnica con capucha por encima— le quedaba bien. Y Joan le había dado permiso para no usar la muleta, lo cual le hacía feliz. Siempre podía usar la guadaña.

—Acabemos con esto. —Tristan suspiró, pero le guiñó un ojo mientras la conducía fuera de su habitación.

—¡Foto! —chilló Joan cuando intentaron dirigirse al pasillo. Los arrastró frente a la chimenea del salón, cámara en mano, y, por una vez, cuando miró a Tristan, lo hizo con aprobación. Gratitud. Dylan sabía que su madre se preocupaba por ella en el instituto; le preocupaba que no parecía tener muchos amigos, que no formara parte de ningún club o equipo, que no fuera a ningún evento escolar. Llevar a Dylan a un baile hacía que Tristan se ganara muchos puntos. Y, con suerte, un poco más de libertad—. ¡Sonreíd!

—La Muerte no sonríe, mamá —le recordó Dylan.

—¡Esta sí! —replicó Joan. Luego agitó la cámara—. Prometo que se la voy a enseñar a tu padre.

¿Cuándo, exactamente, estaba Joan manteniendo todas esas conversaciones con su padre? ¿Y por qué? Se odiaban a muerte. Dylan se encogió de hombros, le pasó el brazo a Tristan por la espalda, tras lo que se acercó mientras le abrazaba el hombro, y dibujó una sonrisa en el rostro.

Se sentía increíblemente tonta.

Y también estaba loca de alegría.

Esta noche iba a ir a un baile con un chico y se iba a divertir. Esta noche iba a olvidarse de los espectros, de los asesinatos y de los agujeros en el velo entre este mundo y el siguiente. Esta noche, iba a ser normal.

Capítulo veintidós

No hacía frío aquella noche, por lo que caminaron por las oscuras calles hacia el instituto por segunda vez ese día. Se unieron a una multitud de alumnos que se dirigían al baile, ataviados con unos disfraces extraños y maravillosos —no, raros a secas más que nada—. Una horda de zombis se pavoneaba de forma demasiado animada al otro lado de la carretera y, justo delante, tres demonios con unos disfraces ultraceñidos se esforzaban por caminar sobre unos tacones altísimos. Cheryl y sus amigas.

En la puerta del salón de actos estaba McManus, su profesor de Historia, a quien estaba claro que habían arrastrado hasta allí con el fin de que supervisara y mantuviera fuera a los malhechores. También estaba claramente descontento con este giro de los acontecimientos.

—¿Entradas? —les ladró.

Tristan sacó dos trozos de cartón del bolsillo del pantalón y se los enseñó.

—¿Dónde está su disfraz, señor? —dijo uno de los zombis a las espaldas de Dylan.

—Lo lleva puesto —respondió otro zombi con una risita—. ¡Viene de antigüedad!

McManus iba ataviado, como siempre, con un pantalón marrón y una chaqueta de *tweed*. Llevaba un bigote grueso y una pajarita, casi como si *quisiera* que los alumnos se burlaran de él. Solo le faltaba una pipa y podría ser un maestro de la época victoriana. Sobre todo, con esa expresión adusta e implacable.

No se rio de la broma del zombi.

—¡McCormack! ¡Considera tu acceso revocado!

Dylan no se detuvo a escuchar la discusión más allá del indignado «¡¿qué?!» de McCormack, pues estaba demasiado ocupada contemplando el salón de actos en todo su esplendor. Las luces se habían atenuado y los focos multicolores se encendían y apagaban al ritmo de la violenta música, iluminando los demonios y los monstruos y las lápidas que decoraban las paredes, todas ellas adornadas con telarañas falsas.

—¿Qué te parece? —le gritó a Tristan al oído.

—Que te quiero —gritó de vuelta—. ¡Debo hacerlo!

Ella sonrió y lo empujó de manera juguetona. Puede que se quejara, pero Tristan estaba deseando empaparse de tantas experiencias del mundo real como pudiera. Puede que esto no fuera lo que tenía en mente, pero no cabía duda de que era una experiencia mejor que una comida calentada en el microondas frente a la televisión.

Se deshicieron de sus abrigos en el guardarropa y, a pesar de sus fantasías de decapitar a Cheryl con la guadaña, Dylan la dejó allí también.

—¡Vamos a por algo de beber! —chilló Dylan.

Los refrescos también tenían temática de Halloween. Había magdalenas cubiertas con arañas de *fondant* y algodón de azúcar que se hacía pasar por telarañas. Un enorme cuenco de cóctel de frutas «de sangre de monstruo» esperaba en una mesa junto a una torre alta hecha de vasos de papel.

—Lo más seguro es que esto tenga más «números E» de los que quieres saber —le advirtió Dylan a Tristan mientras tomaba un vaso para cada uno.

—¿«Números E»? —inquirió Tristan, pero Dylan le dio un trago grande, indicándole que hiciera lo mismo. Estaba tan azucarado como se esperaba… aunque eso no fue lo que hizo que se atragantara al intentar tragar.

—¡Hostias! —balbuceó mientras sostenía el vaso en alto—. Le han echado algo.

—¿Veneno? —preguntó Tristan con una mirada alarmada. Extendió la mano para quitarle la copa a Dylan, pero esta la acurrucó en su pecho, fuera de su alcance.

—Vodka, seguramente. —Se rio y miró a su alrededor para ver si había algún profesor que pudiera oírla. Con la música sonando tan fuerte, tendrían que estar muy cerca—. ¡Sí que eres de otro mundo! No te va a matar, aunque es del barato, así que puede que sepa como algo tóxico.

Tras encogerse de hombros, Tristan le dio un trago, hizo una mueca y se lo bebió todo entero. Despidiéndose de sus papilas gustativas, Dylan hizo lo mismo.

—Baila conmigo. —Tristan sonrió, le quitó la copa y la colocó junto a la suya.

Dylan no bailaba. Para ser justos, nunca había tenido demasiadas oportunidades, pero, las veces que se le había presentado la ocasión, se había limitado a ser esa clase de chica que se quedaba sentada y miraba. Ahora, sin embargo, dejó que Tristan la llevara al centro de la pista y la sujetara mientras la hacía girar y dar vueltas.

—¿Cómo es que sabes bailar? —gritó cuando la alzó y los hizo girar a los dos—. ¿Había bailes en el páramo?

—No sé —respondió a gritos—. Es solo que me gusta la excusa… —La alejó de él con el brazo estirado y la atrajo de vuelta—. Para poder sujetarte en público.

Dylan no podía llevarle la contraria en eso. Habían tenido mucho cuidado en el instituto, limitando el contacto a los piececitos por debajo de la mesa, a los abrazos platónicos ocasionales y a las caricias furtivas cuando pensaban que nadie los veía. A Dylan le molestaba sobremanera, ya que tenía que ver cómo Cheryl y sus amigas babeaban por Tristan. Ya las había pillado mirándolo esta noche.

Bueno, podrían bailar con él por encima de su cadáver. Salvo que no podrían, ya que era suyo incluso cuando estaba muerta. Sonrió ante esa idea.

—¿Otra copa? —preguntó Tristan en el breve interludio entre canciones.

Dylan podía oír cómo el corazón le latía en los oídos. Asintió con entusiasmo, pero, cuando volvieron a la mesa de los refrescos, habían confiscado el ponche con alcohol, por lo que tuvieron que conformarse con zumo.

—¡Estoy sudando! —declaró mientras se agitaba la mano frente a la cara. Con tantos cuerpos apretujados, el vestíbulo era sofocante, y Tristan llevaba haciéndola girar de un lado para otro (consultó el reloj) más de una hora.

—¿Aire fresco? —inquirió Tristan mientras señalaba la salida de emergencias, la cual habían abierto en un intento por refrescar el salón de actos. Sonrió con maldad—. Te prometí un rato a solas, ¿no?

Así era.

Dylan ni siquiera dudó. Permitir que Joan estipulara que Tristan fuera su «primo» fue la peor decisión que había tomado en su vida.

No obstante, en cuanto estuvieron en el exterior, Tristan se tensó. Movió la cabeza hacia un lado y escudriñó la oscuridad.

—¿Sabes qué? —Le tomó la mano a Dylan y dio un paso hacia atrás, hacia la salida de emergencias—. Vamos a bailar un poco más.

—Tristan, ¿qué pasa? —susurró Dylan.

Después del increíble ruido que había en el interior del salón de actos, el exterior estaba tan en silencio que resultaba inquietante. A Dylan todavía le zumbaban los oídos por la agresión a la que se había visto sometida su audición, lo cual había borrado el zumbido habitual de la ciudad. Sin embargo, sabía que Tristan había oído algo.

O sentido algo.

—¿Qué es?

Tristan no dijo nada, pero, cuando se volvió hacia el vestíbulo, la puerta de emergencias se cerró de golpe.

—Ni que lo hubieran calculado —comentó Dylan con amargura—. Seguro que ha sido Dove o alguien haciendo el tonto.

—Mmm. —Tristan estaba mirando a su alrededor con brusquedad—. ¿Cuál es la forma más rápida de volver a entrar?

—Podemos aporrear la puerta y…

—No —la interrumpió—. Tenemos que movernos, ya.

—¿Tristan? —Dylan se movía a su lado a toda prisa mientras le agarraba una de las manos con firmeza. Estaba oscuro y ella cojeaba un poco, pues tanto baile había hecho que se le cansara la pierna que tenía más débil, por lo que mantuvo la cabeza baja en un intento por ver dónde ponía los pies. Tristan iba demasiado rápido, pero no quería pedirle que fuera más despacio. Algo le había asustado de verdad—. ¿Nos están observando otra vez?

Tristan asintió con brusquedad.

—Están aquí mismo. —Maldijo en voz baja—. Fue una estupidez haberte alejado del resto. No puedo creer que…

Entonces, dejó de hablar.

Dejó de moverse.

Dylan se volvió hacia él y vio que estaba congelado como una estatua. Tenía la mirada fija al frente.

—¿Tristan? —No respondió—. ¿Tristan? —Dylan se giró y miró fijamente en la dirección que le había llamado tanto la atención, que le había horrorizado tanto.

Ya no veía la calle que se extendía a lo largo de la parte trasera del instituto, ni siquiera el instituto en sí. No veía nada, solo el resplandor que servía de fondo dramático a lo que había aparecido a pocos metros delante de ellos.

No, veía algo… Veía un par de ojos penetrantes.

Dios, si esto era lo que había estado siguiendo —acechando— a Tristan, entonces estaba claro que no era un ser como Caeli. Lo único que tenían en común era la luz que dificultaba distinguirle los rasgos.

—¿Tristan? —La voz le temblaba.

No obstante, antes de que pudiera responderle, la cosa habló. Si acaso esa era la palabra correcta. Sus palabras resonaron en el cerebro de Dylan.

—Barquero.

Si eso era un saludo, no era uno bueno. A Dylan le recorrieron escalofríos ante la autoridad y el poder que emanaba de su voz.

—Has errado en tus deberes.

Hizo una pausa y Tristan aprovechó ese momento para soltar la mano de Dylan. Sin mirarla, todavía con los ojos puestos en la imponente criatura que tenían delante, susurró:

—Dylan, vete. Corre.

¿Que corra? ¿Que lo abandone? Tenía que estar de broma.

—No pienso dejarte.

La cosa habló de nuevo y los interrumpió.

—Barquero, escucha tus crímenes. No entregaste el alma que te habían asignado al reino del más allá; y, lo que es peor, permitiste que esa alma regresara a su cuerpo y al mundo real poseyendo un conocimiento que está prohibido.

Dylan sintió como si unas agujas se le clavaran en la piel al oír la desaprobación de la criatura. Ella era la poseedora de ese conocimiento prohibido, el conocimiento de lo que ocurría después de morir.

—¡Vete! — gruñó Tristan por la comisura de los labios—. Vuelve dentro.

—¡Te he dicho que no sin ti! —Dylan le agarró la mano que estaba agitando en el aire. Tiró—. Ven conmigo. —Parecía una esperanza ridícula, pero, tal vez, si salían corriendo, bordeaban los edificios y volvían al vestíbulo del instituto, se encontrarían con gente y el ser no podría manifestarse—. ¡Vamos, Tristan! ¡Ven conmigo!

—¡No puedo! —repitió Tristan—. No puedo moverme. Por favor. —Apartó la mano de la suya—. ¡Corre!

—Te fuiste del páramo —continuó la criatura, siguiendo con la lista de los crímenes de Tristan—, abandonando tu puesto y tu deber sagrado. Has intentado presentarte como humano, un derecho que no te ha sido otorgado. Has permitido que el mal se colara en este mundo, lo que ha provocado la muerte de almas antes de tiempo. Has…

—¿Qué *eres*? —espetó Dylan. No quería dejar que llegara a su juicio final.

Se detuvo. Dylan pudo sentir cómo su mirada se dirigía hacia ella como un foco y lo iluminaba todo, hasta sus huesos. Hasta su alma.

—Soy un Inquisidor.

No esperaba que le respondiera. ¿Qué demonios era un Inquisidor? Intentó hacer otra pregunta, pero Tristan la hizo callar.

—Alma, esto no es de tu incumbencia. Ni siquiera deberías ser testigo de este juicio. —Su voz retumbó en el interior de Dylan y sonó como un gruñido aterrador—. No deberías ser capaz de verme.

Y Dylan se dio cuenta de que lo más seguro era que no pudiera si no fuera porque había viajado al páramo, había vuelto y se había unido mortalmente a un barquero de alguna forma. No era la misma persona que había sido.

El Inquisidor se volvió hacia Tristan. Dylan se esforzó por no hundirse de alivio al librarse de su mirada.

—Barquero —tronó—. Has escuchado tus crímenes.

Tristan permaneció congelado en el lugar, como llevaba haciéndolo todo el tiempo. Sin embargo, aún tenía cierta libertad de movimiento en el cuello y en los brazos. Al escuchar las palabras del Inquisidor, bajó la cabeza. Bajo el espeluznante resplandor que emanaba de detrás del Inquisidor, Dylan apenas pudo distinguir la sombra de la mandíbula de Tristan, que él apretaba con fuerza.

—Eres culpable —continuó el Inquisidor—. Por tus transgresiones, pierdes el derecho a ser un guía para aquellos recién llegados al páramo.

Aunque tenía la cabeza inclinada, Tristan logró asentir levemente.

—Pierdes la vida que has robado en este mundo.

Esta vez hubo una pequeña vacilación, pero Tristan volvió a sentir con los ojos cerrados con fuerza. Dylan jadeó. ¿Perdía la vida que había robado? ¿*Esta* vida? No.

—¡Espera! —gritó, pero el Inquisidor la ignoró.

—Serás devuelto al páramo, donde te unirás a las filas de esas criaturas abandonadas…

—¿Espectros? ¡No! —Dylan se quedó sin aire y dio un paso hacia el Inquisidor—. ¡Espera!

Tristan estiró la mano y le rodeó la parte superior del brazo con firmeza, lo que la detuvo en seco.

—Acepto su sentencia —dijo—. Pero, por favor, le suplico que no castigue a Dylan. —Desafiante, alzó la barbilla mientras ella hacía lo posible por soltarse de su agarre—. Es inocente. Fue culpa mía.

¿Qué? Dylan arrancó la mano de Tristan, dando codazos y retorciéndose para tratar de liberarse de su agarre.

—No. Fue idea *mía*. Si vas a castigarlo, entonces…

Tristan le tapó la boca con la mano antes de que pudiera terminar la frase.

—No me interesa el alma —dijo el Inquisidor mientras miraba a Dylan con desdén—. Mientras no hable de lo que sabe, no sufrirá ningún daño.

—¿Puede separarnos? —preguntó Tristan, que sofocó el grito de Dylan—. Cada vez que intentábamos alejarnos el uno del otro, sentíamos dolor. Cuanto más lejos, más duele. Como si las heridas que la mataron en el accidente de tren se repitieran… en los dos.

El Inquisidor hizo un movimiento sutil.

—Entonces que sufra. El alma no es de mi incumbencia. He venido a llevarte a tu destino.

—¡Va a morir! —exclamó Tristan—. ¡Si me aleja de ella, morirá!

—Entonces que muera.

Dada la poca emoción que emanaba de su voz, el Inquisidor podría haber estado discutiendo sobre el tiempo. Eso hizo enfadar a Dylan, teniendo en cuenta que estaba hablando de su inminente muerte y de la de Tristan. Aumentó los forcejeos hasta que Tristan la soltó, y entonces se alejó tanto de él como del Inquisidor hasta que acabó a una distancia más segura de la luz ardiente.

—¡No puedes hacer eso! —espetó.

—Ya deberías haber muerto —señaló el Inquisidor—. Simplemente volveré a poner las cosas en su sitio.

—¡Me da igual lo que me pase! —Bueno, sí que le importaba, pero en ese momento le importaba más Tristan. Al igual que el Inquisidor—. No puedes llevarte a Tristan. ¡Nos hemos enamorado! Y fue *mi* culpa que volviera conmigo. Yo le convencí.

—¡Dylan! —gruñó Tristan, pero estaba fuera de su alcance.

Dylan lo ignoró.

—No puedes hacer esto.

—Sí que puedo. Debo hacerlo. Podéis despediros.

—Dylan —dijo Tristan. Tenía una expresión en el rostro de absoluto tormento—. Te quiero.

Esas palabras cortaron a Dylan hasta la médula. La abrieron y la hicieron sangrar. Al instante, Dylan sintió la ansiedad, las náuseas, la agonía que se producía cada vez que Tristan se apartaba de su lado. El corazón le latía frenéticamente en el pecho, y sabía que estaba a un latido de morir. Otra vez. Quería devolverle esas palabras con desesperación, pero, si eran sus últimos segundos, no podía permitirse el lujo de malgastarlos en eso. Tenía una última oportunidad de razonar con esa cosa, tenía que aprovecharla.

—No puede desaparecer sin más. Ha hecho amigos, está inscrito en el instituto. Si te lo llevas, harán muchas preguntas.

El Inquisidor parecía despreocupado.

—Pueden hacer preguntas, pero no encontrarán las respuestas.

Se volvió hacia Tristan, y Dylan supo que era el momento. Se lo iba a llevar. De un solo golpe la mataría y entregaría a Tristan a…

—¿Qué pasa con los espectros? —La pregunta salió en forma de grito, pero el Inquisidor hizo una pausa—. Están cruzando y, a menos que cerremos el agujero, seguirá ocurriendo. Pero podríamos atraparlos. Ya lo hemos hecho, en el túnel.

—Mientes —acusó el Inquisidor—. No se puede matar a los espectros.

—¡No estoy mintiendo, lo juro! —Dylan miró al Inquisidor, suplicante. Desesperada—. Tristan acabó herido. Enséñale la herida.

El Inquisidor no esperó a que Tristan lo revelara, sino que se acercó al instante, agarró el traje de esqueleto allí donde Dylan señalaba y rasgó el material y el vendaje que se ocultaba debajo. El Inquisidor vio el surco que había en la carne de Tristan, el cual se estaba curando con una lentitud casi humana.

—Aquí se les puede matar —dijo Tristan—. En este mundo son más sólidos. —Se tocó la herida—. Como yo.

El brillo que envolvía al Inquisidor pareció atenuarse durante un momento.

—No puedo controlar a los espectros —admitió la criatura—. Tampoco puedo cerrar la fisura que habéis hecho entre los mundos. —Fijó los ojos en Tristan—. ¿Ves cómo tus acciones tienen graves consecuencias?

Tristan no dijo nada. Dylan abrió la boca para hablar, pero la mirada de Tristan la detuvo. Era… esperanzadora.

¿Qué estaba pasando?

De repente, el Inquisidor soltó a Tristan.

—Te ofrezco una oportunidad, aunque no la mereces.

¿Una oportunidad? El corazón de Dylan comenzó a latir con fuerza, el alivio la abrumó tanto que casi no escuchó el resto de las palabras del Inquisidor.

—Encontrarás una forma de cerrar ese… portal. Y destruirás cualquier espectro que haya cruzado a este mundo.

—¿Si lo hago? —inquirió Tristan.

—Si lo haces, permitiré que te quedes. Para vigilar este reino impidiendo que otros crucen y matando a cualquier espectro que encuentres. ¿Aceptas?

—¡Sí! —Dylan tragó saliva—. ¡Sí, lo haremos!

El Inquisidor la ignoró por completo y siguió mirando a Tristan.

—Acepto —respondió Tristan.

—Tienes tres días —dijo el Inquisidor—. Tres días, no más. No volveré a ser misericordioso una segunda vez.

Y se fue.

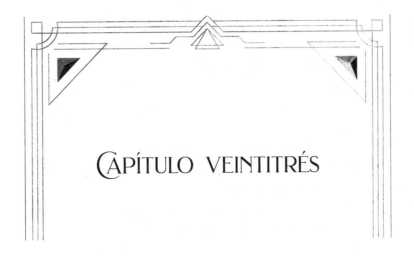

Capítulo veintitrés

—Necesito tiempo para pensar —dijo Tristan cuando Dylan se despertó y vio que se estaba poniendo el uniforme escolar. Le había colocado el suyo en su lado (ya hecho) de la cama—. No queremos ir medio en bolas y…

—¿Medio en bolas?

—Medio en bolas. Es una expresión coloquial que significa no estar preparado, que te…

—¡Ya sé lo que significa! —se quejó Dylan, exasperada—. Es solo que… no digas *esa palabra* delante de nadie en Kaithshall, ¿de acuerdo?

—¿Cuál? ¿Medio? —Tristan le lanzó una mirada incrédula.

—¡No! La otra… —Se calló mientras miraba con desconfianza a Tristan. Él trató de mantener su expresión inocente e ingenua, pero se le estaban torciendo los labios—. Idiota. —Dylan resopló y le dio un empujón en el brazo antes de retomar lo que estaban hablando—. Tenemos que idear un plan. Solo tenemos tres días, ¡tenemos que *hacer* algo, no ir a clase como si no pasara nada!

—Sí, necesitamos un plan —coincidió Tristan—. Y para eso necesito pensar. Hasta que no se me ocurra qué es lo mejor que podemos hacer, debemos seguir una rutina normal. Como hagas novillos ahora —dijo levantando la voz, ya que Dylan había abierto la boca para discutir—, Joan volverá a ponernos restricciones justo cuando está empezando a confiar de nuevo en nosotros. No podremos hacer nada.

Así, pues, fueron al instituto, aunque Dylan sermoneó a Tristan durante toda la clase de Informática sobre lo absurdo que era, y pensaba seguir haciéndolo hasta que le hiciera caso.

Dylan no podía dejar de pensar en lo que parecía una tarea imposible, es decir, encontrar cualquier otro espectro que pudiera haber escapado.

—No ha habido más asesinatos —dijo.

—No —coincidió Tristan—. Sospecho que el del túnel no fue el que mató a esos cuatro hombres. Todavía está ahí fuera. Pero tal vez no ha matado de nuevo porque se ha atiborrado. Comerse a una persona viva de verdad es más un festín que comerse un alma. Y fueron cuatro.

Dylan hizo una mueca ante la imagen que surgió en su mente.

—En ese caso podría volver a tener hambre en cualquier momento —le recordó a Tristan—. Tenemos que ir allí, asegurarnos de que estamos en el lugar correcto. —No hubo respuesta—. ¿Tristan?

—Mierda…

Esa maldición que pronunció en voz baja hizo que mirara su pantalla. En vez de las líneas de código en las que se suponía que estaban trabajando, su monitor estaba lleno de letras de un rojo vivo:

BLOQUEADO

—¿Qué has buscado? —preguntó Dylan. A Dove le habían echado de clase en segundo curso por intentar ver vídeos guarros, pero había otras cosas que podían provocar una expulsión.

—Cómo crear explosivos caseros —admitió Tristan, que parecía un poco avergonzado.

—¡¿Qué?! —El grito de Dylan hizo que todas las cabezas de la clase se volvieran hacia ella. Incluso la señora James levantó la vista de lo que estaba haciendo. Dylan se agachó y esperó a que la atención de sus compañeros se desviara hacia otra parte antes de fulminar a Tristan con la mirada—. ¡No puedes buscar eso en Google!

—Ya veo —murmuró.

—No solo porque está bloqueado. Manda una alerta al gobierno o algo así. Pensarán que eres un terrorista.

—Bueno, dame tu móvil. Lo buscaré ahí.

—¡Eso es todavía peor! —chilló. A veces se olvidaba de lo poco que sabía Tristan sobre el funcionamiento interno del mundo.

—Si de verdad lo necesitas, tendremos que ir a un cibercafé.

—¿Sabes qué? —dijo Tristan, quien, de repente, fijó la mirada en un punto situado por encima de su cabeza—. Tengo una idea mejor.

—¿El qué? —Dylan se giró e intentó ver qué era lo que le interesaba tanto a Tristan. Lo único que pudo ver fue a Dove y a sus compinches jugando con los cables en la parte posterior de sus ordenadores—. Tristan, ¿el qué?

—Te lo diré en un minuto —murmuró, y, sin decir nada más, se levantó y fue a unirse a la pequeña multitud de chicos. Se sentó junto a ellos y entabló conversación con Dove (¡*David MacMillan* de entre todas las personas!).

—¿Me vas a decir qué estás tramando? —le preguntó mientras se iban de Informática. Consideraba que, tras haber estado sentada viendo cómo Tristan hablaba y bromeaba con la pandilla de imbéciles de Dove como si todos fueran mejores amigos, ya había sido lo suficiente paciente.

—Explosivos —murmuró Tristan al tiempo que le abría la puerta a Dylan.

—¿Se puede saber qué tiene eso que ver con Dove? —La miró, sorprendido, y Dylan supo que había asumido que entendía lo que estaba pensando.

—Voy a volar el túnel. Bueno. —Se encogió de hombros—. Voy a intentarlo.

Dylan seguía sin entenderlo.

—¿Pero por qué necesitabas hablar con Dove sobre ello?

—¿Recuerdas el otro día en el laboratorio de ciencias? Casi hizo que todo volara por los aires. Le pregunté con qué productos químicos estaba jugando.

—Dudo de que se acuerde.

—Sí que se acuerda —le dijo Tristan—. A la perfección—. Se detuvo para mirar a un trío de chicos de primer año que se había acercado demasiado. Como si fueran uno solo, se largaron—. Me ha dicho que lo ha intentado en casa usando solo cosas del hogar. Artículos de limpieza, sobre todo. Casi se cargó el techo de la casa de su madre.

No, imposible.

—¡No puedes hacer eso! ¡Tristan, nos meteríamos en muchos problemas! ¡Si la policía se enterara, nos arrestarían! Y tú no tienes ningún documento de identificación ni nada. ¡Tristan, no *puedes*!

—¿Más problemas que tener que decirle al Inquisidor que hemos fallado? —Dejó que asimilara sus palabras—. Dylan, me llevará de vuelta al páramo y dejará que los espectros me coman. Me *convertiré* en una de esas alimañas salvajes con garras, y tú… morirás, Dylan.

—Sí, pero… —Sacudió la cabeza—. Incluso si lo volaras por los aires, ¡es una de las principales líneas de tren a Aberdeen! La volverán a abrir y volverán a descubrir el agujero. Piénsalo, Tristan.

—Ya lo he pensado —le dijo con una seriedad mortal—. No he hecho más que pensar desde que escuchamos las noticias sobre esos cuatro hombres que murieron. Y tengo la respuesta. No voy a volar el túnel aquí, lo haré en el páramo.

Dylan se quedó mirándolo, totalmente atónita.

Era inquietante lo fácil que resultaba comprar los ingredientes para hacer una bomba. Fueron a Homebase, y Tristan cargó un carrito con productos químicos y cinta aislante, un pequeño rollo de cable de cobre y algunas otras cosas. También compró un bidón. Era muy sospechoso, pero la mujer de mediana edad del mostrador ni siquiera parpadeó mientras lo metía en una bolsa. Dylan hizo una mueca de dolor cuando le entregó la cuenta.

Dylan apenas pronunció una palabra mientras estuvieron en Homebase ni durante el largo camino de vuelta a casa. Cenaron con Joan —chuleta de cerdo y puré de patatas— y después se tragaron un programa de cocina con el que ella solía disfrutar. Hizo la rutina de prepararse para ir a la cama como un robot y luego, mientras esperaba a que Joan se durmiera, se quedó mirando el techo.

Totalmente inexpresiva.

Era la única emoción que podía gestionar, puesto que, como se permitiera sentir algo, cabía la posibilidad de que gritara.

Finalmente, Tristan se acurrucó junto a ella. No le dio tiempo siquiera a ponerse cómodo antes de que Dylan se abalanzara sobre él con palabras llenas de acusación.

—Me vas a dejar.

—¿Qué? —Tristan la rodeó con los brazos y apretó para acercársela más—. Estoy aquí.

—Vas a dejarme —repitió ella—. Este plan que tienes, ir al páramo. Sabes… sabes que como te vayas no vas a volver.

Silencio. Dylan se quedó quieta durante los primeros cinco segundos antes de intentar zafarse de los brazos de Tristan. No la dejó.

—Para —suplicó—. Escucha.

—¿Escuchar qué? ¿Cómo te justificas? ¡Ya lo hiciste antes cuando me crucé al otro lado sola por tu culpa! —Dylan sofocó sus palabras, incapaz de controlar el volumen—. Por favor, Tristan. No puedes vagar de un lado a otro como si nada.

—No me voy a ir, Dylan —prometió—. Se me ha ocurrido algo. —Esperó—. Si me ato al mundo real, debería ser capaz de cruzar y volver antes de que la bomba explotase.

—¿Atarte?

—Como una cuerda de seguridad. Esas cosas que usan los escaladores.

—O sea que vas a atarte una cuerda alrededor de la cintura con la esperanza de que puedas tirar y volver, ¿ese es tu plan? —Su tono reflejaba burla.

—Tenemos tres días —le recordó Tristan—. Dos, en realidad. ¿Se te ocurre algún plan mejor?

No. Pero volver al túnel, dejar que Tristan desapareciera en la oscuridad, dejarla allí sola …

—Iré contigo —dijo ella—. Vamos a preparar la explosión juntos.

Los brazos de Tristan que la rodeaban se convirtieron en barras de acero. Sintió cómo cada línea de su cuerpo se tensaba de forma repentina.

—No.

—¡Tristan!

—No. —Le apretó con fuerza a modo de enfatización.

Dylan frunció el ceño en la oscuridad. ¿Conque estaba bien que él fuera, pero ella no? ¿No creía que fuera capaz de apañárselas? Había sobrevivido allí sola… *dos veces.*

—¿Por qué no? —preguntó con un tono de voz severo.

—Te necesito en el otro lado —respondió—. Tú eres a quien me voy a atar.

Vaya.

Bueno. Eso tenía algo de sentido. No obstante, seguía sin hacerle gracia que cruzara por su cuenta, y lo discutiría hasta la muerte si, como había señalado Tristan, tuviera una idea mejor. Que no tenía.

—Como no vuelvas —le dijo—, iré a buscarte.

Otro apretón, esta vez mucho más suave.

—Bien —le contestó al oído.

A sus palabras las siguió un beso en el lóbulo de la oreja. Luego en la mandíbula, en el cuello. Por último, en la boca. La rabia y la tensión residuales de su conversación la mantuvieron inflexible y firme durante un instante, pero cuando la besó con más intensidad, se entregó.

Ya había cruzado el páramo por él, y lo volvería a hacer.

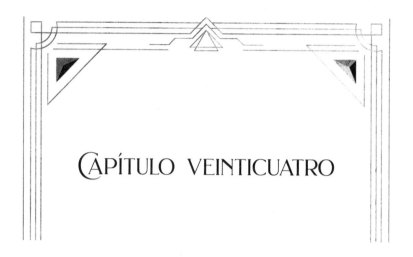

CAPÍTULO VEINTICUATRO

—¿Jack? —Susanna entró en la habitación del chico. Él estaba de pie, de espaldas a ella, contemplando el paisaje urbano que tenía debajo. La tensión mantenía cada línea de su cuerpo inmóvil y con rigidez—. Jack, creo que tengo una idea.

—¿Qué? —Se giró para clavarle la mirada.

—Para romper la conexión entre nosotros.

—Adelante.

—Creo que conozco a alguien que puede ayudarnos.

Silencio. Lo único que rompía el silencio era el ruido que hacía la madre de Jack mientras pasaba la aspiradora por la alfombra del salón (la cual ya había aspirado dos veces desde esta mañana).

—Pensé que no conocías a nadie más aquí —dijo Jack al fin. Era imposible pasar por alto la agresividad que emanaba de su voz.

—No es de aquí. No originalmente, al menos. Es otra persona como yo. Otro barquero.

—Ajá.

No dijo nada más y Susanna se vio obligada a esperar. Jack *tenía* que estar de acuerdo con esto. No se le ocurría otra forma de llegar a Tristan, ya que nadie movía a Jack cuando no quería.

Por favor, pensó. *Vamos.*

Para su sorpresa, en lugar de fulminarla con la mirada e interrogarla con una serie de preguntas rápidas, fijó los ojos por encima de su hombro, en dirección al pasillo.

—Así es. Hay que asegurarse de que todo esté perfecto antes de que *él* llegue a casa. —El labio se le curvó en una mueca.

—¿Qué? —Susanna parpadeó, totalmente desconcertada. El ruido de la aspiradora volvió a aumentar mientras la madre de Jack seguía limpiando. Claro—. ¿Tu padrastro vuelve?

—Sí, qué ganas—. Era fácil distinguir el sarcasmo en la voz de Jack, pero Susanna también captó un temblor causado por el temor.

—¿Dónde ha estado? —preguntó, consciente de que estaba entrando en terreno pantanoso. A Jack no le gustaban las preguntas personales, y sabía que, *sin duda*, no le gustaba su padrastro.

—Trabajando —escupió Jack—. Es camionero. Hace recorridos largos, por lo que se pasa días fuera. Ojalá se quedara lejos. —La mirada de Jack volvió a dirigirse hacia ella, y varias cosas se movieron detrás de la oscuridad de sus ojos—. Este barquero —comenzó.

—Tristan —contestó Susanna. La adrenalina hizo que el corazón le latiera más rápido con solo decir su nombre en voz alta.

—¿*Tristan*? —Jack levantó las cejas de forma desdeñosa. Puso los ojos en blanco—. ¿Sabes dónde está?

Ese era el punto conflictivo.

—Más o menos.

—¿Qué significa «más o menos»? —Jack avanzó hasta la mitad de la habitación—. O lo sabes o no lo sabes.

—¡Lo sé! —lo tranquilizó Susanna, y esbozó una mueca ante la pequeña mentira piadosa—. En plan, conozco la dirección general.

—¿Qué?

—El sur.

—¿El sur? —repitió Jack, y luego hizo una pausa. Susanna asintió—. ¿Solo el sur? ¿Eso es todo?

—Bueno... Suroeste.

—¿Estás de coña? —Dio otro paso hacia delante, de manera que podía tocarlo si estiraba el brazo. No era una habitación grande—. ¿Cómo cojones vamos a encontrarlo si lo único que sabes es que está en algún sitio ubicado al sur en cualquier parte del mundo?

—Puedo sentirlo —prometió Susanna—. Está cerca. En el mismo país que nosotros. Podemos sentirnos mutuamente. Y es más fuerte cuanto más cerca estamos. Si me llevas en esa dirección, seré capaz de encontrarlo. Te lo prometo, Jack.

Susanna estaba casi segura de que era una promesa que podía cumplir. Y, aunque no pudiera, estaba dispuesta a correr el riesgo. Tenía que encontrar a Tristan. No había llegado tan lejos ni arriesgado tanto como para rendirse ahora y quedarse atrapada con Jack durante el resto de su vida mortal.

Jack abrió la boca para responder justo cuando la aspiradora se detuvo. Se notaba que el repentino silencio era incómodo. Al igual que la forma en la que Jack cambió de repente de opinión. Se acercó a Susanna, sacó su chaqueta de la percha y le lanzó una de las rebecas gruesas de su madre.

—Bien, pues vamos. —Jack se dirigió con decisión y con pasos agitados hacia la puerta, como si fuera a atravesarla.

Susanna hizo lo único sensato: apartarse de su camino. El alivio hizo que se mareara y las piernas le temblaron mientras se apresuraba a seguirlo. Iban a encontrar a Tristan. Casi no podía creérselo.

—Vamos —le indicó Jack, y Susanna hizo lo posible por moverse más rápido, aunque no entendía la repentina prisa.

Quedó claro justo cuando llegaron a la puerta principal.

El sonido violento de una llave en la cerradura hizo que Jack se parara en seco. Su madre se apresuró a acercarse al sofá y comenzó a ahuecar los cojines con frenesí.

Susanna miró la puerta mientras esta se abría, medio esperando que entrara el diablo, aunque ya había visto al hombre en los recuerdos de Jack. Tenía un aspecto muy corriente: complexión enjuta, estatura media. Tenía el pelo castaño y escaso y un rostro estrecho de rasgos afilados. No estaba emparentado con Jack por la sangre, pero, de alguna manera, parecía tener los mismos ojos fríos. Estos barrieron la habitación cuando entró y se detuvieron solo un milisegundo en Susanna antes de continuar. Recorrieron de arriba abajo a Jack, que se mantenía tenso y con las manos cerradas en puños, y luego la impecable habitación antes de posarse finalmente en la madre de Jack, quien le ofreció una tímida sonrisa.

—Estás en casa —dijo a modo de bienvenida.

—Así es —contestó.

Tras dar tres pasos, dejó las bolsas y su chaqueta en el sofá antes de abrazar a la madre de Jack. ¿Se había imaginado Susanna cómo se había estremecido levemente cuando la tocó? No estaba segura. Lo que sí que no se imaginó fue la forma en la que Jack se preparó para la batalla cuando su padrastro se apartó y dirigió su atención hacia él.

—Jack —rugió. Sus ojos se dirigieron de nuevo a Susanna, quien sintió cómo un escalofrío recorría toda la habitación—. ¿Quién es?

—Una amiga de Jack. Se ha quedado un par de días. —La madre de Jack ofreció la información con una sonrisa esperanzadora.

—Ya veo. —El padrastro de Jack se lamió los labios—. Dirigiendo un B&B, ¿eh? —Sus palabras eran afiladas como una navaja.

—Justo nos íbamos —le soltó Jack a su madre antes de que tuviera que responder a la pregunta de su marido mientras colocaba su cuerpo entre ellos.

—Buena idea —dijo su padrastro con dulzura.

Jack parecía querer replicar, o hacer algo con el puño derecho, el cual estaba apretando y relajando, pero la posibilidad de escapar era demasiado tentadora como para dejarla pasar. Sin decir nada más, salió a toda prisa. Susanna le siguió pisándole los talones.

—Jack —lo llamó mientras bajaba las escaleras tras él. La puerta de incendios se abrió de golpe cuando la empujó con ambas manos—. Jack, espera.

No respondió, sino que siguió moviéndose tan rápido que Susanna sintió el tirón entre ellos, una punzada aguda en el costado, y tuvo que correr, jadeando y aferrándose al lugar donde estaba la herida de la puñalada fantasma.

Jack no disminuyó la velocidad hasta que salió del edificio al aire libre del patio delantero. Allí se paró y respiró con fuerza, como un toro enfurecido. Con un grito estrangulado, se volvió hacia un lado y lanzó un puñetazo contra el lateral ya abollado de una furgoneta blanca.

—¿Estás bien? —preguntó.

—Sí —gruñó Jack, si bien el brillo furioso de sus ojos le dio a Susanna una respuesta diferente.

—Tu padre parece…

—No es mi padre.

—Tu padrastro parece…

Jack lanzó una mano al aire con violencia, lo que interrumpió de nuevo.

—No quiero hablar de él. Vámonos.

Jack recorrió las calles hasta que las residencias se redujeron a tiendas y, al final, a negocios y unidades industriales. Esta zona era mucho más tranquila, a pesar de que la jornada laboral había comenzado. Muchos de los edificios tenían colgados carteles de SE VENDE O SE ALQUILA. Incluso los locales que seguían abiertos parecían necesitar alguna que otra reparación. Susanna se estremeció. No hacía frío exactamente, pero aquel lugar desprendía poca calidez.

A esta distancia del piso, el temperamento de Jack parecía haberse enfriado y Susanna sentía que era seguro intentar hablar de nuevo. Aunque, cuando se trataba de Jack, tampoco era que eso fuera algo seguro.

—¿Qué estamos haciendo aquí?

—Quieres ir a buscar a tu barquero, ¿verdad?

Susanna asintió sin hablar.

—Bueno, tenemos que encontrar la forma de llegar allí.

De acuerdo. Volvió a mirar a su alrededor, todavía confundida. No había ninguna parada de autobús ni ninguna estación de tren a la vista. Tampoco había taxis. El único vehículo que se movía era una vieja furgoneta de transporte que se dirigía al centro de la ciudad.

Jack leyó el desconcierto en su rostro.

—Tenemos que buscar un transporte.

—¿Un transporte? —repitió Susanna sin entender—. Pero no tienes coche. —Y estaba bastante segura de que tampoco tenía carné de conducir.

—Yo me encargo de eso —alardeó Jack, quien parecía mucho más alegre de repente—. Soy un maestro haciendo puentes.

Susanna no estaba del todo segura de lo que era hacer un puente, pero eso no ayudó al presentimiento que tenía mientras caminaba a duras penas detrás de Jack, que ya había empezado a buscar «algo decente».

Resultó ser un coche azul pequeño y elegante de cinco puertas. Estaba aparcado en una zona discreta con sombra entre dos edificios imponentes y parecía estar limpio y bien cuidado, y solo se le notaba la edad en las pequeñas manchas de óxido que empezaban a aparecer en los arcos de las ruedas.

Jack se acercó con un trozo de algo que brillaba en la mano. Susanna observó en silencio cómo, con un movimiento suave, lo deslizaba entre la puerta y el cristal de la ventanilla del conductor. Se oyó un clic silencioso y un segundo después Jack estaba tirando de la puerta para abrirla.

—Las damas primero —dijo mientras le sonreía a Susanna y le mantenía la puerta abierta para que se sentara en el lado del pasajero.

Susanna dudó. Tal vez fuera negación, pero no se había dado cuenta de que estaban planeando robar un coche hasta ese momento. Robar un coche. Eso no era un hurto o un grafiti, el tipo de cosas que Jack hacía de manera habitual. Era un verdadero crimen. Como los atraparan…

Sin embargo, sabía que no tenía muchas opciones. Si intentaba resistirse, sería una escena desagradable, y aun así acabaría montada en un vehículo robado. Además, teniendo en cuenta que no sabía exactamente dónde se encontraba Tristan, un coche era el mejor medio de transporte. Haciendo una mueca, se agachó y se metió dentro. Valdría la pena. La pena para llegar hasta Tristan.

—¿Y ahora qué? —inquirió. Puede que no supiera mucho sobre cómo funcionaban las cosas en este mundo, pero sí sabía que, por lo general, los coches necesitaban una llave para arrancar.

—Espera —dijo Jack con los ojos clavados en los suyos; se le habían formado unas arrugas de diversión. Le sostuvo la mirada mientras que, con los dedos, tanteaba algo justo debajo del volante. De repente, una pequeña luz parpadeó en el pozo oscuro y luego el coche cobró vida con un rugido—. ¡Síí!

Este era él en su elemento. Puso el coche en marcha y, con un chirrido de neumáticos, arrancaron.

Aunque era imposible que Jack tuviera carné de conducir —Susanna estaba segura de que no tenía la edad suficiente—, la forma en la que conducía el coche le indicó que no era la primera vez. Mediante giros del volante y cambios de marcha rápidos y suaves, los llevó por las curvas cerradas del polígono industrial y luego, al llegar a una autovía, pisó el acelerador con tanta fuerza que Susanna se vio empujada hacia atrás en el asiento.

—Entonces… —dijo mientras jugueteaba con los botones de la radio hasta que un bajo grave empezó a retumbar por los altavoces, lo que casi ahogó el sonido de su voz al gritar—: ¿Suroeste?

Capítulo veinticinco

Recorrieron el mismo camino hacia el túnel que la última vez, con el equipo de fabricación de bombas metido en las mochilas. No había suficiente espacio en el maletero para sus mochilas, pero, de todas formas, Tristan no quería perderlas de vista. Con cuidado, se las colocó entre los pies en cada autobús que al que subieron y le advirtió a Dylan que no diera demasiado empujones.

—¿Podrían explotar? —preguntó en un susurro furioso.

—No —respondió Tristan, aunque no parecía convencido—. Pero ahí dentro hay productos químicos que no deberían mezclarse por nada en el mundo. No hasta que estemos preparados, al menos.

Esta vez, la caminata hasta las vías del tren fue mucho más fácil, ya que las piernas de Dylan se habían curado lo suficiente como para apañárselas en aquel terreno accidentado. A pesar de ello, avanzó despacio, siguiendo a Tristan, que cargaba con las dos mochilas. Su dilación no pareció hacer más larga la caminata hacia el túnel, pues este apareció ante ellos demasiado pronto.

A Dylan le preocupaba que hubiera trabajadores allí, ya que la compañía ferroviaria se sentía presionada para que la línea volviera a funcionar lo antes posible. No obstante, Tristan no estaba de acuerdo. Había leído que las obras tendrían que detenerse hasta que terminara la investigación policial sobre los asesinatos de los cuatro hombres… y, dado que los había asesinado un espectro del más allá, dudaba de que hubieran avanzado mucho. A medida que se acercaban, Dylan vio que Tristan tenía razón… y estaba equivocado.

No había furgonetas de obras ni señales de construcción. No había excavaciones ni sierras ni martillos. Sin embargo, era evidente que alguien había estado aquí desde su última aventura, puesto que ahora habían colocado una barrera de madera en la entrada del túnel.

En la madera contrachapada estaban pintadas las palabras NO PASAR, con una cinta policial cruzada por encima.

Dylan se detuvo, pero Tristan siguió avanzando hasta situarse justo delante del bloqueo improvisado. Suspiró.

—Tendremos que derribarlo como podamos. —Le dio una patada frustrada y se estremeció entero—. No parece muy sólido.

No lo era. Tristan fue capaz de quitar la barrera de la entrada de una sola pieza.

—¡Espera! —exclamó Dylan un segundo demasiado tarde al tiempo que Tristan empujaba hacia un lado las desgarbadas láminas de madera fina—. ¿Qué pasa con los espectros?

—Es de día —le recordó Tristan. Miró al cielo, el cual estaba cargado de nubes de lluvia—. Todavía hay demasiada luz para ellos. —Hizo una mueca—. Más o menos.

Se agachó justo dentro del refugio que proporcionaba el túnel, abrió la cremallera de una mochila y sacó dos linternas potentes.

—Toma —dijo, entregándole una a Dylan—. Esto servirá para mantenerlos a raya mejor que la luz de tu móvil. Tú quédate aquí y yo iré a ver si más adelante hay alguno al acecho.

Alumbró las profundidades del túnel brevemente con la linterna, y la oscuridad pronto se tragó el haz de luz.

—Tristan…

—Tendré cuidado.

No le dio más tiempo para que discutiera. Se puso una de las mochilas a la espalda y empezó a caminar hacia el túnel, con el haz de luz bailando y tejiendo alrededor de cada curva del techo arqueado, cada rincón oscuro cerca del suelo. Dylan también observaba, sus ojos buscaban la masa veloz y giratoria de un espectro, pero, a medida que Tristan se iba alejando de ella, lo único que hacía la linterna era crear más sombras. Era imposible ver algo.

Se abrazó a sí misma, se giró y contempló el desolado paisaje. Las vías del tren trazaban una línea recta a través del brezo hasta el horizonte y, a ambos lados, las colinas bajas se elevaban y descendían a lo lejos. A diferencia de lo que sucedía en el páramo, aquí podía distinguir alguna granja o casa de campo y, más allá, el resplandor borroso de una pequeña ciudad. Era un escenario poco atractivo, pero no vacío.

Empezó a llover y las gotas le empaparon el pelo. Su chaqueta —nueva, pero aun así barata— no era tan impermeable como ponía en la etiqueta, y sintió el frío húmedo en los hombros. Podía volver a refugiarse en el túnel, pero le pareció preferible mojarse. No tenía intención de pasar más tiempo del necesario allí dentro cuando llegara el momento.

Suspiró. Se encontraba mal, agitada, y no era solo porque Tristan estuviera aumentando constantemente la distancia entre ellos. No, era por *este lugar*. Dios, le daba escalofríos. Si funcionaba el plan de Tristan de colapsar el túnel en el páramo, no iba a volver a venir aquí nunca más.

Jamás.

—¡Dylan! —gritó él, pero no sonaba alarmado ni preocupado.

Se giró y enfocó el túnel con el haz de la linterna.

—¿Sí?

—Es seguro. ¿Puedes traer la otra mochila?

Claro. Por alguna razón, Dylan pensaba que iba a volver en su búsqueda, pero eso era ridículo. E innecesario. Había comprobado el túnel, por el amor de Dios. No había espectros; no había peligro.

—Tranquilízate —murmuró para sí misma.

Se colgó la mochila del hombro y empezó a adentrarse en el túnel.

No tardó mucho, apenas unos diez pasos, antes de que su claustrofóbica estrechez borrara todo el sonido procedente del exterior. El suave susurro del viento, el graznido ocasional de un pájaro. El zumbido lejano del tráfico que circulaba por la carretera. Dentro todo estaba amortiguado. Solo se oía su respiración, rápida y nerviosa, el roce de su chaqueta y el crujido de las piedras que se movían bajo sus pies. El correteo y los arañazos de las cosas —ratas, ratones, *murciélagos*— que huían ante su presencia.

Tardó demasiado y a la vez nada en llegar junto a Tristan. Estaba en cuclillas, con la linterna apoyada en una traviesa y rebuscando en la mochila.

—¿Aquí? —preguntó Dylan, confundida.

Allí no era donde había ocurrido el accidente. Eso estaba al menos a treinta metros de distancia.

—Esto es lo más cerca que quiero que estés —dijo Tristan—. La última vez me dijiste que sentías un tirón. Como si algo estuviera intentando arrastrarte de vuelta al páramo. ¿Lo sientes ahora?

Dylan pensó en ello, concentrándose en su pecho, en su corazón. Latía más rápido de lo normal, y sentía un impulso extraño para que siguiera moviéndose, pero no ese tirón aterrador.

—No —respondió—. Aquí estoy bien.

—Bien. —Se levantó con un rollo de cuerda en la mano—. Voy a atar un extremo aquí. Si se tensa mucho o empiezo a tirar, tira tú también, tan fuerte como puedas. —Dio un paso adelante y se agachó para mirarla a los ojos—. Pero *no* pases de este punto. ¿Entendido?

Dylan asintió, obediente. Obviamente, si se daba el caso seguiría la cuerda y cruzaría el portal hasta encontrar a Tristan en el otro extremo, pero no hacía falta decírselo.

Tristan terminó de atarse la cuerda alrededor de la cintura, luego se agachó y, con dos nudos, ató el otro extremo a un enganche metálico, tras lo que le dio un tirón para asegurarse de que estuviera bien amarrado. En cuanto la soltó y se levantó, Dylan fue a sujetar la cuerda allí donde estaba unida al metal.

—No hace falta que hagas eso —le dijo Tristan—. Espera a que veas que tiro de ella.

—Quiero sujetarlo —confesó Dylan—. Así podré sentir cómo te mueves, eso hará que me sienta mejor.

—De acuerdo. —Tristan se colgó ambas mochilas de un hombro y se dejó la otra mano libre para sostener la pesada linterna. Comenzó a alejarse, pero, de repente, se volvió, se acercó y le dio un beso rápido pero firme en los labios—. Volveré antes de que te des cuenta.

CAPÍTULO VEINTISÉIS

Todo va a salir bien, pensó Tristan. *Todo va a salir bien.*

Aun así, alejarse de Dylan le supuso un esfuerzo monumental. No quería llevársela al páramo con él —nada en esta vida ni en la siguiente podría obligarle a hacerlo—, pero no le gustaba perderla de vista cuando sabía que había espectros alrededor.

No tenía ni idea de lo que les iba a pasar a ellos y a la extraña conexión que compartían cuando se adentrara en el páramo, pero ya se había comprometido con este plan y tenía que llevarlo a cabo. No tenía más remedio, no si quería apaciguar al Inquisidor y salvar la vida de ambos.

Estaba tan, pero tan enfadado consigo mismo. Si se hubiera limitado a hacer lo correcto y a ayudar a Dylan a cruzar el páramo y la línea con una indiferencia fría, tal y como se suponía que debía hacer, tal y como había hecho siempre, ahora ella estaría a salvo. Muerta, pero a salvo. Nunca habría conocido sus sonrisas ni sus caricias suaves ni los besos que le hacían sentir que se ahogaba y volaba a la vez, pero eso no importaba. La amaba, y por eso debería haberla puesto a salvo, no haber deseado más de lo que debía tener. Una vida, un alma a la que amar.

No obstante, no había vuelta atrás. Lo único que podía hacer era intentar arreglar el desastre que había creado y tener la esperanza de que Dylan y él salieran vivos del otro lado.

A pesar de su determinación, se detuvo en el umbral del páramo. ¿Y si, una vez que lo atravesaba, se separaba de Dylan al vincularse a una nueva alma, acababa en la otra punta del páramo y no volvía a encontrar el túnel? ¿Qué pasaría entonces con Dylan?

¿Y si, al atravesarlo, cortaba el vínculo que había entre ellos y los mataba a ambos?

No había forma de saberlo. Respiró hondo, se acercó a la atmósfera más oscura y fría del páramo y entró.

No ocurrió nada.

Al darse cuenta de ello, soltó todo el aire que había acumulado en los pulmones. Sabía que estaba vivo, que seguía en el páramo de Dylan y, por lo que podía ver, eso significaba que ella también estaba bien. Bajó una mano y palpó la cuerda que le rodeaba la cintura. Era un pensamiento irracional, pero tenía la extraña sensación de que la atadura que había creado —la conexión física que establecía entre él y Dylan— estaba evitando los efectos debilitantes de haberse separado. Se dio un momento para disfrutar del alivio antes de ponerse manos a la obra.

Se arrodilló a un par de metros del portal, tiró la linterna al suelo y abrió las dos mochilas. Con una prisa cautelosa, dispuso los diversos frascos y cables a su alrededor, dentro del resplandor de la antorcha. Su conocimiento sobre lo que estaba intentando hacer era básico, pero esperaba que las instrucciones de Dove fueran suficientes. La clave estaba en iniciar la reacción química, similar a dejar caer un Mentos en una botella de Coca-Cola.

Con manos ágiles, pero ligeramente temblorosas, equilibró el pequeño frasco de cristales sobre el recipiente que contenía el líquido. A continuación, preparó un dispositivo similar a una trampa para ratones, en el que, una vez que el temporizador terminara de contar hacia atrás, se abriría de golpe e introduciría los cristales. Y… pum.

Cuando lo tuvo todo preparado, retrocedió con mucho, mucho cuidado, y tomó el bidón de gasolina. Haciendo todo lo posible por no mancharse, roció con gasolina la zona que rodeaba su pequeño experimento científico, las paredes y las traviesas y todo lo que había entre ellas. Luego pronunció una plegaria… y le dio al temporizador.

Treinta segundos. Veintinueve. Veintiocho.

Satisfecho porque el reloj funcionaba, Tristan se dio la vuelta y comenzó a correr hacia el portal. Sonrió, incapaz de creer lo fácil que había sido… y un escaso segundo después sintió cómo unas garras le aferraban los hombros, le destrozaban la chaqueta y le atravesaban la piel.

Un espectro.

El primer pensamiento de Tristan no fue un pensamiento en absoluto, sino más bien un estallido paralizante de pánico. Le atravesó como un rayo y lo inundó de adrenalina.

Era demasiado tarde como para detener la bomba. No era un trabajo sofisticado hecho por un profesional. Estaba unida con cinta adhesiva y, una vez que se activaba el temporizador, no había vuelta atrás. Tenía que quitarse al espectro de encima *ya*.

Se giró en un intento por estar cara a cara con la criatura, pero sus garras estaban incrustadas en la ropa, en la carne, por lo que giró con él, tratando de desequilibrarlo. Tristan gruñó de frustración y rabia y alzó la mano para sujetarle las garras, planeando tirar de él hacia abajo para así poder tener al alcance sus vulnerables ojos, su cuello. Pero no fue capaz de agarrarlo. Sus manos atravesaron las garras salvajes del espectro como si… como si fuera humano. Un alma en el páramo en lugar de un barquero.

El pánico volvió a surgir más fuerte que nunca. Sabía que un alma ordinaria no tenía forma de luchar contra un espectro. Sin su barquero, era inevitable que la arrastraran al subsuelo y que consumieran su esencia hasta convertirse en otra de esas repugnantes criaturas salvajes. La única posibilidad remota que tenía de sobrevivir era escapar.

Lógicamente, su cerebro lo sabía. No obstante, el miedo puro había hecho que su cuerpo tomara el control, y este no le escuchaba. Se agitó, se retorció y luchó en un intento desesperado por no mover los pies de manera que esa cosa no pudiera arrastrarlo hacia abajo. ¿Cuántos segundos quedaban? ¿Veinte? ¿Quince?

¿Diez?

No podía desprenderse del espectro. Ni siquiera podía tocarlo. Seguiría luchando en este lugar cuando el mundo —el túnel— explotara. Si eso no lo mataba, lo haría el fuego.

Un poderoso tirón en la cintura hizo que se cayera de rodillas. Se desparramó sobre la grava y sufrió una descarga de dolor cuando su codo conectó con una traviesa. Por encima de él, el espectro emitió una alegre carcajada de júbilo, se abalanzó sobre él y le atravesó el estómago con un puñetazo. La sensación hizo que se le contrajeran todos los músculos y que le costara respirar. Tomó aire e intentó incorporarse con las manos y los pies mientras las afiladas piedras le hacían cortes en las palmas, pero el espectro volvió a agarrarlo y tiró, tiró, tiró. El suelo parecía derretirse bajo él como una melaza espesa. Lo único que Tristan pudo hacer fue levantar una mano, mover una rodilla hacia adelante…

Se estaba hundiendo.

Iba a morir.

El tirón llegó de nuevo y lo arrastró hacia delante, lo levantó. Lo liberó por un maravilloso momento, pero el espectro le clavó los dientes y tiró de él hacia atrás. Hacia abajo.

Otro tirón. Luego otro. Tristan sintió como si lo estuvieran partiendo en dos. Salió disparado hacia delante y notó que el aire cambiaba al pasar por el agujero que habían abierto en el velo.

Permaneció allí durante un breve instante, aturdido, antes de que su cerebro registrara el chillido furioso y frenético del espectro que tenía detrás. Lo tenía subido a caballito y le estaba clavando las garras en el costado. Ya no estaba en el páramo, es decir, podía tocarlo. Se impulsó con los brazos para levantarse… y una explosión de sonido le hizo caer de nuevo.

La bomba.

Hubo un resplandor de luz cuando las llamas atravesaron el portal, chamuscándole el cabello a Tristan, y luego se hizo la oscuridad total. Un silencio absoluto. Tristan se quedó quieto, no se atrevía a moverse.

—¡Tristan! —Su nombre resonó en el túnel—. Dios mío, Tristan, ¿estás bien?

Alzó la cabeza y se quedó mirando, boquiabierto, el contorno de la chica que tenía delante. La boca del túnel situada al fondo la convertía en nada más que una silueta.

No obstante, no cabía duda acerca de quién era.

—Susanna —dijo con voz ronca—. Estás aquí.

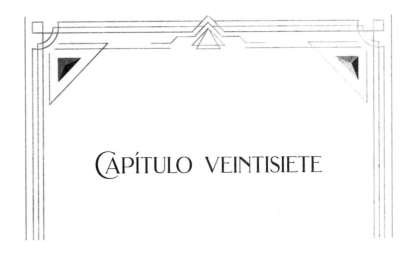

CAPÍTULO VEINTISIETE

Dylan permaneció inmóvil en la oscuridad del túnel. A su lado, un chico que parecía tener la misma edad que Tristan se movía, inquieto, pero lo ignoró. Tenía la vista fija hacia delante, donde Tristan, su Tristan, miraba con la boca abierta a una chica guapa de pelo oscuro.

La cuerda que los ataba colgaba floja en sus manos, pero Dylan no había sido quien había arrastrado a Tristan a un lugar seguro. Lo había intentado —ya ves que lo había intentado—, pero la cuerda le desgarró las manos y le despellejó las palmas. Estaba a punto de perder el control cuando alguien la apartó con brusquedad y la chica, Susanna, sujetó la cuerda con mucha más fuerza y tiró de Tristan. Justo a tiempo.

Tuvieron suerte. Un segundo más y Dylan lo habría perdido. Un segundo más y Tristan habría quedado atrapado en la explosión. Sin embargo, mientras veía la forma en la que los dos se estaban mirando, Dylan no se sentía muy afortunada.

—¿Tristan? —dijo, vacilante.

Quería una explicación. Quería interponerse entre él y la chica.

—¡Quieta! —gritó Tristan—. ¡Hay un espectro!

Dylan se puso en guardia y sacudió la linterna por todo el túnel.

—¿Dónde?

No había visto que nada pasara volando, pero, para ser sincera… estaba distraída.

—Está aquí. —La causa de su distracción dio un paso hacia la izquierda y le dio una patada a algo que había en el suelo de tierra y grava. Su tono de voz era bajo y carecía de acento, pero sonaba extrañamente convincente—. Está muerto.

Tristan suspiró y se apoyó en la pared del túnel.

—Debió de alcanzarlo la explosión. —Señaló un grueso trozo de metal que había junto a los pies de Dylan—. Pásame eso.

Se lo entregó sin decir nada y, tras ponerse en pie con rigidez, Tristan levantó el trozo de acero por encima de su cabeza y lo hizo descender con todas sus fuerzas. No hubo sangre, pero empezaron a aparecer unas volutas sobre los dos trozos sin vida. Los cuatro retrocedieron mientras el espectro se desintegraba en una nube de veneno negro.

A Dylan se le estaban pasando un millón de preguntas por la cabeza mientras observaba a Tristan y a la chica que estaba de pie junto al espectro, pero primero tenía que comprobar…

—¿Funcionó, Tristan?

—No lo sé. —Tristan se giró y miró hacia el espacio donde estaba la fisura. Dylan se dio cuenta de que estaba evitando la mirada de Susanna—. Solo hay una forma de averiguarlo.

Alzó ambas manos y palpó en busca de un cambio en el aire, la sutil diferencia que denotaba que había entrado en el páramo. Dios dos o tres pasos cautelosos y no encontró nada. Nada en absoluto.

El portal del páramo se había cerrado.

—¡Creo que lo hemos conseguido! —dijo Tristan mientras seguía con su intento de golpear la impenetrable puerta.

—¿En serio? —Dylan dio un paso hacia delante con entusiasmo, pero Tristan le tendió una mano para que no se acercara—. No pasa nada, ya no lo siento como antes. No hay ningún tirón. —Se adelantó hasta ponerse hombro con hombro con él y palpó ella misma en busca del velo. Cuando terminó, dejó caer la mano y, de una forma muy deliberada, entrelazó sus dedos con los de él.

Dedicó un momento para mirar hacia atrás e inspeccionar la reacción de Susanna. El túnel estaba demasiado oscuro como para ver bien, pero ¿había un indicio de consternación en su rostro? ¿De celos?

Jack, al menos, tenía el rostro completamente inexpresivo. Indiferente. Estaba de pie junto a Susanna, pero, de alguna manera, también estaba apartado. Dylan se volvió hacia Tristan.

—Lo hemos conseguido —susurró.

Tristan le soltó la mano y dirigió las suyas a su cintura, donde empezó a deshacer el apretado nudo de la cuerda que la rodeaba. Dylan vio que los dedos le temblaban ligeramente mientras se centraba en la maraña. Le había salvado la vida. Si no la hubiera tenido atada…

Tristan pareció pensar lo mismo. Dejó de desatarse y la atrajo hacia él en un fuerte abrazo.

—¿Tristan? —Dylan habló con timidez mientras le acariciaba el pelo de la nuca con la mano—. ¿Quién es…?

—Me has salvado —murmuró, con la cara enterrada en su cuello—. Si no hubieras tirado de la cuerda, los espectros me habrían atrapado. No podía luchar contra esa criatura.

—Lo habrías hecho. —Dylan intentó tranquilizarlo, pero se le formó un nudo duro en la garganta. Él no lo sabía. No sabía que no había sido ella quien lo salvó. Podía sentir los ojos de Susanna sobre ella, así como el inexplicable silencio que se había asentado entre la chica nueva y Tristan, a pesar de que estaba claro que se conocían.

—No —negó Tristan—. Me fue imposible controlar al espectro. Y solo quedaban unos segundos para que estallara la bomba. Si no me hubieras sacado, Dylan, si…

—No fui yo. —La verdad se le escapó a pesar de que intentó contenerla—. Yo no te salvé.

Durante un momento, Tristan se puso rígido en sus brazos antes de apartarse.

—¿Cómo?

—Yo no te salvé —repitió Dylan—. Fue ella. —Las palabras le supieron a ceniza en la boca—. Susanna fue la que te sacó.

Tras separarse de Dylan, se volvió hacia Susanna. Su verdadera salvadora. Entonces, repitió exactamente lo que había dicho antes con la misma voz aturdida.

—Susanna. Estás aquí.

Asombro, pensó Dylan, *y algo más*.

—Salgamos del túnel —dijo Tristan—. Hablaremos después.

CAPÍTULO VEINTIOCHO

La chica humana se mantuvo cerca de Tristan mientras este los conducía fuera del túnel. Susanna los observó, notando cómo le tenía agarrado de la mano con fuerza, cómo le lanzaba miradas rápidas y discretas. Detrás de ella, Jack avanzaba a trompicones. No era propio de él estar tan tranquilo, dejar que otro tomara el mando. Lo más seguro era que no durara mucho.

La lluvia abundante había cesado. Ahora el cielo estaba lleno de nubes y enfadado. Susanna miró hacia arriba cuando salieron de la abertura arqueada del túnel y enseguida se topó con la amplia fuerza de la espalda de Tristan.

—¡Ay! Lo siento —murmuró, y rebotó, inestable; luego se puso en el camino de Jack, que se movió para evitarla en lugar de para atajarla. En cambio, fue Tristan quien extendió un brazo para impedir que se cayera. Su agarre era fuerte, y el calor que desprendía su mano empapó la lana húmeda de la rebeca que llevaba puesta.

Era la primera vez que la tocaba.

Aunque se conocían desde hacía siglos, él nunca, nunca la había tocado.

Si Tristan pensó lo mismo, no pudo vérselo en los ojos. Ni en el rostro. Lo que pensara o sintiera al haberla descubierto aquí, en el mundo real, con él, estaba totalmente oculto.

Cuando se aseguró de que había recuperado el equilibrio, la soltó.

—¿Estás bien? —le preguntó.

Asintió en silencio. Abrió la boca y la volvió a cerrar. ¿Qué podía decir? Cada momento, cada encuentro nocturno que habían compartido contemplando el páramo o las estrellas, viendo cómo se reunían los espectros, lo habían compartido en silencio. No había habido necesidad de palabras.

Ahora necesitaba las palabras.

—Sí, gracias.

—Tristan. —La chica que estaba junto a Tristan seguía aferrada a él como una lapa. Algo pasó entre ellos y Tristan se volvió hacia Susanna.

—Esta es Dylan —le dijo a Susanna—. Ella es…

—El alma que usaste para cruzar —concluyó Susanna por él—. Lo sé, lo he visto.

—No la *utilicé*. —Tristan frunció el ceño—. Lo hicimos juntos.

—¿Conque tú también eres una barquera como él? —intervino Dylan.

—Dylan —dijo Tristan—. Esta es Susanna. Sí, es otra barquera. —Los ojos de Tristan se dirigieron a Jack y después a Susanna con una ceja levantada en forma de pregunta silenciosa.

—Este es Jack —contestó Susanna.

—Hola. —Dylan le ofreció una sonrisa tentativa y Jack le otorgó un breve movimiento de barbilla a modo de respuesta. Sus ojos eran vigilantes, cautelosos, y se centraban sobre todo en Tristan.

Tristan ignoró a Jack con un mínimo encogimiento de hombros y luego se volvió hacia Susanna, perforándola con la mirada.

—¿Qué haces aquí?

Susanna se sobresaltó, sorprendida por la pregunta, aunque supuso que debería haberla esperado.

He venido para estar contigo.

Tenía las palabras en la punta de la lengua, pero no salieron. Esto no estaba yendo como había planeado. En su mente, Tristan la abrazaba y le sonreía, encantado de verla. Quería tomarla bajo su protección, mostrarle este nuevo mundo en el que podrían vivir de verdad; en el que podrían tener una vida de verdad.

En cambio, podía sentir la desaprobación —¿la decepción?— que emanaba de Tristan. Y la frialdad de su alma era palpable. Susanna se mordió el labio.

Fue Jack quien respondió.

—Estamos atrapados el uno con el otro —dijo, hablando rápido—. Desde que cruzamos y volvimos, no podemos alejarnos más de diez metros. Susanna dijo que tú sabrías cómo arreglarlo. —Miró fijamente a Tristan—. ¿Lo sabes?

—No. —Tristan sacudió la cabeza—. A nosotros nos ha pasado lo mismo. Cada vez que nos separamos, es como si Dylan volviera a morir. Solo que esta vez yo también lo siento.

—¿No has descubierto cómo cortarlo? —El enfado de Jack iba en aumento.

—No —repitió Tristan, que miraba a Jack con los ojos entrecerrados—. No lo he descubierto.

Los nervios de Susanna cobraron vida ante el poder, la amenaza, que había en el tono de Tristan. No obstante, en su más puro estilo, Jack no se dio cuenta o lo ignoró, despreocupado. Se acercó a Susanna.

—¡Me lo dijiste! —espetó—. ¡Me dijiste que sería capaz de ayudarnos! Pero no era más que otra mentira. No tienes ni idea, ¿verdad? —Jack estaba entrando de lleno en modo «despotricar», pero esta vez, Susanna no sintió miedo. Por el rabillo del ojo, vio que Tristan le soltaba la mano a Dylan y cambiaba el peso de su cuerpo. Sin embargo, Jack continuó—. Bueno, ¿sabes qué? ¡Tú eres la que no debe estar aquí! Si me deshago de ti...

Cualquier amenaza que Jack hubiera estado a punto de lanzar fue silenciada cuando Tristan lo agarró por el cuello de la chaqueta y lo impulsó hacia atrás hasta que sus hombros chocaron con el borde de piedra del acantilado que había junto a la boca del túnel.

—Para —gruñó—. Ni una palabra más.

—¡Suéltame! —Jack intentó luchar, soltar la chaqueta del agarre de Tristan, pero no pudo—. ¡Quítame tus putas manos de encima!

—Deberías estar muerto —siseó Tristan—. ¿Lo entiendes? Deberías estar muerto. Y, si tuvieras mucha suerte, ya estarías al otro lado del páramo. Si no, serías uno de los espectros. ¿Los has visto en el páramo? ¿Sabes lo que son? Son almas que fueron demasiado estúpidas como para mantener el pico cerrado y hacer lo que se les dijo. —Se echó hacia atrás y soltó la chaqueta de Jack.

Para asombro de Susanna, Jack se quedó justo donde estaba. Y lo que era más sorprendente, se mantuvo en silencio.

—Creo que serías un espectro —continuó Tristan—. Tienes esa mirada. Crees que sabes más que nadie, pero ¿sabes qué? En el páramo nosotros sabemos más. No estás muerto, ¿verdad? —Esperó a que Jack sacudiera un poco la cabeza—. Sé agradecido, entonces. ¿Entendido?

Sin esperar una respuesta, Tristan le dio la espalda a Jack. Cuando este no reaccionó, no movió ni un músculo, Susanna expulsó el aire que había estado conteniendo. Vio cómo Tristan regresaba junto a su alma y la envolvía entre sus brazos.

—Nosotros no sabemos cómo romper el vínculo del alma, Susanna —dijo—, pero puede que el Inquisidor sí.

—¿El Inquisidor? —logró preguntar—. ¿Quién narices es ese?

—Es la razón por la que estamos aquí —respondió Tristan—. Es del páramo. Hace dos días nos acorraló y me dijo que iba a juzgarme. Tiene unos poderes descomunales. Me congeló. No podía moverme, ni siquiera podía hablar si no me lo permitía. —Al oír eso, Susanna sintió que el miedo se apoderaba de sus entrañas. Cualquier cosa que asustara a Tristan era algo que le aterraba a ella—. Hizo un trato con nosotros, me dijo que, si queríamos quedarnos, teníamos que deshacer el daño que habíamos causado al cruzar. Cerrar el agujero, matar al espectro que había cruzado por él. —Tristan hizo una pausa—. Así fue como cruzaste tú, ¿verdad? ¿Viste cómo me iba y me seguiste?

No. Esa era la verdadera respuesta. No, Susanna había encontrado un alma y la había convencido de que volviera a meterse en su cuerpo muerto y —según Tristan— había abierto su propio agujero en el velo que había entre el páramo y el mundo real.

Lo que significaba que un Inquisidor de esos podría estar buscándola también.

Tenía que decírselo a Tristan. Decírselo y pedirle ayuda. Él había cerrado el suyo; podía cerrar el de ella también, o al menos decirle cómo se hacía. Susanna abrió la boca para confesarse, pero no pudo hacerlo. Las palabras no salieron.

No quería ser una carga para Tristan. No quería admitir el engaño, la manipulación que había tenido que hacer para convencer a un alma de que la llevara de vuelta. Si Tristan creía que se había limitado a seguirlo, llevándose el alma que estaba con ella en ese momento…

Eso no parecía tan malo.

Eso no parecía tan retorcido.

Miró hacia atrás y vio que Jack los estaba ignorando, contemplando el campo, echando humo. Hirviendo a causa de su orgullo dañado. Se dio la vuelta y le dedicó a Tristan su sonrisa más encantadora, esa que reservaba para las almas más difíciles.

—Sí —mintió—. Vi cómo te ibas y te seguí. —Respiró hondo—. Yo también quería tener una oportunidad en la vida, y Jack también, claro. Era demasiado joven como para irse.

Tristan asintió. Su rostro volvió a ser difícil de interpretar.

—Has dicho que tenías que matar a un espectro —continuó Susanna—. ¿Ese espectro? —Señaló hacia el túnel.

—No —respondió Dylan esta vez—. Creemos que puede haber más, porque la brecha ha estado un tiempo abierta. Uno de ellos asesinó a cuatro hombres en el túnel hace días. Lo vimos en las noticias.

Susanna negó con la cabeza.

—Pero a estas alturas podrían estar en cualquier parte. ¿Cómo se supone que vais a encontrarlos?

—Lo haremos —aseguró Tristan mientras le daba un apretón a Dylan, que había palidecido de manera considerable—. Lo haremos porque tenemos que hacerlo. Puedo sentirlos si nos acercamos, así que solo tenemos que averiguar dónde buscar.

—¿Por qué? —inquirió Jack, que se atrevió a volver a entrar en el círculo, aunque mantuvo la distancia con Tristan a propósito—. ¿Qué pasa si no lo hacéis?

Las palabras de Dylan sonaron suaves, atormentadas.

—El Inquisidor nos matará a los dos.

Las palabras de Dylan golpearon a Susanna como un puñetazo en el estómago. ¿Qué había hecho? Había seguido a Tristan hacia el mismo destino horrible y había condenado la vida de Jack también en el proceso. Ya no podía decirles la verdad, pero podía aprender de Tristan. Y salvarle la vida en el proceso.

—Te ayudaremos —tartamudeó Susanna—. Venid con nosotros, tenemos un coche. Encontraremos a vuestros espectros y los mataremos juntos.

CAPÍTULO VEINTINUEVE

Mientras Susanna y Jack los llevaban en dirección al coche, Dylan le tiró a Tristan del brazo para que redujera la marcha. Sabía que no quería hablar, pero tenía que saberlo.

—Tristan…

—¿Sí? —murmuró con la voz áspera por la preocupación.

—¿Quién es? —preguntó Dylan.

—Ya sabes quién es —respondió Tristan, y encogió los hombros levemente—. Una barquera.

—Ya sabes a qué me refiero, Tristan. ¿Quién es… para ti?

—Trabajamos juntos —contestó, pero Dylan negó con la cabeza.

—Trabajas solo —lo contradijo—. Eso fue lo que me dijiste. Que solo te encontrabas con almas y las guiabas a través del páramo. —Tragó saliva en un intento por deshacer el nudo que se le había formado en la garganta—. Así, pues, ¿cómo es que la conoces? ¿Ella es…? ¿Tú y ella sois…?

—¿Ella y yo? —Tristan se inclinó para acercarse, frunciendo el ceño—. No hay ningún «ella y yo». En tiempo pasado o presente. Cada barquero trabaja solo, pero tenemos rutas establecidas, y la suya estaba junto a la mía. Cuando los viajes de nuestras almas se superponían, nos veíamos y sabíamos que no estábamos tan solos. Eso es todo. —Le dedicó una sonrisa compasiva y le tendió la mano.

—No. —Dylan se apartó y alzó las manos para que no se le acerca-ra—. No me hagas parecer que soy una novia celosa—. Vale, sí que lo era. Pero eso no era todo. Siguió hablando en voz baja—. ¿Por qué no me has hablado de ella?

Tristan suspiró.

—Lo sé. Lo siento.

¿Cuál es la parte que sientes? Dylan esperó, pero Tristan no dijo nada más.

—Sabías que estaba aquí, ¿verdad? No pareció sorprenderte que hubiera cruzado.

Dylan se había propuesto mantener la calma y la racionalidad. No obstante, nunca había estado tranquila ni sido racional en lo que res-pectaba a Tristan, ni siquiera al principio, cuando su actitud arisca la había vuelto loca, por lo que no pudo evitar que se le notara la acusa-ción en la voz.

Dylan observó la reacción de Tristan con atención. Vio cómo se le torcía el rostro. Fuera cual fuere la expresión que buscaba —¿despreo-cupación, inocencia?—, no estaba funcionando. Solo parecía culpable.

—Lo sabía —admitió—. La percibí en cuanto cruzó. Hace unos días.

—¿Hace unos *días*?

—Dylan, esa es la cosa. Sabía que era una barquera. La sensación era distinta a cuando el Inquisidor nos observaba. No era malévolo, así que no quería preocuparte. Era más bien una resonancia. Una armo-nía.

A Dylan no le gustó cómo sonaba eso. Ni una pizca.

—¿Supiste que era Susanna? En plan, antes de verla.

—Sí —respondió—. La reconocí enseguida. No sabía por qué es-taba aquí, pero sabía que era ella.

Para Dylan, todo se reducía a eso. Le había mentido. Una omisión era tan mala como una mentira. Era como una traición. Como si no confiara en ella. Eso dolía.

—¿Y elegiste no decírmelo? —Ese, ese era el verdadero problema. Si Susanna no era nada para él, ¿por qué no decírselo? ¡Otra barquera había cruzado! ¡Claro que tendría que haberlo sabido!

—No lo sé. —Tristan miró hacia delante, hacia donde estaban Susanna y Jack, cerca ya del coche.

—No lo sabes —repitió Dylan. Lo miró fijamente, con dureza, a la espera de algo más que esa no respuesta.

—Es solo que... —Volvió a encogerse de hombros, lo cual hizo que Dylan tuviera ganas de estrangularlo—. Con todo lo que había pasado. Tu lesión, los asesinatos, el espectro en el túnel, tu padre... Imaginé que ya tenías suficiente con qué preocuparte.

Fue una respuesta buena, sensata. Racional. Pero...

—Deberías habérmelo dicho —dijo Dylan en voz baja—. Después de que me mintieras sobre los espectros y de que no me contaras que sentías que te estaban vigilando... ¡no puedo creer que me lo hayas vuelto a hacer! —Su voz se elevó con cada acusación, tanto que Susanna se giró para mirarlos mientras ella y Jack los esperaban.

Tristan exhaló una bocanada de aire por la nariz y luego le dio la razón con un brusco movimiento de barbilla.

—Lo siento —susurró—. Sé que ya lo he dicho antes. Sé que prometí que no te ocultaría nada. —Cerró los ojos y sacudió la cabeza en un pequeño gesto—. Fue una estupidez. —Otro pequeño gesto, esta vez una sonrisa, la cual desapareció al instante—. Estoy habituado a actuar por mi cuenta. A tomar decisiones solo. No estoy acostumbrado a abrirme a otra persona. Esto es nuevo para mí; aún no se me da muy bien, pero quiero hacerlo, Dylan.

Dylan se lo creyó. Era imposible dudar de la sinceridad y del arrepentimiento que plasmaban sus ojos. No obstante, el dolor producido por otra traición era demasiado reciente, y estaban a punto de subirse a un coche con la chica sobre la que había mentido, la chica con la que había compartido toda su vida, la que sabía lo que era ser...

El único otro barquero en todo el mundo.

CAPÍTULO TREINTA

Dylan no tardó en darse cuenta de que el coche de Jack no era exactamente el coche de Jack. Le vio trastear bajo el salpicadero, haciéndole un puente.

Sin embargo, subirse a un coche robado era la menor de sus preocupaciones. Le costaba respirar a causa del nudo frío y duro que se le había formado en el pecho. Cada vez que Susanna hablaba con Tristan, cada vez que le dirigía una mirada cálida, hacía que ese nudo palpitara en un doloroso espasmo.

Sentía que se le estaba rompiendo el corazón, pero con el plazo del Inquisidor cerniéndose sobre ellos y los espectros que todavía andaban sueltos por ahí, cada vez más hambrientos, tuvo que tragárselo. No tuvo más remedio.

Ya se derrumbaría más tarde. Ahora mismo, había unos espectros a los que debían matar.

Se pusieron en marcha, Dylan en el asiento del copiloto mientras Jack conducía. Tristan y Susanna estaban sentados atrás con los ojos cerrados, concentrados. Aparte de un ligero fruncimiento en la frente de Susanna, sus rostros carecían de expresión, lo cual era bueno, ya que estaban *tomados de la mano*.

Tristan y Susanna apenas podían sentir la presencia de los espectros, la presencia del mal, y habían descubierto que su sensación se amplificaba si se tocaban. La discusión sobre cómo encontrar a los espectros había sido incómoda para todos, pero Dylan tenía la sensación de que a Susanna le había encantado ese descubrimiento particular. Sobre todo, ahora que estaban apretujados en el asiento trasero con los dedos entrelazados, mientras que, por su parte, Dylan y Jack intentaban orientarse con indicaciones tan vagas y poco útiles como «norte», «por ahí» y «por allí». Dylan trató de mantener la mirada al frente, pero no pudo resistirse a girarse cada diez segundos para comprobar si se habían acercado más y buscar señales de si estaban disfrutando de la cercanía, porque, desde luego, Dylan no lo estaba haciendo.

Finalmente, Jack los condujo a un pueblo llamado Bridge of Allan, y Tristan abrió los ojos de golpe. Su mirada se topó con la de Dylan y lo primero que hizo fue soltarle la mano a Susanna. Bien. Dylan lo observó mientras miraba a su alrededor, asimilando el lugar.

—Es aquí —dijo—. Puedo sentir que el espectro anda cerca hasta por mi cuenta.

—Yo también —coincidió Susanna.

Pelota.

Jack aparcó frente a una cafetería, cuya terraza estaba desierta y cuyas mesas estaban llenas de charcos de agua de lluvia. A través de las ventanas empañadas, Dylan vio grupos de lo que parecían ser estudiantes de la Universidad de Stirling que miraban sus ordenadores portátiles, ajenos a este coche lleno y a su tarea mortal.

—¿Sabes exactamente dónde está? —le preguntó Dylan a Tristan mientras se echaba hacia delante en su asiento para poder quitarse la chaqueta.

—No —Tristan sacudió la cabeza—. Seguiremos buscando. No puede salir durante el día, así que habrá encontrado algún lugar seguro en el que esconderse. Como una cueva o una alcantarilla o algo así.

—¿Te refieres a algún lugar oscuro y espeluznante?

—Sí, exacto. Cuanto más cerca estemos de él, más fácil debería ser encontrarlo. —Tristan se volvió hacia Susanna—. Como cuando me buscabas a mí.

—Estupendo. —Esta vez, Dylan no se molestó en disimular el sarcasmo de su voz—. ¿Por dónde sugieres que empecemos?

—Por esos bosques. —Tristan señaló con la cabeza una mancha de árboles de hoja perenne, la cual se elevaba malhumorada por la colina que ocultaba el campus de la Universidad de Stirling—. Puedo sentir cómo la oscuridad viene de allí.

—Dolor y muerte —coincidió Susanna—. Y el hambre. Tenemos que movernos deprisa.

—Sí, lo sabemos. —Dylan respiró hondo—. Arreando que es gerundio.

Tristan le lanzó una mirada confusa, pero empezó a andar, y Dylan y Susanna lo siguieron bajo la lluvia. Jack se colocó en la retaguardia.

Tardaron menos de diez minutos en llegar a la zona boscosa. Tristan y Susanna saltaron a la vez la valla de alambre, la cual les llegaba hasta la cintura, pero Dylan se detuvo. No tenía nada de ganas de entrar ahí. En la oscuridad, donde las sombras se extendían como dedos y las raíces surgían del suelo para hacerla tropezar y caer de rodillas. Bueno, claro, y donde probablemente se escondía un espectro deseoso de darse un festín de presas humanas.

Se habría quedado allí si no hubiera sido porque vio cómo Tristan y Susanna se alejaban de ella, hombro con hombro, como una pareja. Mientras los observaba, Susanna se volvió para decirle algo a Tristan, que inclinó la cabeza y sonrió.

—Bien —murmuró Dylan, y se apresuró a acercarse. Jack la siguió. Aumentó el ritmo y avanzó hasta quedar a un paso de Susanna y Tristan—. ¿Recuerdas que en el páramo te dije que odiaba el senderismo? —Dylan resopló, sin aliento después de un minuto de estar siguiendo a los dos barqueros cuesta arriba—. ¿Y las colinas?

Tristan gruñó. Se giró para lanzarle una mirada rápida y compasiva.

—Bueno, pues sigue siendo verdad. ¿Sabes qué más odio? —Golpeó una rama baja de un abeto de Douglas—. ¡Los árboles! Y el barro. Y la lluvia. La naturaleza —concluyó mientras las deportivas se le hundían en el suelo pantanoso.

—Lo siento —contestó Tristan, que se giró para caminar hacia atrás; resultaba molesta la seguridad con la que se movían sus pies en el terreno accidentado—. Si pudiera, te dejaría en la ciudad. Bien calentita en una cafetería, con tarta.

Eso sonaba increíblemente bien. Sin embargo, daba igual que Dylan estuviera literalmente atada a permanecer junto a Tristan. De todas formas, no le habría permitido que la dejara atrás, no con Susanna.

—Después —le dijo—. Puedes invitarme a una tarta después. A un trozo grande.

Como era obvio, Tristan no tenía dinero propio, así que sería Dylan la que pagaría con sus fondos, los cuales disminuían con rapidez, pero la intención era lo que contaba.

—Lo prometo. Ahora… ¡silencio! Será mucho más fácil enfrentarse al espectro si lo pillamos por sorpresa.

Dylan hizo lo que le pidió, aunque le dolió que le regañara delante de Susanna. Durante diez, luego quince minutos, recorrieron el bosque en silencio.

Entre la pesada capa de nubes y el grueso saliente de los árboles, la luz disminuía con rapidez. Eso no era bueno. Si los espectros estaban aquí, no tardarían en despertarse…

—Tristan —gimió—. Está oscureciendo. Tal vez deberíamos volver mañana.

No importaba que se metieran en un problema tremendo por faltar a la escuela y que, con toda seguridad, los castigaran de por vida. El Inquisidor podría discutir con Joan sobre quién tenía derecho a condenar sus almas inmortales.

Dylan apostaba por Joan.

—Tristan. —Tropezó con la raíz gruesa de un árbol.

—¡Shhh! —Se detuvo en seco y les hizo señas de que se callaran. Dylan dio unos últimos pasos rápidos y se paró justo detrás de él, junto a Susanna, y miró por encima del hombro de Tristan.

Había un montículo cubierto de hojas, y, por extraño que pareciera, la cara frontal estaba hecha de ladrillo y tenía una entrada de no más de un metro de altura. La puerta estaba rota, y la madera podrida colgaba en un ángulo torcido. Parecía un escondite para pájaros, o tal vez un viejo refugio antibombas.

—¿Crees que está ahí dentro? —inquirió Dylan en voz baja.

—Sí —susurró Susanna—. Está latiendo prácticamente. —Le recorrió un escalofrío diminuto y delicado.

—¿Qué hacemos?

—Quédate ahí. Con Jack. —Tristan asintió con la cabeza en dirección a un roble situado justo a la izquierda del búnker—. Yo entraré a ver si el espectro está ahí. Susanna, espera aquí y, si se me escapa, ¡agárralo!

—¡Espera! ¿Qué? —Dylan se puso delante de Susanna—. Yo lo haré.

—No. —Tristan sacudió la cabeza y le dio a Dylan un empujón suave en el hombro, instándola a retroceder—. Susanna está acostumbrada a lidiar con los espectros. Puede hacerlo.

—¡Tristan!

—No pienso discutir, Dylan. Quédate con Jack.

—Pero…

—¡Shhh! —El siseo de Susanna cortó su discusión y Dylan se volvió hacia ella, dispuesta a decirle que se metiera en sus asuntos, cuando lo oyó. Un gemido fino y agudo. El espectro estaba despierto.

Sabía que estaba allí.

—Susanna, ¿estás lista? —preguntó Tristan.

—Estoy lista. —La barquera asintió con fuerza, con el rostro decidido, sereno.

—¡Tristan, déjame ayudar, por favor! —Dylan lo intentó por última vez y le agarró el brazo a Tristan.

—No puedo —le contestó—. No podré concentrarme si creo que estás en peligro. Por favor, Dylan. Hazlo por mí. —Le retiró la mano del brazo y le dio un apretón.

Esta vez, Dylan se colocó junto al árbol. Desde su relativa zona de seguridad, vio cómo se acercaba a la abertura y se adentraba en el interior sin vacilar ni un instante.

Susanna se puso en guardia. Por mucho que Dylan odiara admitirlo, al observar la postura agachada de la chica, la forma en la que tenía las manos alzadas, preparadas, parecía que sabía lo que estaba haciendo. Como si fuera capaz de enfrentarse a cualquier cosa que saliera de la pequeña cabaña.

Pues claro que era valiente además de guapa.

En cuanto perdió de vista a Tristan, Dylan comenzó a buscar un arma. Se agachó y agarró un trozo grueso de madera del tamaño de un bate de béisbol. Lo sintió firme entre los dedos. Satisfecha con su arma improvisada, Dylan se apresuró a tomar posición… justo detrás de Susanna.

Por si acaso.

Miró por encima del hombro, hacia Jack. Se había alejado lo máximo posible. A salvo y despreocupado.

Dylan dejó de prestarle atención a Jack cuando, de repente, hubo un estallido que procedió del interior del búnker. El sonido de los golpes y de los arañazos resonaron en la tranquilidad del bosque. Dylan apretó los dientes y resistió el impulso de gritar, pues lo último que necesitaba Tristan era que lo distrajera. En vez de eso, sostuvo la rama con más fuerza y cambió un poco la postura, equilibrándose sobre las puntas de los pies.

Un gruñido escapó de la puerta entreabierta, como un gato enfadado. Solo que más grande, más aterrador. Lo siguió un golpe y un estruendo, como si algo se hubiera caído. Dylan deseó poder ver lo que estaba sucediendo en el interior, pero no se atrevió a soltar el bate para abrir la puerta.

Un segundo después, se alegró de no haberlo hecho. La puerta se abrió por sí sola. O, para ser más precisos, para liberar al espectro que gritaba y que atravesaba la abertura haciendo zigzag. A pesar de estar preparada, Susanna se sobresaltó y retrocedió un poco, y el ser pasó justo por delante de ella. Desesperada, se giró y alargó los brazos hacia él, pero se le escapó de las manos.

Dylan gritó una advertencia un segundo demasiado tarde. Entonces, al darse cuenta de que ella era el próximo obstáculo que se interponía en el camino del espectro, se recompuso… y golpeó.

Pum.

El bate impactó, firme, y el espectro se estrelló contra el suelo a varios metros de distancia. No obstante, no permaneció así. Después de un instante durante el que se recompuso, se lanzó de nuevo hacia el cielo con las garras extendidas. Dylan recolocó las manos y volvió a golpear. Esta vez falló.

El espectro se arrojó bajo sus brazos arqueados y le clavó las garras en la tela empapada de su chaqueta. Dylan notó cómo se rompía y se desgarraba, pero, por muy largas y afiladas que fueran las garras del espectro, estas no pudieron atravesarle todas las capas. Aun así, sintió cómo las puntas afiladas como agujas le hacían presión contra la vulnerable carne de su abdomen.

Soltó la rama, se agachó y agarró al espectro. Era… repugnante. Tenía un pelaje fino hecho de lo que parecían ser jirones de tela negra, pero, debajo, su piel tenía la textura de la carne cruda, fría y húmeda. Dylan trató de centrarse en otra cosa que no fuera eso mientras lo aferraba con firmeza y le clavaba las uñas. Intentó apartarlo, pero la tenía agarrada con demasiada fuerza. El animal se agitaba y se retorcía contra ella mientras movía la cabeza de un lado a otro. Tenía las mandíbulas abiertas, las cuales se esforzaban por atacarla con unos dientes desalineados e irregulares.

La habría atrapado, le habría cerrado las mandíbulas alrededor de la muñeca, si Tristan no hubiera aparecido a su lado. Lo agarró por el cuello y lo tiró al suelo. Inmovilizó al espectro con una mano firme y se apartó para que no lo alcanzara.

—¡Ahora! —gritó—. ¡Dylan, aplástalo!

Dylan se tomó su tiempo para respirar hondo, levantó el bate por encima de su cabeza y lo dejó caer con todas sus fuerzas. Una, dos, tres veces. Después de eso, Tristan retiró la mano, pero Dylan siguió golpeándolo. Podría haber seguido así indefinidamente, pero Tristan la tomó de una de las muñecas.

—Ya basta —dijo en voz baja—. Está muerto.

Lo estaba. Muerto, muerto, muerto. Dylan se quedó mirando el mantillo que quedaba mientras respiraba con dificultad. Ante sus ojos, empezó a convertirse en vapor. Lo había matado.

Dejó caer la rama y se tapó la boca con las manos, conmocionada. Se le escapó un sollozo.

—Está bien. —Tristan la envolvió entre sus brazos y la alejó unos metros del cuerpo humeante del espectro—. No pasa nada.

—Lo siento. —La voz de Susanna llegó por encima del hombro de Dylan—. Tendría que haberlo atrapado, pero…

—No importa. —Tristan le dio otro apretón a Dylan—. Dylan lo hizo.

Más que cualquier cosa que pudiera haber dicho, esas cálidas palabras lograron que Dylan se controlase, que dejase de llorar. Sin embargo, se quedó entre los brazos de Tristan. Dejó que la abrazara, sintió su calor; dejó que Susanna viera que era suyo.

—Aunque —murmuró Tristan momentos después, solo para ella—, se suponía que estabas junto al roble.

—¿Y si hubiera sido así? —inquirió Dylan en un tono de voz igual de bajo.

—En ese caso, el espectro se habría escapado y estaríamos en serios problemas —admitió Tristan, que le sonrió con pesar—. Me alegro de que no sepas escuchar órdenes.

Dylan aguantó unos instantes más antes de devolverle la sonrisa.

Lo habían conseguido. Habían cerrado el agujero y matado al espectro. El Inquisidor ya no tenía ninguna razón para castigarlos. Para enviarlos de vuelta. Dylan se alejó de Tristan y dio una profunda bocanada de aire. Parecía la primera desde… desde la noche del baile.

Capítulo treinta y uno

Susanna observó cómo Tristan y Dylan se reían y sonreían mientras celebraban su victoria contra los espectros. Eran libres, pero la misión de Susanna no había hecho más que empezar. ¿Cuánto tiempo pasaría antes de que el Inquisidor apareciera y la juzgara igual? ¿Cuánto tiempo pasaría antes de que los espectros que cruzaran el velo arrebataran vidas inocentes?

Dios, era tan estúpida. ¿Por qué le había mentido a Tristan? ¿Por qué? No quiso admitir lo que había hecho, que se había conectado a un alma como Jack a propósito solo para llegar hasta él. ¿Qué pensaría de ella por haber aparecido así? Si ella le decía la verdad sobre cómo había cruzado, la odiaría aún más.

Fue un alivio enorme verlo en el túnel y luego trabajar con él para encontrar a los espectros, darle la mano y sentir esa sensación de unidad, de conexión. Fue mucho más de lo que habían llegado a compartir en el páramo; tuvo su cuerpo tan cerca que pudo disfrutar de su calor.

Pero, entonces, la dejó ir, y fue Dylan quien le ayudó a destruir al espectro. Quien lo rodeó con los brazos, para celebrar la victoria. Ambos iban a volver a la vida que estaban labrándose. A Susanna no le quedaba otra que intentar solucionar su problema sola. Bueno, con Jack. Lo cual era peor que estar sola.

El día no había terminado como esperaba.

Volvieron a caminar por el campo empapado en dirección a Bridge of Allan mientras Susanna iba sumida en sus pensamientos, los cuales giraban en torno a cómo cerrar el agujero que Jack y ella habían creado en el velo. Hasta que Tristan rompió el silencio.

—Un momento. —Se detuvo en seco, lo que hizo que Dylan tropezara—. Antes de celebrarlo demasiado, deberíamos comprobar que no sintamos a ningún otro espectro alrededor. No quiero arriesgarme.

A Susanna le dio un vuelco al estómago. Sabía que no podría encontrarlos sin la ayuda de Tristan, ya que solo podían detectarlos juntos, pero eso significaba…

—¿Susanna? —Tristan le tendió la mano, lo cual provocó que Dylan se sonrojara.

Susanna dudó, con las manos titubeando a los costados. Solo podía hacer una cosa. Lo sabía, pero eso no hacía que aceptarlo fuera más fácil. Tenía que sincerarse. Tenía que confesarle a Tristan lo que había hecho y que le había mentido.

Tristan seguía tendiéndole la mano y tenía las cejas alzadas en forma de pregunta, y ella sabía lo que iba a pasar cuando se tocaran. Nunca volvería a mirarla de la misma forma, y Susanna no estaba segura de qué revelación le decepcionaría más.

Las lágrimas ardían mientras libraba una batalla desesperada en su interior, en la que su lado cobarde y egoísta intentaba pensar, desesperado, en alguna manera, cualquiera, de arreglarlo sin perder parte de Tristan; su respeto, su aprobación o su amor, el cual se atrevió a esperar que existía.

No obstante, era imposible.

—Tristan, tengo que decirte algo.

—¿Qué pasa? —La mirada que le dirigió casi hizo que Susanna cambiara de opinión, pero sabía que no podía hacerlo. Era el momento de asumir la responsabilidad de lo que había hecho.

—Te he mentido. —Hizo una pausa, retrasando su confesión un poco más.

Tristan no llenó el silencio. A su lado, Dylan dio un paso adelante con una expresión de desconfianza.

—No vinimos por el agujero que vosotros hicisteis. Hicimos el nuestro.

Dylan lanzó un grito ahogado, y el horror y la conmoción le nublaron el rostro. No obstante, Susanna estaba esperando la reacción de Tristan, quien se mantuvo inexpresivo. Ilegible.

—Por eso Jack y tú estáis unidos —dijo despacio—. Porque usaste su cuerpo para cruzar. Si nos hubieras seguido… —Dejó que ese pensamiento se perdiera y Susanna luchó contra el impulso de estremecerse al darse cuenta de lo sencillo que podría haber sido.

Ya era muy tarde. Demasiado tarde.

—Tristan, lo siento. No debería haberte mentido. Es que… entré en pánico. Fue una estupidez, lo sé. Y lo siento mucho, mucho.

—Otra fisura. —El rostro de Tristan estaba impasible.

—Lo siento mucho.

—Tendremos que cerrarlo también. Se lo prometimos al Inquisidor. —Hizo una pausa—. Y, Susanna, no puedes quedarte en este reino. No sé a dónde puedes ir, pero tendrás que encontrar algo.

—¿Cómo?

—Le prometimos al Inquisidor que impediríamos que nadie más atravesara el velo, no solo matando a los espectros, sino asegurándonos de que nada volviera a cruzar nunca más.

—Se lo explicaré al Inquisidor —juró Susanna, casi llorando ante la fría reacción de Tristan. Estaba enfadado con ella, decepcionado. Y quería que se fuera—. Le diré al Inquisidor que el segundo agujero es culpa mía, que no tuvo nada que ver contigo, y nos desharemos de todos los espectros para siempre.

—No creo que al Inquisidor le importe —dijo Tristan—. Hicimos el trato; esperará que lo cumplamos.

—Pero si se lo explico, si asumo toda la responsabilidad…

—No lo conociste —intervino Dylan, que había palidecido—. No sabes cómo es.

—Además —añadió Tristan—, sabrá que no puedes asumir toda la responsabilidad. Está claro que es culpa mía que estés aquí. —Bajo su enfado, había confusión en sus ojos; ¿o era lástima?

Susanna no sabía qué decir. No parecía haber forma alguna de arreglarlo, de deshacer el daño que había causado.

—Mira —continuó Tristan—, vamos a resolver al menos lo que tenemos entre manos. ¿Por dónde cruzasteis?

—Por el sitio en el que morí —respondió Jack.

—¿Y dónde fue eso? —La voz de Tristan era afilada y mordaz, lo que hizo que Susanna se estremeciera.

—Un callejón en un pequeño pueblo que hay entre aquí y Glasgow —intervino, preocupada de que Jack dijera algo grosero.

—Denny —murmuró Jack.

—Vale. No está muy lejos. Veamos si podemos percibir a algún espectro. —Una vez más, le tendió las manos, y, de nuevo, Susanna se quedó mirándolas.

Era todo lo que había deseado (deslizar las palmas de las manos sobre las de Tristan, sentir sus dedos entrelazados), pero no así. No cuando la desaprobación de Tristan espesaba tanto el aire que le costaba respirar.

Susanna cerró los ojos y sintió cómo le cosquilleaban las terminaciones nerviosas cuando sus habilidades se vieron amplificadas por las de Tristan. Temiendo lo que iba a hallar, extendió la mano… y, al instante, retrocedió ante el espeso y aceitoso abismo de oscuridad que latía en el borde de su mente.

Abrió los ojos cuando Tristan le soltó las manos, con el rostro blanco como la leche.

—¿Qué pasa? ¿Qué ocurre? —Dylan agarró a Tristan por el codo y este bajó inmediatamente la cabeza para mirarla.

—Definitivamente, los espectros se han abierto paso —dijo.

—¿Espectros? —chilló Dylan—. ¿En plural?

—Un enjambre —susurró Susanna.

—Dijiste que era un callejón —dijo Tristan, y Susanna comprendió lo que estaba pensando.

—Estaba justo en el centro del pueblo —respondió. Deslizó la mano hasta cubrirse la boca con ella—. Si un enjambre ha cruzado por ahí… —Iba a vomitar. Su mente se inundó con las imágenes de la carnicería que podría causar un enjambre en una zona poblada—. ¿Qué he hecho?

Jack solo gruñó en respuesta a esta noticia. ¿Se daba cuenta de que estas muertes eran culpa suya casi con toda seguridad? ¿Le importaba?

—¿Por qué lo hiciste? —preguntó Dylan, y Susanna dejó de prestarle atención a su alma—. ¿Por qué nos has seguido hasta aquí?

—Yo… —Susanna miró cómo la mano de Dylan rodeaba el brazo de Tristan, cómo el cuerpo de él se había girado inconscientemente hacia ella. No podía hacerlo, no podía darles voz a los sueños secretos que había creado. No cuando estos se estaban derrumbando a su alrededor—. He cometido un error.

—Sí, pero…

—Dylan. —Tristan la silenció dándole un toque en la mejilla con el pulgar—. No importa, ya está hecho.

Le dirigió una mirada sombría y pensativa a Susanna. Esta se preguntó si había adivinado sus motivos y agachó la cabeza, incapaz de sostenerle la mirada.

—Tristan, ¿qué vamos a hacer? —preguntó Dylan en voz baja—. El Inquisidor viene mañana.

—Tenemos que solucionarlo esta noche —respondió.

Susanna hizo un pequeño gesto con la cabeza para que supiera que estaba de acuerdo con el plan. Tristan le dedicó una pequeña sonrisa, pero ella sabía que eso no cambiaba las cosas. No la absolvía.

—Será más fácil lidiar con el agujero del velo mientras esté oscuro —dijo el chico—. Sobre todo, si es en un lugar público.

—Pero los espectros —le recordó Dylan—, ¿no serán más peligrosos por la noche?

—Tendremos que esperar a que se haga de día para enfrentarnos a ellos —convino Tristan.

—Es el tercer día, Tristan —le volvió a recordar Dylan.

—Lo sé. —Su expresión denotaba preocupación, pero la abrazó más fuerte—. Todo irá bien, te lo prometo. Me encargaré de ello.

Susanna deseó que fuera su cara la que estuviera abrazando, la que estuviera consolando.

Necesitaba que Tristan le dijera que estaba bien. Necesitaba que le dijera que la perdonaba por cómo había utilizado a Jack, por cómo le había mentido.

No obstante, sabía que no se lo merecía.

CAPÍTULO TREINTA Y DOS

Estaban en una calle larga de pisos y casas adosadas. A juzgar por el estado de las aceras y los coches cutres que bordeaban la calle, no era un barrio acomodado. Dylan observó a un grupo de jóvenes que había fuera de un quiosco. Le recordaban a los idiotas que iban a su instituto, solo que estos chavales parecían muy peligrosos.

—No me gusta este sitio —le susurró a Tristan.

—Lo sé. —Le tomó la mano para reconfortarla, aunque le tranquilizó más el hecho de que no pareciera intimidado por aquella pandilla. Les dio la espalda y miró a Susanna—. Llévanos a donde está la fisura.

Solo tardaron cuatro minutos en llegar, y podrían haberla encontrado sin la guía de Susanna o de Jack. El lugar en el que lo apuñalaron seguía estando lleno de cinta policial. Habían acordonado todo el tramo de acera que rodeaba el callejón y un poco de la carretera.

—Aquí es —gruñó Jack con el labio fruncido. Se acercó un paso más, y la rabia encendió un fuego en sus ojos, el cual no tardó en convertirse en alarma.

Susanna jadeó cuando el chico retrocedió varios pasos mientras se agarraba el pecho.

—No te acerques demasiado —le murmuró Tristan, aunque no parecía estar muy preocupado.

Dylan sabía que se cumplirían las exigencias del Inquisidor si el alma de Jack volvía al páramo.

—¿Sientes algo? —Tristan le dio un apretón a la mano de Dylan; ella sabía que le incomodaba que estuviera tan cerca de cualquier tipo de apertura al mundo de los muertos.

Dylan esperó un momento y luego negó con la cabeza.

—Nada.

—¿De verdad? —Tristan sonó sorprendido—. Debe de ser porque no es tu páramo. —Se animó—. Eso es bueno. —Se quitó la mochila del hombro, que habían recargado a toda prisa, ya que el Homebase más cercano cerraba por la noche, y miró a Susanna—. Nosotros nos ocuparemos de esto. Tú y Jack podéis vigilar a los espectros, explorar el lugar para ver si sientes que hay alguno cerca.

—Puedo ayudarte —dijo Susanna con un tono de voz débil. Miró a Jack y luego dirigió unos ojos suplicantes a Tristan—. Ya lo hice la última vez.

—Dylan puede ayudarme —replicó Tristan—. Ella sabe qué hacer.

—Pero la última vez… —empezó Susanna, y Dylan se sintió avergonzada. La última vez Dylan no tuvo la fuerza suficiente para tirar de Tristan y que cruzara el velo.

La última vez, si Susanna no hubiera aparecido, lo habría perdido.

—Quizá Susanna debería…

—No. —Tristan se volvió hacia ella con una expresión inflexible—. Solo te necesito a ti.

A Dylan se le cortó la respiración y la felicidad se expandió en su pecho, aunque sabía que Tristan solo hablaba de cerrar la fisura del velo. Sin embargo, Susanna parecía afectada, como si también les hubiera sacado un doble significado a aquellas palabras. Bien.

—Vamos, Susanna —llamó Jack, rompiendo el incómodo silencio—. Vamos a vigilar a los espectros de las narices.

Tras lanzar una pesada mirada a Tristan, Susanna se apresuró a seguir a Jack.

—Vaya —murmuró Dylan cuando se hubieron alejado más del camino—. No pegan ni con cola.

—No —coincidió Tristan—. Él no es la clase de alma adecuada para ella, no deberían habérselo dado nunca para que fuera su guía.

—¿Y por qué ella? —se preguntó Dylan.

—Bueno. —Tristan dejó caer la mochila al suelo y se puso a rebuscar en su interior—. Probablemente porque el barquero que debería haber sido su guía no estaba allí.

A Dylan se le cortó la respiración.

—Quieres decir…

—Sí. Estoy seguro de que habría sido la mía. —Se sorbió la nariz y sacó de un tirón la cuerda que les serviría para atarse—. Así que ese es otro motivo por el que tenemos que ayudarlos.

—De acuerdo. —Dylan hizo una pausa, con la mente todavía en Susanna—. Sigo sin entender… ¿Por qué no nos lo dijo antes? Vio lo que estábamos haciendo y vino con nosotros a cazar a los espectros, por el amor de Dios. ¿Por qué no dijo nada?

—No lo sé. —Tristan negó con la cabeza, mirando la cuerda. Apretó los dientes, con la mandíbula tensa—. No sé por qué me mintió. Nos conocemos desde hace tanto tiempo que supuse… Quiero decir, cuando dijo que nos vio salir a los dos, supuse que nos había seguido. —Sacudió la cabeza con rabia—. Ni siquiera se me ocurrió que se diera cuenta de cómo lo hicimos. Ni siquiera *yo* estoy seguro de cómo lo hicimos. Pero debería haberlo comprobado. Debería haberle hecho más preguntas. Menuda estupidez. ¡Dios!

Dylan observó cómo se ataba la cuerda alrededor de la cintura antes de fruncir el ceño. Había algo en torno a su enfado por haberle mentido que la tranquilizó, pero seguía sin estar satisfecha con los motivos de Susanna.

Miró a su alrededor. Si bien la calle no estaba muy concurrida, había coches que pasaban a intervalos regulares y podía ver a un puñado de personas dando una vuelta. Ninguna estaba cerca, pero, si ella podía verlas, también podían verla a ella. Y a Tristan.

Parecían adolescentes en la oscuridad de un callejón que no estaban tramando nada bueno.

—¿Piensas hacerlo ahora? —preguntó Dylan, insegura—. ¡Podría verlo cualquiera!

—Nos queda una noche solamente. El Inquisidor viene mañana, y no sabemos cuándo.

Dylan cerró la boca de golpe.

—Sé lo que estoy haciendo —prometió—. No tardaré mucho.

—Tristan —dijo Dylan mientras volvía a analizar el callejón—. ¿Estás seguro de que va a funcionar? Esta vez no hay ningún techo que se derrumbe.

—Lo sé —respondió—. Pero los muros están más juntos, tengo la esperanza de que se derrumben.

—¿Y si no?

—No lo sé. Esperemos que funcione y ahorrémonos las preocupaciones hasta que ocurra lo contrario.

Pasó por debajo del cordón policial para atar el otro extremo de la cuerda a una farola y luego, tras volver a agacharse para pasar por la cinta, se echó la mochila al hombro.

—¡Espera! —gritó Dylan, y se detuvo antes de que tuviera la oportunidad siquiera de dar el primer paso. Corrió hacia delante a toda velocidad y lo abrazó, rodeándolo de forma incómoda debido a la abultada mochila.

—Todo va a ir bien, Dylan. —Tristan le sonrió—. Recuerda. —Señaló detrás de él—. De todas formas, los espectros no suelen acercarse tanto al velo.

Eso la tranquilizó solo un poco, dada la última vez, pero dejó que Tristan se fuera. Este le dedicó una breve sonrisa y le pasó el dorso de la mano por la mejilla izquierda antes de adentrarse en el callejón… y desaparecer.

Dylan se quedó mirando el lugar en el que se había desvanecido, la cuerda que parecía extenderse hacia la nada. Como alguien lo viera…

Le dio la espalda al callejón y observó la calle. Era tan sospechoso que podían pillarles con facilidad. El tráfico circulaba a pocos metros. El grupo de chavales que merodeaban junto a la tienda seguía allí. Al otro lado de la calle, una jubilada estaba asomada a una ventana y la miraba. Desconcertada, Dylan sonrió, pero eso solo hizo que el rostro de la anciana se agriara aún más y bajara la persiana con un chasquido. Se mordió el labio con ansiedad. Esperaba que la anciana no llamara a la policía y la denunciara por estar violando el escenario del crimen.

¿Cómo se suponía que iban a explicarse?

—Date prisa, Tristan.

No obstante, sabía que no iba a reaparecer pronto. Acababa de cruzar, y era una operación bastante complicada.

Inquieta, miró su reloj. Eran poco más de las diez de la noche. Le hubiera gustado comprobar la hora cuando Tristan entró, pero ya era demasiado tarde para arreglarlo. Se había ido hacía cinco minutos, tal vez. ¿O menos incluso?

¿Cuánto tardó en el túnel? Dylan no tenía ni idea. Le había parecido una eternidad. Y luego empezaron los tirones y la cuerda sacudiéndose, y no pensó en otra cosa que no fuera en hacer que Tristan volviera a atravesar el portal.

La cuerda de Tristan seguía descansando relajada y sin tensión en el suelo; hasta ahí todo bien. Tomó una bocanada de aire y volvió a vigilar la calle. La pequeña pandilla se había separado y tres muchachos se dirigían hacia ella.

Estupendo.

Caminaron hasta la acera con mucho desparpajo y confianza. Dylan pensó en lo encantada que estaría Cheryl si se encontrara en su situación. Eran el tipo de idiotas por los que ella babeaba. El tipo de chicos que Dylan intentaba evitar. Sobre todo, en momentos de vida o muerte como este.

Obviamente la habían registrado en su radar. Una adolescente, sola por la noche; estaba claro que no era de por aquí. Dylan era consciente de que probablemente parecería tan incómoda como se sentía.

El blanco perfecto, en otras palabras.

Reprimió el impulso de huir. De alejarlos de Tristan. Tenía que estar aquí, justo *aquí*, por si acaso tuviera que arrastrarlo de vuelta para ponerlo a salvo.

Mierda.

—Date prisa, Tristan —murmuró de nuevo en voz baja, balanceándose ligeramente sobre los talones con agitación mientras intentaba hacer que reapareciera en el callejón—. Vamos.

Nada aún, la cuerda seguía floja. Sin embargo, una carcajada hizo que volviera a girar la cabeza. Dios, se estaban acercando. No podían seguir caminando por este lado, ya que la acera estaba bloqueada. Y ellos lo sabían, lo que significaba que se dirigían hacia ella.

Por segunda vez ese día, sintió que tenía que buscar un arma. No obstante, no tenía nada a mano, a no ser que los estrangulara con la cinta policial. Tendría que limitarse a hablar con ellos, mantener la paz, y luego, cuando Tristan apareciera de la nada…

—Me cago en todo —dijo en voz baja, tratando de evitar sus miradas. Quince metros. Diez.

Dios mío. Dios mío. Dios mío.

—¡Hola, preciosa! —Uno de ellos, un chico delgado y pálido de unos diecisiete años que tenía un piercing en la oreja derecha, le sonrió. No era una sonrisa amistosa. Era más la clase de sonrisa que un gato le mostraría a un ratón justo antes de comérselo—. ¿Estás sola?

Dylan abrió la boca para negarlo, aunque en ese momento era técnicamente cierto, pero no le salió nada. Y menos mal, porque una mano le apretó el hombro.

—¿Estás bien, Dyl?

¿Dyl? ¿Desde cuándo era Dyl? No obstante, no lo cuestionó, porque los tres matones que tenía delante parecían de repente un poco menos seguros, un poco recelosos.

—Sí —respondió, e intentó sonar como si lo dijera en serio. A su espalda, podía sentir a Tristan forcejeando con la cuerda. Se sacudía bruscamente contra el nudo, tratando de deshacerlo antes de…

Oh.

Un ruido estalló detrás de ella. Una ola de calor le chamuscó los oídos. Tristan se impulsó *hacia* los chicos y la sujetó con firmeza.

Los tres matones que estaban frente a ella tenían expresiones idénticas (histéricas) de conmoción y asombro. Tropezaron hacia atrás.

—¡Joder! ¿Habéis visto eso?

—¡El callejón acaba de explotar!

Una vez que se recuperaron de su incredulidad inicial, pasaron junto a Tristan y a Dylan, decididos a descubrir el origen de la explosión.

Al mismo tiempo, Tristan empezó a alejarla del callejón.

—¡Espera! —siseó ella—. La mochila.

—No tiene nada importante. Déjala.

—La policía podría…

—No tiene nada en ella que nos identifique —aseguró—. Vámonos.

En cuanto estuvieron fuera del campo visual de cualquier testigo que hubiera en la calle, Tristan echó a correr, arrastrando a Dylan con él. Ella le siguió el ritmo todo lo que pudo antes de verse obligada a parar.

—Dame un segundo —suplicó—. Dios, estoy en muy baja forma.

—Vamos, Dylan. Camina al menos.

Jadeando, con el aire frío clavándosele como cuchillos en los pulmones, Dylan se obligó a medio trotar, cojeando.

—¿Y ahora qué? —le preguntó a Tristan.

—Ahora —dijo mientras cerraba los ojos para concentrarse—, encontramos a Susanna… y a los espectros.

CAPÍTULO TREINTA Y TRES

—¿Qué se siente? —preguntó Jack. Era la primera vez que mostraba interés en todo el tiempo que Susanna llevaba con él. Extrañamente, eso le hizo sonreír, al igual que la sensación de que Tristan se estaba acercando, lo que debía significar que él y Dylan habían tenido éxito.

—Es como una sensación pegajosa y aceitosa que te agarra. Cuanto más nos acercamos, más fuerte es. Estamos lo suficientemente cerca como para poder sentirlos por mi cuenta. —Llevaban menos de diez minutos caminando desde que habían dejado atrás a Tristan y a Dylan.

—¿Sentirlos?

—Sí, parece que hay más de uno. Muchos más.

—¿Y están pasando el tiempo en Denny?

—Tiene sentido —dijo, e hizo una mueca mientras miraba la calle—. Los espectros no se han ido demasiado lejos. ¿Por qué lo harían cuando aquí hay tanta carne fresca?

Jack hizo una mueca, y Susanna supo que era porque se había referido a las personas como «carne fresca». Pero eso era lo que hacían los espectros; eso eran, al fin y al cabo: almas caníbales. Por lo general, Susanna trataba de no pensar en ello. Especialmente cuando, en un futuro muy cercano, estaba a punto de enfrentarse a uno. O a muchos. Les iba a costar la vida lidiar con ellos, incluso siendo cuatro —y dos de ellos barqueros—, y no tenía ni idea de cómo iban a hacerlo sin que ningún testigo viera algo que no debía.

Esperaba que Tristan tuviera una idea al respecto, porque ella no la tenía.

Dios, pensó por enésima vez, esto no estaba saliendo *para nada* como había planeado.

Tristan y ella estaban destinados a explorar este nuevo mundo. Juntos. Estaban destinados a liberarse de su anterior vida, su anterior obligación. Liberarse para simplemente *ser*.

En lugar de eso, seguía atrapada con Jack, y Tristan solo la ayudaba porque necesitaba limpiar el desastre que había hecho. No por ella, sino para que *Dylan* estuviera a salvo. El alma a la que estaba feliz de estar atado. Había atravesado el velo, el mundo real, para estar con *ella*, para que ella pudiera vivir su vida y él pudiera vivirla con ella. ¡Susanna era tan estúpida!

¿Acaso había un lugar para ella aquí? ¿*Cualquier* clase de lugar, aunque fuera solo como amiga de Tristan? No podía volver al páramo, volver a transportar un alma tras otra. Ni hablar.

—De acuerdo. —Jack la sacó de su fiesta de autocompasión—. ¿Qué hacemos?

—Ya casi hemos llegado, estoy segura. Ya veremos cómo atacar cuando lleguen Tristan y Dylan. —Susanna se pasó la mano por las mejillas y sintió alivio al ver que estaban secas—. Solo… ten cuidado ahora que está oscuro. Busca lugares protegidos que den mal rollo.

—¿Como el búnker?

—Algo así. —Susanna asintió con la cabeza—. Pero un poco más grande. Y ¿Jack? Ten cuidado. Cada vez que te alejas de las farolas eres más vulnerable. No les gusta la luz.

Comprobaron la hilera de garajes que recorría la parte trasera de la terraza, y luego levantaron las tapas de todos los contenedores con cautela. Susanna incluso se coló en un apartamento abandonado situado en una planta baja, lo que molestó a un vagabundo y a una camada de gatos.

Nada. Sin Tristan, Susanna se sentía desorientada. Podía notar que la presencia de los espectros era cada vez más fuerte, pero le era imposible localizarlos por sí misma con tanta facilidad. No era tan sensible ni tan fuerte como cuando estaban los dos juntos.

Estaba empezando a sentir un poco de pánico, cuando oyó a Jack reprimir un grito.

—¡Susanna! —Otro grito ahogado—. ¡Aquí!

Las bolsas llenas de residuos del jardín (la razón por la que Jack se había acercado a echar un segundo vistazo) ocultaban lo que fuera que hubiera encontrado. Las vallas altas de listones que flanqueaban el camino hacían que el espacio fuera más estrecho, más oscuro que el callejón en el que Jack había muerto.

—¿Qué pasa? —preguntó mientras se acercaba.

Un pie. Fue lo primero que vio. Calzaba una bota negra y robusta, y los vaqueros sobrepasaban el tobillo. Otro paso reveló más. La sangre manchaba toda la mitad inferior de la camiseta que llevaba debajo de una chaqueta de cuero. El miedo le agarró a Susanna de la garganta, y debería haber dado un paso atrás, pero tenía que verle la cara. Un paso más, y lo vio.

Tenía los rasgos torcidos, como si hubiera agonizado al morir. Y todo por su culpa. A Susanna se le revolvió el estómago. Estaba a punto de vomitar.

—Mira esto —dijo Jack, que estaba agachado y se inclinaba sobre el cuerpo—. Parece que alguien le ha hecho un agujero en la cintura. Alguien con un puño enorme.

—Eso es lo que hacen los espectros. En el páramo no causan este tipo de daño. Aquí…

—Mierda —maldijo Jack en voz baja. Levantó la vista hacia Susanna y, por una vez, no vio al adolescente malhumorado y engreído mirándola. Estaba pálido, y una capa de sudor causado por los nervios le brillaba en el labio superior.

—Lo más probable es que haya más —advirtió Susanna—. Esto es comida para un solo espectro.

Eso hizo que Jack palideciera de nuevo.

—Vamos —dijo Susanna, que, extrañamente, se sintió como si hubiera tomado un poco el control—. Ya no podemos hacer nada por él.

Salió al camino principal y se asomó a la valla, a la casa de al lado. No vio que hubiera ningún rostro mirándola.

No obstante, vio algo mucho más perturbador.

Salpicaduras de sangre. La habitación no estaba bien iluminada, pero distinguió el rojo que rociaba la pared beis. En silencio, subió los escalones de la casa y empujó la puerta de entrada, la cual ya estaba entreabierta. En el interior reinaba el silencio.

Más salpicaduras de sangre decoraban el pasillo. Eso, y un cuerpo. Al igual que el cuerpo del callejón, este hombre parecía haber tenido una muerte horrible y dolorosa. Esta vez, fue mucho más fácil ver las heridas que lo habían matado.

Debía haber ocurrido hacía tan poco que no los habían encontrado aún.

Jack entró en la casa detrás de ella, y sus pasos resonaron en las tablas desnudas del suelo. Pasó junto a Susanna, congelada en el pasillo, y se dirigió hacia el interior de la casa.

—Hay más —informó—. Calculo que tres, tal vez cuatro cuerpos.

Susanna cerró los ojos durante un breve momento, horrorizada. Toda esta muerte, todo por su culpa. Porque había querido algo que parecía tan simple, tan pequeño.

Solo quería una oportunidad de vivir.

—Susanna, tienes que venir a ver esto. —La voz de Jack llegó desde el interior de la casa. Lo dijo en un tono bajo, firme, pero tenso.

Había encontrado algo.

No quería entrar allí. Era lo último que quería. No obstante, se movió, un pie delante del otro. Con el rabillo del ojo observó la habitación que le había llamado la atención por primera vez, el salón que estaba iluminado por una lámpara. No miró a propósito, no giró la cabeza hacia él ni un mísero centímetro, pero seguía siendo consciente de la carnicería que había dentro.

—¿Susanna? —Su voz sonó más cerca. Susanna la siguió hasta llegar a una habitación situada en la parte de atrás. Jack estaba arrodillado junto a una silla caída, con la mano en el suelo trazando una línea en las tablas.

En su cabeza, el sentido que le permitía detectar a los espectros se disparó como fuegos artificiales. Sin embargo, ya no era necesario. Miró a Jack, que tenía la cabeza inclinada hacia el suelo.

—Sé dónde están los espectros. Escucha.

Capítulo treinta y cuatro

—¿Nido? —susurró Dylan—. ¿Qué quieres decir con nido?

Los espectros, probablemente adormecidos a raíz del festín, se habían refugiado en el sótano. Para cuando llegaron Tristan y Dylan, Susanna y Jack habían descubierto tres entradas al espacio subterráneo: la trampilla del comedor, una ventana estrecha situada en la parte trasera del edificio y una puerta en el lateral. La trampilla estaba atornillada, y la ventana era pequeña, estaba rota y tenía un trapo metido en el agujero a modo de solución rápida.

Solo quedaba la puerta.

También estaba cerrada con llave, pero tanto la puerta como el marco de madera estaban podridos e hinchados por la humedad, y Tristan pensó que podría forzarla con poco esfuerzo.

No había amanecido del todo, pero el cielo se había aclarado lo suficiente como para que pudieran ver en el sombrío jardín trasero, y Tristan no quería esperar más.

—¿Qué hacemos entonces? —Dylan vio cómo Jack miraba a Tristan en busca de una respuesta, tras lo que decidió que lo más seguro era que Tristan tuviera razón. Debería haber sido el barquero de Jack. Lo habría sido, si hubiera estado todavía en el páramo.

—¿Tristan? —inquirió Susanna, quien también estaba poniendo toda la responsabilidad sobre los hombros de él.

Sin prestar atención, Tristan le dio una patada a la puerta de madera. Un coro de gruñidos retumbó a través del estrecho hueco que había entre la puerta y el marco. Si bien Dylan no tenía experiencia como para juzgar, parecía que ahí había muchos espectros escondidos.

—Fuego —dijo por fin Tristan—. Provocaremos un incendio. Los quemaremos en su nido.

—¿Un incendio? —repitió Dylan. Se mordió el labio. Alzó la vista hacia la casa, hacia los cuerpos que había dentro. Susanna les había descrito lo que habían encontrado en el interior, y Tristan entró a mirarlo por sí mismo. Cuando volvió a salir, su cara le dijo a Dylan que no hacía falta que lo viera.

Aun así, no parecía del todo correcto encender una pira funeraria debajo de ellos antes de que nadie supiera que estaban muertos, pues debían de tener familia y amigos. Si quemaban todo hasta reducirlo a cenizas, ¿podría alguien identificar los cuerpos?

—Tristan…

—Lo sé —contestó en voz baja—. Pero ya no están, las llamas no pueden hacerles daño. Además, tampoco es que la policía vaya a ser capaz de investigar estos asesinatos, ¿verdad?

Era complicado rebatirlo. La policía podría buscar e interrogar durante el resto de sus vidas y ni siquiera se acercaría a la verdad.

—¿Estás seguro de que va a funcionar? —preguntó—. ¿Quemarlos?

—En el páramo, no. Pero aquí son como Susanna y como yo. Son más sólidos. Funcionará. Estarán adormilados después del festín que se han dado, y podemos intentar retenerlos ahí hasta que el daño esté hecho. Si se escapan, esperemos que al menos se hayan debilitado lo suficiente como para que podamos acabar con ellos.

—De acuerdo.

—Manos a la obra —añadió Jack. Por su parte, no parecía molestarle la idea de provocar un incendio. Mientras lo miraba, Dylan supuso que lo más probable era que no fuera el primero que ocasionaba en su vida.

En la calle llena de basura y en los jardines de alrededor, Jack y Tristan encontraron tantas cosas que podían arder como les fue posible, incluida una botella con líquido inflamable. Utilizando la puerta trasera para que nadie en la calle los viera, volvieron a entrar en la casa durante un momento y lo vertieron por la trampilla. Metieron un cuchillo bajo el borde y consiguieron abrirla lo suficiente como para que entrara la boquilla de la pequeña lata.

—No quedaba mucho —dijo Tristan cuando salieron—, pero creo que debería ser suficiente para que el fuego ardiera con fuerza.

—¿Ahí es cuando entramos nosotros? —preguntó Dylan cuando se puso de pie. Tristan asintió—. Muy bien.

Volvieron al patio trasero para buscar cualquier elemento que pudieran utilizar como arma. El jardín no era gran cosa, pero al menos parecía ser un vertedero de chatarra.

—Ten. —Tristan acabó seleccionando una pala y una palanca oxidada. Intentó entregarle a Dylan la pala—. Quiero que te coloques junto a la ventana. No creo que ninguno intente salir por ahí, pero si lo hacen, golpéalos.

Dylan mantuvo las manos a los costados.

—Prefiero la palanca.

—Es más fácil golpear algo con la pala —señaló.

—Parece pesada.

Tristan cambió la posición de las manos para agarrar la pala de otra forma y la hizo rebotar un par de veces. Acto seguido, le pasó a Dylan la palanca.

—No falles.

Jack tenía un trozo de madera dentado que blandía como si fuera un bate de béisbol, y Susanna sostenía una botella de vidrio rota en cada mano.

Antes de que Dylan hiciera algo más que poner las piernas firmes, Tristan ya había prendido un trapo. Le dio unos segundos preciosos para que crecieran las llamas antes de tirar del borde de la puerta con todas sus fuerzas. Tal y como había sospechado, se soltó y el tornillo del cerrojo se desprendió de la madera húmeda. En el sótano hubo un incremento de silbidos y gruñidos, pero no salió nada.

Tras lanzar el trapo al corazón del sótano, Dylan vio cómo Tristan se detenía y miraba fijamente a través del pequeño hueco. Pensó que lo más probable era que estuviera asegurándose de que el trapo prendiera la gasolina. Debió de hacerlo, porque cerró la puerta de golpe con una expresión de satisfacción impresa en el rostro.

Dylan se concentró en su ventana. Estaba tapada con un paño, pero el cristal estaba roto y los espectros tenían que haber estado entrando y saliendo de alguna manera. Desde luego, no era por la trampilla. Al principio no pasó nada. Entonces, los espectros empezaron a hacer más ruido.

Sisearon. Aullaron. Hubo algunos golpes y lamentos. Dylan miró hacia las casas que daban al jardín, esperando ver cómo unos rostros curiosos la miraban. Todavía no había nada. Cruzó los dedos por un instante, deseando que la gente que había cerca estuviera durmiendo.

Cuando se volvió hacia la ventana, unas volutas de humo se estaban colando por el agujero del cristal. Se retorcieron y desaparecieron al salir al aire libre, pero las siguieron más. En apenas un minuto, el humo se hizo más denso y oscuro. El sótano estaba ardiendo de verdad. Con suerte, los espectros también.

Empezaron a gritar. Sonaba inhumano, pero era lo suficientemente fuerte como para llegar más allá del sótano, más allá del patio. Lo suficientemente fuerte como para despertar a los vecinos.

—Tristan —llamó Dylan. Esto no iba a funcionar. La gente iba a venir a investigar antes de que tuvieran la oportunidad siquiera de terminar. Los arrestarían. Dios, prender fuego a una casa era un incendio provocado, y no era que pudieran explicarse… ni explicar los cadáveres—. ¡Tristan!

Sin embargo, debió de pensar lo mismo. Abandonó el plan de «quemarlos vivos» y abrió la puerta atrofiada de golpe. Dylan sabía que el aire fresco alimentaría las llamas, pero también que les daría a los espectros una vía de escape.

La usaron.

Al cabo de un segundo más o menos, uno salió disparado por la abertura, directo hacia Tristan. Dylan observó cómo este le golpeaba fuerte con la pala y daba en el blanco. El espectro dio vueltas y aterrizó a varios metros de distancia. Tristan ya se había girado, preparado para enfrentarse a la siguiente criatura, la cual estaba saliendo con más cautela, pero, mientras Dylan observaba, el espectro que estaba en el suelo se retorcía sobre la tierra y la grava. No estaba muerto.

Antes de que Dylan pudiera gritar una advertencia, Jack ya estaba allí. Con un cruel golpe hacia abajo, partió al espectro por la mitad.

—¡Dylan! —El grito de Tristan hizo que levantara la vista, pero no la estaba mirando a ella, sino a la ventana. Dylan también miró en esa dirección y vio cómo un espectro se colaba por el hueco del cristal. Siseaba y se agitaba mientras luchaba por pasar.

—¡Lo tengo!

En tres pasos estaba ya allí. El primer golpe falló, y la palanca dio contra el ladrillo que había justo debajo del marco de la ventana, lo que hizo que varias ondas de choque le recorrieran los brazos, pero el segundo intento dio en el blanco. Hizo uso de todo su peso para asestar el golpe, pero el espectro no murió. Tuvo que golpearlo una y otra vez. En el último impacto, alcanzó tanto el borde de la ventana como el espectro. Fue suficiente para acabar con la criatura maligna, pero también hizo añicos lo que quedaba de cristal. La tela se soltó y salió un humo negro.

Así como un espectro. Dos. Tres.

Ocultos entre las espirales acres del cielo previo al amanecer, volaron sobre Dylan. Cuando se giró para enfrentarse al primero, este estaba lo suficientemente cerca como para que pudiera verle las garras afiladas y los ojos negros. Hubiera gritado, pero no había tiempo. En vez de eso, levantó la palanca tan rápido como pudo. Faltó poco para sacarse un ojo, pero consiguió alejar al espectro lo suficiente como para poder trazar un arco con la herramienta metálica. Lo golpeó tan fuerte como pudo, y supo que estaba muerto incluso antes de que cayera al suelo.

El sonido del cristal rompiéndosele justo en la oreja izquierda hizo que se agachara y gritara.

—Está bien —jadeó Susanna, utilizando los restos mellados de una de sus botellas de vidrio para destrozar a otro espectro a la altura de la cadera—. Lo tengo.

—¿Dónde está el otro? —preguntó Dylan.

—Lo ha matado Tristan —respondió Susanna.

Sin aliento y con el corazón palpitándole en una mezcla embriagadora de adrenalina y miedo, Dylan se secó el sudor de la frente y miró a su alrededor. El fuego ya se había vuelto evidente. El humo salía de las ventanas de la planta baja y del pequeño sótano que tenía delante. Las llamas brotaban de la puerta donde estaba Tristan. Se les había acabado el tiempo; si se quedaban aquí más rato, los descubrirían.

Tristan pareció llegar a esa conclusión en ese mismo instante. Dejó la pala y se giró para mirar al resto.

—Ya están todos. —Miró a Susanna, que asintió para confirmarlo—. Tenemos que salir de aquí.

Los espectros que habían despachado se estaban disolviendo hasta convertirse en un vapor que se alzaba y sumaba al humo más espeso y acre que salía de todas las grietas del edificio. Tristan cerró la puerta del sótano como pudo y, con pasos rápidos y decididos, se situó junto a Dylan.

—Vamos.

En vez de ir por el camino que rodeaba el edificio, Tristan hizo que saltaran la valla del vecino y que cruzaran su jardín, de manera que los cuatro salieron a la calle a una casa de distancia del incendio y a dos casas del cadáver que había en el estrecho camino. Al instante, Tristan empezó a caminar en dirección contraria con la cabeza gacha y pasos rápidos y con Jack solo un paso por detrás, pero Dylan no pudo resistirse a echar una rápida mirada. Susanna también se detuvo a su lado.

Una multitud se había reunido en la carretera. Algunos de ellos, todavía en pijama, merodeaban cerca de la casa, señalando el humo que se escapaba. Mientras seguía con la mirada puesta en la escena, uno de los miembros de la multitud se giró para mirarlos. Dylan desvió la cabeza de inmediato, ya que no quería que esa persona recordara su cara.

—¿Deberíamos correr? —preguntó Dylan, que trotó un poco hasta alcanzar a Tristan y a Jack. Todavía estaban demasiado cerca de la escena del delito (*delitos,* ahora que habían provocado un incendio) para su gusto.

—No —respondió Tristan, y la sujetó de la mano para que no cediera a la tentación.

—Solo te hace parecer culpable —convino Jack.

Dylan supuso que él sabría de lo que hablaba.

Por favor, pensó Dylan, mientras se alejaban a toda prisa, *por favor, que eso sea todo*. Estaba harta de las almas, de los barqueros extra, de los espectros, de los Inquisidores y de los agujeros que llevaban a otros mundos.

No más emociones, no más calamidades. Lo único que quería era tener una vida agradable y normal junto con el ser de otro mundo al que convenció para que volviera con ella después de haber muerto en un accidente de tren. ¿De verdad era mucho pedir?

Capítulo treinta y cinco

Catorce pasos. Veintisiete segundos.

Ese fue el tiempo que Susanna tuvo para esperar a que todo saliera bien.

Jack y Dylan parecían no darse cuenta de que algo iba mal, pero, a su lado, Tristan se quedó quieto. Al principio pensó que él también había sentido esa extraña sensación de peligro, de amenaza. La sensación de estar siendo observado por unos ojos descontentos. No obstante, un momento después se dio cuenta de que estaba congelada en el sitio, incapaz de mover los pies. Mover los brazos era como intentar abrirse paso por cemento, pero lo consiguió. Extendió la mano y agarró el brazo de Tristan.

—¿Qué está pasando? —jadeó.

—Está aquí.

—¿Quién? —En ese momento, lo comprendió—. ¿El Inquisidor?

Tristan logró asentir.

De repente, el lejano resplandor del fuego fue eclipsado por una fría luz blanca.

Al instante, Dylan estuvo junto a Tristan con todo el cuerpo presionado contra el suyo. Estaba mirando la calle en busca del Inquisidor y, al ver su postura firme y la determinación de su mandíbula,

Susanna se dio cuenta de que se estaba preparando para defender a Tristan.

En lugar de esconderse detrás de él en busca de protección, estaba tratando de proteger a su barquero.

Asombrada, Susanna buscó a Jack. Este estaba mirando a su alrededor con las manos cerradas en puños a la defensiva. Paso a paso, con cautela, se iba alejando de los tres. Susanna se dio cuenta de que los abandonaría si pudiera.

Tan pronto como tuvo ese pensamiento, sintió un dolor punzante en el estómago. Y vio que Jack se cubría la parte inferior del abdomen con ambas manos. Gotas de sangre se filtraron entre sus dedos.

—Jack —siseó a través del dolor—. Acércate.

No quería, se notaba que no quería, pero era evidente que le dolía tanto como a ella. Con cada paso que daba en su dirección disminuía la agonía, y pronto aligeró la marcha. Susanna no respiró del todo hasta que estuvo a su lado.

—¿Qué cojones está pasando? —espetó.

Sin embargo, no le dio tiempo a responder, ya que de repente el Inquisidor se plantó ante ellos. De un parpadeo al siguiente, llenó la visión de Susanna.

—Barquera. —El ser habló con los ojos clavados en ella. No había duda de a quién se dirigía—. ¿Sabes quién soy?

Aterrorizada, Susanna logró asentir con dificultad. Tristan le había dicho que el Inquisidor tenía poderes, que podía congelarle los músculos, robarle la voluntad… Pero saberlo no se parecía en nada a sentirlo. El ser se giró brevemente para lanzarle una mirada a Tristan. Susanna tuvo un segundo de respiro antes de volver a estar en el punto de mira.

—Barquera, has errado en tus deberes.

Susanna abrió la boca, pero no salió ningún sonido.

—No has cumplido con tu principal responsabilidad, entregar el alma que te habían asignado al reino del más allá; y, lo que es peor, permitiste que esa alma regresara a su cuerpo y al mundo real.

CLAIRE MCFALL • 267

Las palabras carecían de sentimiento, de pasión. Como si el Inquisidor estuviera leyendo un guion, rimando las normas sacadas de un libro de reglas.

—Te fuiste del páramo, abandonando tu puesto y tu deber sagrado. Has intentado presentarte como humana, un derecho que no te ha sido otorgado. Has permitido que el mal se colase en este mundo, lo que ha provocado la muerte de almas antes de tiempo. —El Inquisidor hizo una pausa, y Susanna sintió cómo el calor de su mirada ardía de manera dolorosa—. Has causado el asesinato de inocentes. La sangre que se ha derramado te mancha las manos.

Si bien sabía que el Inquisidor hablaba metafóricamente, Susanna miró hacia abajo, esperando ver la sustancia espesa y viscosa salpicándole las palmas.

Lo único que vio fue su piel pálida e inmaculada hasta que los dedos de Jack, de piel áspera y uñas desafiladas, le rodearon los huesos delgados de la muñeca. Tiró de ella.

—No sé qué coño está pasando —le siseó al oído—, ¡pero vámonos!

Por primera vez, Susanna estaba de acuerdo con él. El problema era que no podía. Sus pies estaban pegados al suelo, sus músculos no respondían. Gritó cuando la articulación de su hombro se tensó y amenazó con estallar bajo la presión que ejercían los tirones de Jack.

—¡Pienso irme sin ti! —la amenazó—. ¡Lo digo en serio! Me voy sin ti.

Susanna volvió a mirar al Inquisidor, que la observaba impasible. Despreocupado.

—No puedes —le dijo a Jack mientras se giraba hacia él—. Morirás. Ambos lo haremos.

Eso hizo que perdiera fuerza. Le soltó la muñeca y Susanna se volvió hacia el Inquisidor.

—Barquera —entonó, como si las amenazas de Jack no tuvieran importancia—. Has escuchado tus crímenes. ¿Tienes algo que decir antes de que se dicte tu sentencia?

¿Sentencia? Susanna rebuscó en su mente en busca de una defensa factible. No encontró nada. Lo único que le quedaba por ofrecer era la verdad.

—Solo quería vivir —le respondió al Inquisidor—. Lo siento, yo… —Tragó saliva y le lanzó una mirada a Tristan. No era justo involucrarlo en su decisión. No cuando podría tener una oportunidad, él y su alma—. Solo quería vivir.

El Inquisidor la observó con aquellos ojos brillantes que nunca parecían parpadear. El tiempo se alargó de una manera dolorosa, el sonido del mundo que la rodeaba se diluyó hasta que apenas oyó a Jack sisearle su nombre una y otra vez en el oído.

—Eres culpable.

Susanna sintió un breve instante de alivio cuando la tensión se desvaneció, seguido rápidamente por una oleada de horror mientras esperaba lo que vendría a continuación.

—Pierdes la vida que has robado en este mundo. El mundo de los vivos no puede estar sujeto a los caprichos de los que no son mortales. Serás devuelta al páramo, donde serás castigada.

—¿Castigada?

—A la mierda. —Jack se alejó—. Me voy.

—¡Jack! ¡No! Sabes que no podemos. —Susanna observó con los ojos muy abiertos cómo Jack se alejaba furioso. Avanzó tres metros, luego veinte. A los veinticinco, tropezó. Se agarró el costado. Al mismo tiempo, Susanna sintió el eco del cuchillo que se había clavado en la carne de Jack—. ¡Jack, para!

Fue consciente vagamente de que Dylan también estaba gritando. Diciéndole a Jack que se detuviera. Que volviera. La ignoró como había hecho con Susanna. Tristan, la única persona a la que podría haber escuchado, guardó silencio. Con lágrimas en los ojos a causa del pánico y del dolor, Susanna se volvió hacia el Inquisidor, suplicante.

—¡Por favor! —jadeó—. ¡Haz que pare!

—Has elegido mal tu alma —la amonestó—. Veo el vínculo que os une. Es negro, hecho de codicia y egoísmo. Has hecho que murieran inocentes para poder cumplir tus propios deseos egoístas. No mereces mi piedad ni mi misericordia.

—Por favor —repitió Susanna. Cayó de rodillas.

—No. —El Inquisidor negó con la cabeza—. Volverás al páramo. Volverás a tu puesto. Y agradecerás que te conceda esto en lugar de convertirte en una criatura salvaje.

—¿Qué pasa con Jack, mi alma?

El Inquisidor dirigió su mirada sin pasión hacia Jack, quien seguía intentando arrastrarse e iba dejando un rastro de sangre en el suelo.

—Tu alma ha elegido la muerte —dijo el Inquisidor—. No necesito hacer nada.

En cuanto el Inquisidor pronunció estas palabras, Jack se desplomó. Hizo un valiente intento más por levantarse y se cayó. Su pecho ascendió una, dos, tres veces. Luego se quedó quieto.

El Inquisidor se dirigió de nuevo a Susanna y levantó la mano.

—¡Espera! —Tristan se sacudió como si hubiera intentado dar un paso adelante, aunque, por supuesto, estaba tan atrapado como Susanna—. ¡Dale otra oportunidad! Nos ha ayudado, ha tratado de arreglar…

—Todavía tengo que ocuparme de ti —entonó el Inquisidor—. Harías bien en guardarte tus súplicas.

Tristan abrió la boca como si quisiera discutir más, pero, tras echarle un rápido vistazo a Dylan, que estaba observando la conversación boquiabierta, se calló. Le lanzó una mirada de disculpa a Susanna. Lo entendía. Conocía a Tristan desde hacía mucho, mucho tiempo, pero nunca la había mirado como a Dylan. Ella era su amiga, tal vez. Dylan era su alma gemela.

Con las lágrimas brillándole en las mejillas, Susanna susurró:

—Estoy lista.

Capítulo treinta y seis

Dylan vio cómo Susanna se desvanecía.

Parpadeó, pero no era una ilusión. De un momento a otro, la barquera de ojos y pelo oscuros que estaba ante ella, congelada mientras el Inquisidor dictaba sentencia, pasó a no estar. A lo lejos, Jack yacía inmóvil sobre el asfalto, allí donde se dejó caer. También había desaparecido. Lo único que quedaba era un cascarón vacío.

La lástima surgió en su interior, pero temía demasiado por Tristan y por sí misma como para dejar que se apoderara de ella.

—Bien, barquero. —El Inquisidor dirigió su atención a Tristan.

Dylan sintió que le daba un vuelco al corazón.

—He hecho lo que me pidió —dijo Tristan, adelantándose a lo que fuera que el Inquisidor iba a decir—. Los espectros están muertos y he cerrado las fisuras que daban al páramo, las dos. —El Inquisidor no respondió—. Ese era el trato.

Dylan examinó el rostro del Inquisidor. No expresaba nada. Nada.

—¿Crees que estás en condiciones de hablarme así?

Con cautela, Tristan bajó la mirada. Parecía que había hecho lo correcto, ya que el Inquisidor asintió de forma casi indiscernible.

—Considérate afortunado —le dijo, irradiando desaprobación—. Podría, y debería, condenarte al mismo destino. —Hizo una pausa, pasó la mirada de Tristan a Dylan y viceversa—. El vínculo entre ellos era algo maligno, nacido de la codicia. Lo que hay entre vosotros dos resplandece y es radiante. Brilla, y no seré yo quien lo apague. —Dio un paso amenazante hacia adelante—. Pero, si esto vuelve a suceder, si aparecen otros espectros en este plano, espero que te encargues de ellos.

A su lado, Dylan gimió en voz baja, horrorizada ante la idea, pero Tristan asintió sin vacilar. Después de todo, eso era lo que habían acordado.

—Tú y tu alma no podréis contarles nunca a los demás los conocimientos que poseéis. Si lo hacéis, perderéis vuestras vidas y aquellos a los que se lo hayáis contado también.

Tristan volvió a asentir. Dylan también.

Las amenazas del Inquisidor daban igual; ninguno de los dos le iba a decir nada de esto a otra alma viviente. Jamás.

El Inquisidor inclinó la cabeza.

—Entonces hemos terminado.

El alivio hizo que Dylan se desplomara contra Tristan. Observó cómo el Inquisidor se giraba, sin poder creerse que hubiera terminado. Luego desapareció, y la luz del amanecer pareció oscura.

Tristan se movió de repente y Dylan supo que había recuperado el control de su cuerpo. Lo primero que hizo fue agarrarla con ambas manos y rodearla en un abrazo que podría haberle roto los huesos. Dylan no podía respirar, pero, en lugar de retirarse, le rodeó con los brazos y le apretó más fuerte.

—Somos libres, Dylan.

—Por favor —susurró, con la cara apretada contra la gruesa tela de su jersey, el cual desprendía un olor a humo—. Por favor, ¿podemos irnos ya a casa?

—Sí —respondió Tristan con la voz ronca por la emoción—. Creo que podemos.

Capítulo treinta y siete

Parecía que había pasado mucho tiempo cuando por fin llegaron al edificio de Dylan. El edificio de los dos, supuso Tristan. Ahora vivía aquí.

Tenía un hogar.

Con suerte, seguiría teniéndolo mañana.

Habían tardado horas en volver a Glasgow, silenciosos, afligidos y sin el coche de Jack para transportarse. Y Tristan tenía la sensación de que aún no había terminado. Tras echarle un vistazo a su reloj, vio que era casi mediodía, por lo que habían pasado mucho más de veinticuatro horas desde que se habían ido el día anterior. Los padres de Dylan iban a estar desquiciados. Desquiciados y muy, muy enfadados.

—Vamos —murmuró Dylan a su lado. Estaba tan agotada que se balanceaba sobre los pies—. Terminemos ya con esto.

Le costó dos intentos meter la llave en la cerradura y no fue capaz de conseguir que sus manos colaboraran y funcionaran. Después de que fallara dos veces, Tristan la apartó con cuidado y giró la llave. Prácticamente tuvo subir las escaleras con Dylan en brazos.

—Bueno, esto va a añadir credibilidad a nuestra historia —le dijo Dylan con voz soñolienta cuando llegaron a la puerta principal del apartamento—. Me siento como si estuviera borracha.

Habían intentado idear un plan para explicar por qué habían estado fuera toda una noche. ¿Una fiesta? ¿Un accidente? ¿Un viaje con el coche? Sabían que fuera cual fuere la historia que le contaran, Joan no iba a dejar que se salieran con la suya.

Después de todo lo que habían pasado, todo lo que habían hecho desde la aparición del Inquisidor. A Tristan, algo tan trivial como inventarse una coartada para la madre de Dylan le parecía un sinsentido, pero Dylan tenía razón al estar preocupada. Era el piso de Joan, no el de Dylan. Y por muy madura que le pareciera a Tristan, Dylan era menor. Si Joan lo echaba, la madre de Dylan y las autoridades podían impedir que se fuera con él, y lo harían.

Eso sería una sentencia de muerte.

Salieron al pasillo.

—No, espere un momento, agente. —Oyó que decía la voz de Joan—. Hay alguien.

El padre de Dylan, James, asomó la cabeza al pasillo.

—Son ellos —le informó a Joan. Luego avanzó hacia los chicos.

Era un hombre grande. Era más alto que Tristan y estaba en forma para ser mayor. A medida que se acercaba por el pasillo cual depredador que acecha a su presa, Tristan se preguntó si daría una mejor impresión retrocediendo, como si se sintiera intimidado (y lo estaba, un poco), pero no tenía a dónde ir.

—¡Menudo valor que tienes! —gruñó James—. ¿Dónde demonios estabas?

—Fuera —murmuró Dylan, parpadeando con solemnidad. Parecía no darse cuenta de que su padre no estaba hablando con ella.

—¿Dylan? —La voz de Joan era tensa y firme, aunque no contenía la amenaza de violencia que revelaba la de James. Se precipitó por el pasillo—. ¿Estás bien?

James tomó a Dylan del brazo con suavidad pero con firmeza, y la condujo al salón. Tristan la siguió y se sentó junto a ella cuando su padre la depositó en el sofá.

—¿Dónde has estado? —preguntó esta vez Joan con los brazos cruzados y los ojos entrecerrados.

—Nos fuimos de viaje —respondió Dylan.

—¿De *viaje*? —Las cejas de Joan se alzaron hasta casi desaparecer por debajo del pelo—. Has estado fuera *toda la noche*. ¿Qué clase de quinceañero se va de viaje toda la noche sin decírselo a nadie?

—Pues no lo sé —dijo Dylan, sonando a la perfección como una adolescente enfurruñada. Tristan no sabía si era una actuación o si era real, ya que era muy convincente—. Ha sido algo espontáneo. Lo siento.

—¿Lo siento? —repitió Joan—. ¡Lo siento! —Agitó un brazo en el aire con dramatismo—. Has estado fuera casi *dos días* sin contactar con nadie. Creía que estabas muerta, *otra vez*. Tengo que quedarme en casa *sin trabajar* y he perdido el dinero del turno de hoy, casi nos da algo de la preocupación y ¿lo único que eres capaz de decir es *lo siento*? ¿A dónde has ido? ¿Qué narices estabas haciendo que era tan importante? —Dylan abrió la boca, pero no tuvo la oportunidad de decir nada—. No sé qué te pasa últimamente, jovencita. De hecho, sí que lo sé.

Un cambio de enfoque. Ahora era Tristan el que estaba en el punto de mira.

—Tú. —Joan le señaló con un dedo que perforaba el aire—. Tú. Eso es lo que ha cambiado.

James se situó junto a Joan como una presencia amenazante.

—No sé mucho sobre ti, pero parece que este cambio en Dylan ha ocurrido desde que entraste en escena. —Sus palabras sonaron afiladas—. Está claro que eres mayor que ella, y no conozco tus antecedentes, pero me parece que estás llevando a mi hija por el mal camino.

—¡No es culpa de Tristan! —intervino Dylan—. Fue idea mía, fui yo quien quiso irse de viaje.

—Bien, vale. —James se interpuso entre los dos. Ni Joan ni Dylan parecían impresionadas por su intervención. Impertérrito, se dirigió a Tristan—. Me he dado cuenta de que te mantienes callado. ¿Qué tienes que decir en tu favor?

Tristan le miró fijamente. Mientras que el enfado de Joan había aumentado, el suyo se había calmado.

—Lo siento —comenzó en voz baja. Joan se rio—. James, Joan... Amo a vuestra hija —continuó Tristan—, de verdad. Lo es todo para mí. —Le lanzó una rápida mirada a Joan. Parecía rígida e inflexible.

—Fuera. —La voz de James era tranquila, pero firme.

—¡No! ¡No lo entiendes! —Dylan hizo el intento de tocar a Tristan, pero su padre puso la mano en medio.

—Le hemos dado bastantes oportunidades, Dylan. Está pasando algo raro y eso te está poniendo en peligro. Has sido útil, Tristan, pero has causado demasiadas alteraciones. Ya no te necesitamos bajo el techo de Joan, menos ahora que Dylan se ha recuperado casi por completo.

—Por favor... —empezó Tristan, pero James ya había salido del salón y le había abierto la puerta principal.

—Fuera.

—No lo entiendes, no puedo...

—No me hagas llamar a la policía, hijo. Vete. —James volvió a acercarse a él, lo agarró del hombro y empezó a empujarlo con fuerza hacia el pasillo y le hizo cruzar la puerta del apartamento. Tristan luchó contra el impulso de forcejear con él y redobló sus esfuerzos cuando oyó a Dylan gritarle a su madre.

La opresión en el pecho le golpeó cuando estuvo en el rellano. Los fragmentos de dolor le recorrieron las piernas cuando llegó a lo alto de las escaleras. Intentó mantenerse firme, reacio a ir más allá, consciente de que Dylan estaría sintiendo el mismo dolor... o peor.

—Tristan, no te resistas —le advirtió James mientras obligaba a Tristan a bajar otro escalón con suavidad—. Vete. Ya.

—Por favor, escucha. —Tristan jadeó—. No entiendes lo que le estás haciendo a Dylan. Le estás haciendo daño.

—Lo superará. —Con cuidado, James le empujó para que diera un paso más y se alejara.

No, pensó Tristan. *No lo hará.* Pero las palabras no le salían, le dolía demasiado.

Ya habían estado más lejos el uno del otro, pero nunca así, sabiendo que estaban a punto de separarse de verdad.

—¡Papá! —Dylan salió por la puerta del apartamento y, tambaleándose, caminó hacia su padre—. ¡Para! No puedes hacer esto.

No llegó hasta el final de la escalera. Las piernas le fallaron en el rellano. Las lágrimas le corrían por el rostro y se agarraba la espalda.

—¡Dylan! —exclamó Tristan con voz ronca.

—Mira lo que le estás haciendo —le dijo al oído con voz áspera mientras le sacudía el hombro—. Tan solo vete para que pueda volver a levantarse. —Sin previo aviso, cargó hacia adelante y Tristan tuvo que moverse con él para evitar caerse por todo el tramo de escaleras.

Tres escalones más y ya estaban en el piso de abajo. El grito de agonía de Dylan rasgó el aire.

—La estás matando —dijo Tristan con los dientes apretados.

—Se pondrá bien.

—No.

Incapaz de aguantar más el dolor, Tristan se dejó caer sobre el rellano del primer piso. Irritado, James se colocó sobre él con brusquedad y fue a levantarlo por el brazo.

—¡Tristan!

El chico inclinó la cabeza y vio que Dylan se había acercado a la parte superior de la escalera. La mano que extendió hacia él estaba cubierta de sangre.

—James —suplicó Tristan—, *mira* a tu hija.

James dudó un momento, levantó la vista y jadeó.

—¡Dylan! Quédate ahí, cariño. ¡Te has hecho daño!

—No —murmuró Tristan, desorientado por el dolor—. *Tú* le has hecho daño.

James lo miró a él, a su cuerpo desplomado, y el color abandonó su rostro. Tristan sabía que la sangre que sentía que le estaba empapando la parte trasera de la camiseta debía de estar manchando todo el suelo.

—¿Qué demonios…? —susurró James.

—Te lo dije —dijo Tristan—. No podemos explicarlo. Pero no puedes separarnos. *No puedes.*

Durante varios largos segundos, James se limitó a mantener la mirada fija. Tristan podía oír los suaves sollozos de Dylan procedentes de la planta de arriba. Su padre también debió de escucharlos, porque miró hacia su hija y algo cambió en su expresión.

—Muy bien —dijo con brusquedad—. Muy bien, vamos a subirte primero por las escaleras.

Le costó un poco, ya que las piernas de Tristan no parecían ser capaces de sostenerlo, pero James consiguió subirlo hasta el rellano del segundo piso y colocarlo en el suelo junto a Dylan. Ignorando a James, que se cernía sobre su hija de manera protectora, Tristan la atrajo contra su pecho. Los escalofríos hacían que se estremeciera y estaba pálida como un fantasma.

—No… —James sacudió la cabeza—. ¿Qué está pasando?

—Fue el accidente de tren, papá —admitió Dylan en voz baja—. No soy la misma de antes. Y *necesito* a Tristan.

—Pero…

—No podemos decir nada más —dijo Tristan con firmeza. El Inquisidor había sido claro. Puede que lo poco que habían desvelado ya fuera demasiado.

James suspiró y alzó la mano para pasarse los dedos por el pelo.

—Vamos a llevarte adentro, a curarte las heridas. Joan puede…

—¡No! —Dylan sacudió la cabeza—. No puedes decírselo. Es importante.

—Dylan, estás sangrando.

—Ya no —prometió Tristan. Acto seguido, se dirigió a Dylan—. Enséñaselo.

De forma un tanto incómoda, pues Tristan no soportaba soltarla todavía, Dylan se giró y se levantó la camiseta por la espalda. Tristan sabía lo que James vería bajo el material empapado de sangre: la piel lisa de su espalda, imperfecta únicamente por unas cicatrices tenues y blancas.

—Es imposible —murmuró James.

—¿Lo ves, papá? —inquirió Dylan—. Tenemos que estar juntos. Sé que parece una locura, pero es real.

—¿Qué está pasando aquí? —La repentina aparición de Joan en la puerta del apartamento hizo que los tres dieran un respingo—. ¿Por qué sigue aquí?

—Mamá…

—No te preocupes, Dylan —la interrumpió James—. Yo me encargo de esto.

—¿Encargarte de qué?

—Hemos debatido los tres —respondió James—. Tristan y yo hemos hablado de hombre a hombre y creo que hemos solucionado algunas cosas.

—¿De hombre a hombre? —La voz de Joan denotaba una pizca de mordacidad, pero más que nada sonaba cansada. Agotada por la preocupación. Tristan sintió una punzada de culpabilidad por todo lo que había pasado.

James se aclaró la garganta.

—Creo que ahora nos entendemos el uno al otro. No volverán a faltar a clase y Dylan no estará fuera hasta tarde.

Tristan bajó la barbilla en un asentimiento dócil.

—Sí, señor. —Levantó la cabeza y vio a James mirando a la madre de Dylan con cierta suavidad en el rostro.

—¿Una segunda oportunidad, Joan? —susurró James.

CAPÍTULO TREINTA Y OCHO

—¡No veo lo que están haciendo! —se quejó Dylan.

Volvió a mirar a Tristan. Este estaba recostado en su cama, leyendo su Kindle, y el brillo de la pantalla le iluminaba la cara, pues había hecho que apagara todas las luces.

—Voy a tener que abrir la ventana.

Él no dijo nada, por lo que descorrió el cerrojo y, haciendo el menor ruido posible, deslizó la hoja para abrirla. Se inclinó hacia afuera tanto como pudo y estiró el cuello hasta que la fachada del edificio quedó a la vista. Lo que vio allí la hizo retroceder y saltar sobre la cama.

—¡Puaj!

—¿Qué pasa? —Tristan no alzó la vista de su libro.

—¡Se estaban *besando*!

Siguió leyendo, pero torció los labios en una leve sonrisa.

—Bueno, ¿qué esperabas? Estaban en una cita.

—¡Pero se están besando!

Dándose por vencido, Tristan dejó el Kindle y la miró con ojos risueños. La atrajo hacia él. Entonces, al igual que llevaba haciendo todos los días durante los últimos cuatro meses, le susurró al oído:

—Te quiero.

Y al igual que llevaban haciendo todos los días durante los últimos cuatro meses, esas palabras calentaron a Dylan por dentro y por fuera.

—Yo también te quiero —le contestó—. Antes de que llegaras era tan infeliz. No tenía a nadie, solo quería esconderme. Ahora estoy deseando salir y explorar el mundo contigo. Quiero ver todo, hacer todo, contigo.

—Lo haremos —prometió Tristan—. Ahora tenemos tiempo, tiempo para vivir. —Hubo un brillo en sus ojos—. Aunque de verdad que espero que no quieras experimentar más bailes escolares de esos, porque uno fue suficiente.

—¡Pero si todavía no has ido a un baile de Navidad! —exclamó Dylan—. ¡No puedes perdértelo! ¡No has probado el baile Gay Gordon! ¡Ni el Strip the Willow! ¡Se te daría de lujo el Dashing White Sargeant!

Tristan gimió y Dylan se rio, encantada con sus burlas, con su novio… con su vida. Mirándole fijamente los ojos azul cobalto, bajó la cabeza y lo besó. Los brazos de él la rodearon y la acercaron aún más. Era maravilloso cómo les latía el corazón, vivo.

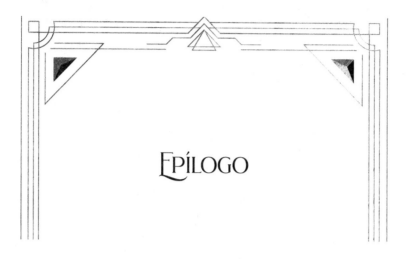

EPÍLOGO

El viento estaba aullando, ¿o eran los espectros? Susanna no estaba segura. Se sentía mareada, desorientada.

Así no era como solía ocurrir. ¿Dónde estaba el mundo? ¿Dónde estaban los bloques de pisos y los coches oxidados? ¿Dónde estaba la mancha de sangre que Jack había dejado sobre el asfalto al intentar alejarse del peligro... en dirección a la muerte?

—¿Qué es esto? —gritó Jack. Era difícil oírle por encima de los silbidos, los torbellinos y los gritos.

—El páramo —respondió Susanna, también con un grito.

—¿Por qué no es como antes?

Porque ahora era real. El núcleo rojo como la sangre que yacía bajo la proyección de cada alma. Esta era la parte inferior, donde los espectros no tenían que seguir las reglas del sol y de la sombra, ya que la bola que ardía en el cielo brillaba con un color rojo intenso, lo cual mantenía el paisaje en un estado permanente de semioscuridad.

Susanna miró a Jack con el miedo burbujeándole en el estómago. Así era como el Inquisidor los había castigado. Atravesar el páramo así, siguiendo la delgada franja de asfalto negro como la tinta que atravesaba las arenas empapadas de sangre, era casi imposible.

Era una sentencia de muerte.

—Jack —dijo Susanna mientras se volvía hacia el alma a la que había alejado demasiado de su camino—, lo siento. Lo siento mucho.

AGRADECIMIENTOS

Muchas gracias a las siguientes personas:

A Ben Illis del BIA. El tren sigue y sigue y sigue. Por el pequeño libro que pudo.

A mi familia, gracias por dejarme desaparecer dentro de mi cabeza. Por todas las horas que he pasado diciendo «espera», «solo un minuto» y «ya casi está». Espero que estéis de acuerdo en que han merecido la pena.

A Floris Books, gracias por acogerme en la familia.

Estoy deseando continuar esta emocionante aventura con vosotros.

Y a vosotros, si leísteis *El barquero de almas* y volvisteis para ver cómo les iba a Tristan y a Dylan en el mundo real. Gracias, lectores. (Un *nǐ hǎo* especial a los lectores de China. *Wǒ hěn gāoxìng nǐ yě ài Tristan hé Dylan.* Espero que tenga sentido… ¡Lo he intentado!).

Claire McFall

¿TE GUSTÓ
ESTE LIBRO?

Escríbenos a

puck@edicionesurano.com

y cuéntanos tu opinión.

ESPAÑA ⟩ /MundoPuck /Puck_Ed /Puck.Ed

LATINOAMÉRICA ⟩ /PuckLatam

/PuckEditorial

¡Gracias por vivir otra
#EXPERIENCIAPUCK!